Anne Karine,

Croyez toujours en vos rêves car ils sont l'ombre des choses à venir

KM.

KIERA MANCHEL

JUSQU'A CE QUE LA MORT NOUS SEPARE

Maquettiste : Thibaut Pialat
Les éditions Shadow
78 Avenue des Champs-Élysées
Bureau 562,
75008, Paris

Impression : Présence Graphique, 2 rue de la pinsonnière
37260 MONTS

Dépôt légal : janvier 2022

ISBN : 9782493541017

E-Mail : editionsshadow@gmail.com
Pages Facebook : Kiera Manchel

KIERA MANCHEL

JUSQU'A CE QUE LA MORT NOUS SEPARE

À mon mari sans qui cela n'aurait été possible.
À mes princesses que j'aime plus que tout.

1

Éva

Je lance un regard circulaire sur l'assemblée qui me fait face et, à la première question du journaliste, je relâche l'air que j'avais retenu depuis quelques secondes à cause du stress qui m'envahissait.

— Madame, n'avez-vous pas eu peur de quitter votre confort de vie alors que vous étiez seule avec deux enfants ?!

J'écoute la traduction qui m'est faite dans l'oreillette qu'on m'a installée à mon arrivée. La voix qui se cache derrière ce micro est claire et fluide. Je prends quelques secondes et réponds :

— Monsieur, quand IL met un rêve dans votre cœur et que ça brûle en vous, c'est comme si vous n'aviez plus le choix. Au début vous avez peur et après, vous avez l'impression que toutes les portes s'ouvrent juste pour vous accueillir dans cette aventure qui commence. Et je n'étais pas seule, il y avait Élie.

Il fait une pause, interloqué par ce que je viens de lui proclamer avec conviction. Alors qu'il s'apprête à rétorquer, un collègue lui coupe la parole et s'attaque à un autre sujet.

— Vu le succès qu'ont connu les premier et second tomes, le futur me paraît prometteur, non ?

Surprise par son interruption détachée de ma première réponse, je mets quelques secondes avant de lui répondre. Je ne sais pas où va nous mener cette interview, mais je sens mon rythme cardiaque s'apaiser et une paix m'envahir. Je le regarde et continue sur ma lancée.

— Connaissant la suite des aventures de notre jeune protagoniste, je suis persuadée que le tome III connaîtra aussi une grande réussite. Aujourd'hui, Élie ne pouvait être avec moi, car elle se trouve à New York. Dans tous les cas, je lui souhaite tout le succès qu'elle mérite, car je sais qu'elle le fait dans un seul but.

Le journaliste réajuste ses lunettes et m'interroge d'un air surpris. Comme si j'allais lui donner une recette magique.

— Ah bon, lequel ?!

Je lui réponds comme si j'avais le pouvoir de percer son âme :

— Pour glorifier son Dieu, qui est aussi le mien.

Ma réponse n'a pas l'air de le satisfaire, mais je décide de ne pas m'en soucier. Je me tourne vers celui qui vient d'ouvrir la bouche.

— Qui représente pour vous l'auteure Élie Aupert ?

Je lui souris plus qu'il ne le faudrait.

— Elle a été pour moi un déclencheur. Vous savez je pense qu'on a tous une mission sur terre, sinon quelle serait le but de la vie ?! Quand vous avez trouvé le mode d'emploi, que vous vous tournez vers celui qui vous a créé, vous avez déjà fait un grand pas, ensuite le cheminement commence. Lorsque j'ai rencontré Élie, j'étais à mille lieux de penser à tout ce que cela allait entraîner. Nous avons les mêmes convictions et la même vision. Qui est-elle ? Un écrivain prometteur avec un talent incontestable. Une amie chère à mon cœur.

La voix d'une femme se fait entendre dans l'assistance, je la cherche du regard et vois une main se lever au troisième rang. Lorsque nos regards se croisent, un sourire envieux se dessine sur son visage.

— Que retenez-vous de cette collaboration ?

— Je sais que ce que je vais vous dire pourra vous paraître irréel ou folie, mais, pour nous, c'est comme une évidence. Nous savons que le livre qu'elle a écrit, et ce qu'elle écrira plus tard, sera un outil pour partager ce qui nous tient le plus à cœur. J'ai eu la « chance » de pouvoir participer à cette aventure merveilleuse qui a été un prétexte à une amitié inattendue. Au vu de ma situation personnelle, à cette époque — seule avec mes deux filles — rien ne présageait ce qui allait arriver.

Elle m'a toujours dit qu'ici, sur terre, nous vivions l'ombre des choses à venir et qu'il fallait vivre l'aventure. Aujourd'hui, plus que jamais, j'en suis convaincue. J'aimerais vous dire de chercher la vérité qui est en une seule personne.

Je la vois trépigner sur sa chaise, impatiente d'en apprendre plus et, à peine ma réponse terminée, elle ne laisse personne intervenir et embraye aussitôt avec une autre question. Je souris, ravie, en lançant un regard amusé à ses collègues agacés par le monopole qu'elle tente d'exercer.

— Laquelle ?

— La personne de Jésus-Christ... ce célèbre inconnu.

Le maître de conférences intervient presque tout de suite après ma réponse. Clôturant un débat à sa genèse.

— La séance est terminée. Merci à tous pour votre participation. Merci à Éva Morgan pour sa sincérité et son honnêteté. Bon retour, mesdames et messieurs.

Je suis apaisée, même si j'aurais voulu en dire davantage. Au final, je suis soulagée et convaincue qu'il a permis que l'essentiel soit délivré. Aujourd'hui, les journalistes ont été plutôt sympas, ça n'empêche que les mêmes questions reviennent d'une interview à l'autre, pourtant, cette fois-ci, c'était différent. Alors que d'habitude, je tourne avec Élie, ce soir, j'étais seule face à ce qui me paraissait une foule. J'espère que sa conférence s'est bien passée.

Alors que je suis perdue dans mes raisonnements, je me rends compte tout à coup que Marc est appuyé sur l'encadrement de la porte. Il me sourit avec une lueur de fierté dans les yeux, et à son hochement de tête qui m'invite à le rejoindre, je comprends qu'il s'impatiente. Élégant, pour l'occasion, il a mis son costume noir qu'il porte avec une chemise parme, cela fait ressortir ses iris, teintés de vert : un vrai garde du corps. Il ne m'a pas quittée des yeux, à chaque fois que je sentais la panique m'envahir, je me tournais vers lui, j'avais l'impression qu'il me disait qu'il m'aimait et qu'il était là. Je me décide à le retrouver et m'avance vers lui presque en courant afin d'éviter un journaliste insistant. Je me retiens de lui sauter au cou et me contente de me blottir contre lui. Il passe avec tendresse ses mains sur mon dos, en me soufflant combien il est fier.

— Tu as été géniale.

Son compliment glisse sur moi comme une caresse, m'obligeant à sourire dans son cou.

— Merci pour le compliment et merci d'être là !

2

Élie

Le traducteur termine à peine sa phrase que mon cœur est prêt à éclater tant ce que mes yeux voient relève du miracle, la lumière a su jaillir dans un univers dominé par l'obscurantisme et le royaume des ombres. Il me faut quelques instants pour sortir de ma contemplation. J'éclaircis ma voix, m'approche du micro tendu, prends une grande inspiration et me lance.

— L'histoire que j'ai écrite est partie d'une seule idée. Celle qu'aucun obstacle, aucune difficulté, aucune puissance ne pourra jamais s'opposer aux desseins d'amour qu'il a pour chacun de nous. Elle a commencé un 21 mars 2015, seule devant mon ordinateur pour croiser le destin de mon éditrice, Éva Morgan au parcours et au témoignage puissant de vérité et d'espoir. Depuis, bien d'autres se sont ajoutés à notre projet, mais elle est celle qui a fait de cette aventure une réalité. Elle ne pouvait être avec moi aujourd'hui puisqu'elle est, en ce moment même, à une conférence à Pékin, mais elle se joint à moi pour vous assurer que le tome III, qui lui est dédié, est à la hauteur des deux autres.

— Qu'est-ce qui fait que vous êtes aussi liées, et ce, malgré le succès qui s'installe ?

— L'amour de Christ qui unit des coeurs aux parcours tellement différents. C'est lui qui prend deux histoires pour n'en écrire plus qu'une seule à l'encre de son sang. Et cette histoire aura une portée éternelle.

Il n’a pas l’air de comprendre ce que ces mots signifient et écrit sur son calepin tandis qu’un de ces collègues enchaîne :

— Comment avez-vous été mises en contact ?

Je suis interpelée par toutes ces questions en rapport avec notre duo, mais je ne me laisse pas démonter et réponds sans sourciller :

— Depuis l'enfance, je suis convaincue que ma vie, comme la vôtre, celle de chaque être humain est nécessaire et dotée d'une mission à accomplir. Chaque existence est une scène qui fait partie d'un grand scénario orchestré par le Créateur. J'ai toujours conduit ma vie en ayant conscience de cette réalité, ce qui implique de l'abandonner au scénariste. Au détour d'une connaissance commune, qui a été le premier à me pousser à y croire, mon manuscrit s'est retrouvé dans les mains d'Éva. Sans que nous ne nous connaissions, elle a été ma première critique, m'a donné ses conseils avisés et son regard d'experte sans attendre un quelconque retour. Notre premier point commun, en dehors de notre relation profonde avec le Père et son Fils, est notre intérêt pour l'autre et qui il est. Notre premier échange a été à l'image des tempéraments que vous connaissez. Là où elle était à l'aise, j'étais aussi tendue que si j'avais dû m'entretenir avec James Cameron. Et puis un jour, sans prévenir, sur un coup de tête, je suis allée chez elle, trop impatiente de la rencontrer. Cette fois, c'est elle qui a été déstabilisée. Pour ma part, ça faisait longtemps que je n'avais pas agi de manière aussi inconséquente !

Ce week-end n'a été que la confirmation de ce que nous avions pressenti depuis le début, nos destins étaient liés.

Mon interlocuteur reste perplexe et renchérit :

— Mais elle n'était même pas encore éditrice et la librairie dont elle était responsable n'en était qu'à ses balbutiements à ce moment-là ! Pourquoi avoir voulu vous lancer avec elle ? N'avez-vous pas voulu tenter votre chance avec des maisons reconnues ? Est-ce que le chemin n'aurait pas été moins difficile ?

— Pour la même raison qu'elle a cru en moi qui ne me considère pas comme une auteure, mais plus comme une rêveuse à l'imagination prolifique. Pensez-vous que notre parcours soit raisonnable ?

Ils font non de la tête.

— Peu de gens, même de notre entourage proche, ont cru en notre obstination à avancer dans la voie qui brûlait dans nos cœurs. Plusieurs nous ont invitées à abandonner, à renoncer. Ils ont même dénoncé nos motivations en jugeant que nous aspirions à un rêve trop élevé. Éva n'a jamais abandonné bien qu'elle ait été en première ligne face à l'opposition que nous rencontrions. Sa mission est de répandre la vie autour d'elle avec puissance à travers l'écriture par sa force de conviction et son amour. Mon livre n'était qu'un prétexte pour lui permettre d'entrer dans le scénario de sa vie. Sa mission a toujours été pour elle sa priorité, malgré son contexte familial éprouvant à l'époque. C'est une femme de valeur comme il est rare d'en croiser, et cette rencontre a été un tremplin inespéré pour moi.

— Vous parlez de son contexte familial difficile...

Sans lui laisser le temps de terminer, je lui réponds avec un ton obstiné :

— Elle vous en parlera dans son livre qui sortira bientôt.

3

Éva

Je ne peux m'empêcher de saisir mon téléphone pour l'appeler. Il doit être vingt-trois heures là-bas. Au bout de deux sonneries, j'entends déjà sa voix euphorique.

— Comment s'est passée ta conférence ?

— Intense, tu pourras regarder sur le net.

Ma voix est remplie de mélancolie et de nostalgie.

— J'aurais voulu qu'on soit ensemble.

Un court silence accueille ma déclaration avant qu'elle lâche un « idem » à peine pudique.

— Toujours d'accord pour qu'on mange ensemble à notre arrivée ? Marc a besoin de Franck !

— Oui, bien sûr ! On sera là. Franck va venir vous chercher à l'aéroport.

J'aimerais la questionner sur son voyage, mais elle ne me laisse pas placer un mot et continue sur son élan.

— Tu avais raison New York est vraiment pas mal du tout. On en prend plein les yeux. J'ai dû photographier la ville sous tous ses angles. Et toi, Comment tu vas ? As-tu dormi hier soir ?! Oui, je sais, je ne suis pas ta mère, mais je m'inquiète pour Anna, hein ! Pas toi.

Je souris à son débit verbal qui, pourtant, n'a rien d'habituel chez elle. Elle a toujours été différente en public où son côté sérieux prend le dessus, contrairement à nos moments à deux où nous pouvons nous transformer en deux gamines de quinze ans, à nous taquiner sans pouvoir nous arrêter de rire.

— Tu avais raison, un journaliste m'a demandé si je n'avais pas pris un risque en m'associant à toi ! Il a été convaincu par mes arguments.

Élie n'a jamais eu la langue dans sa poche, un poil trop directe même, mais on ne peut pas lui reprocher sa franchise, une qualité qui se perd de nos jours.

— Oui j'ai dormi, je te rappelle que, grâce à toi, Marc n'arrête pas de me tanner pour que je lève le pied. Il ne cesse de me dire de me reposer vu mon état. Bientôt, je vais avoir droit à une chaise roulante.

Elle rit, fière d'elle. Je lève les yeux au ciel, dépitée, mais ne me démonte pas et passe à un autre sujet. Elle me connaît et sait que c'est ma manière d'esquiver les discussions gênantes. Et pour être sûre qu'elle ne revienne pas à la charge, j'oriente l'échange sur elle.

— Encore désolée de ne pas être venue, mais je n'étais pas inquiète. Je t'avais bien dit que tu allais te transformer, et tu n'étais pas seule de toute manière...

— Arrête...

Je ne la laisse pas entamer sa litanie d'excuses et la coupe :

— Enfin, bref ! Je vais devoir te laisser, j'ai eu droit à des gros yeux il y a cinq minutes, qui m'ordonnaient presque de venir me coucher. Allez, on se voit dans peu de temps, O.K. ?

— C'est vrai, il a raison, tu dois te reposer. Je ne voudrais pas que ma petite Anna arrive avec un doigt en moins !

— Hé...

— Arrête, je blague !

Elle se met à rire avant de poursuivre :

— ... Je te dis bonne nuit ma padawan mais... très bientôt, une Jedi, tu seras, maintenant...

Elle fait traîner sa phrase comme pour me permettre de saisir qu'elle est bien plus sérieuse que ne veut le laisser entendre la note d'humour qu'elle fait.

— Bonne nuit.

— Bonne nuit.

Je raccroche aussitôt mes derniers mots prononcés avant de pleurer. J'ai déjà les yeux qui me piquent et le cœur serré. Pourtant, la discussion tourne en boucle dans ma tête. Elle a raison, pour l'instant, les enjeux sont encore à notre portée. Je me rappelle encore la première fois où elle m'a appelée « padawan » ... Elle m'avait sorti une phrase étrange à la structure renversée : « La force est puissante en toi, une Jedi bientôt tu seras, petite padawan ». Comme j'étais restée sans réaction, incapable de saisir l'allusion à Star Wars, elle avait découvert avec stupeur ma totale méconnaissance du phénomène. Sa famille et elle en sont des adeptes. Tout était parti de nos échanges sur ma situation familiale de l'époque. Elle disait que j'étais une *warrior*, le combat que je menais pour mes filles l'avait toujours impressionné. C'est vrai que j'étais plutôt à contre-courant de ce que tout le monde pensait. Pourtant, à ce moment-là, elle et Franck devaient mener le leur et j'ai toujours trouvé qu'il n'était pas moins difficile que le mien. Notre amitié hors norme nous a aidées à dépasser nos défis et, même si elle s'en est toujours défendue, je crois avec sincérité avoir bénéficié de son ministère...

Je vais rejoindre Marc dans la chambre. Il est déjà installé sous les couvertures et me regarde avancer avec un sourire satisfait.

— Comment va-t-elle ?

Sa conférence s'est bien passée ?

Même si son attention me touche, je sais déjà qu'il ne pourra pas saisir que, pour Élie, affronter le public est un défi difficile. Nous sommes amies depuis un bout de temps maintenant, nous nous comprenons comme deux sœurs ; d'ailleurs les garçons ne comprennent pas toujours nos délires, ils se contentent de faire avec.

— Oui ça a été, j'ai confiance en elle.

Allongé, il tapote la place du lit vide à ses côtés, faisant grandir son sentiment d'impatience. Tout en me déshabillant, je reste absorbée par mes pensées. J'aurais tellement aimé avoir plus de temps pour parler avec elle. J'aurais voulu lui raconter en détail le déroulement de la conférence, je sais qu'elle a déjà dû se rendre sur YouTube pour la voir, mais ce n'est pas pareil.

Je suis perdue dans mon programme à venir quand Marc me sort de ma réflexion.

— À quoi tu penses ?

Même s'il me pose la question, je sais qu'il sait. Il m'a toujours cernée, il a su lire dans mon cœur dès le début, cela m'est presque impossible de l'esquiver ce qui m'oblige souvent à m'ouvrir à lui, ce que je n'avais jamais eu l'habitude de faire avec personne, mais avec lui c'était différent. Comme il dit : nous sommes « différemment pareils ».

— Rien de spécial. Ne t'en fais pas. Les jours à venir...

Je bifurque sur leur journée, sans vraiment le convaincre, vu sa réaction insistante.

— Humm, il faudra bien que tu m'en parles !

Je feins une grimace et continue sur ma lancée, le rejoignant dans le lit.

— Tu ne m'as pas raconté, c'était comment votre promenade ?

Il m'avait rejointe à la salle de conférences dix minutes avant le début ; après une journée de tourisme avec les filles.

— Oh, tu sais la routine. J'ai emmené les filles voir la Grande Muraille, et... des cafards pour le goûter !

Il rigole, fier de sa bêtise. J'aime le voir heureux. Une des qualités qui me fait vibrer chez lui, c'est sa capacité à voir le positif dans n'importe quelle situation, même la plus compliquée. Pour marquer le coup, je fais mine de lever les yeux en l'air.

— Idiot... Vous m'avez manqué et il me tarde de retrouver notre chez nous.

— Allez, plus que demain, ma chérie et on rentre. Tu pourras retrouver ton lit, ton ordi et ton canapé... sans oublier tes copines, bien entendu.

Il se penche et m'embrasse avec tendresse, ce qui ne met pas longtemps à m'électriser ; j'ai l'impression que ça fait une éternité que nous ne nous sommes pas retrouvés.

— J'ai envie de toi !

Il me regarde comme j'aime tant et m'embrasse dans le cou, dans le creux de l'oreille ; remonte jusqu'à mon front et se met à embrasser chaque partie de mon visage et finit en posant ses lèvres sur les miennes. Je lui rends son baiser qui me réchauffe de l'intérieur. Je sens ses mains passer sur mon ventre déjà bien arrondi et remonter le long de ma colonne vertébrale. Mon souffle s'accélère. Je lui retire le peu d'habits qu'il a gardés et me laisse envelopper tout entière dans ses bras. Nous nous étreignons dans des déclarations d'amour mutuelles.

4

Élie

La porte se referme lourdement sur moi. Complètement éreintée, je me laisse tomber sur le canapé en poussant sur le talon de mes chaussures pour libérer mes pieds. Je m'enfonce dans le siège tout en admirant la vue imprenable que nous avons sur la statue de la Liberté illuminée. Franck s'est occupé de la location de l'appartement pour notre séjour ici. Il est petit, mais sa localisation est parfaite. Mon corps ne me porte plus.

— Tu as envie d'une tisane ?

Je sursaute à son arrivée dans la pièce, je pensais qu'il était déjà couché.

— Tu m'as fait peur ! Je pensais que tu dormais...

— Excuse-moi, ma puce, je ne voulais pas t'effrayer, je t'attendais. Dès que j'ai entendu la porte, je suis descendu. Tu m'as l'air bien fatiguée ?! Tu veux que je te prépare une boisson chaude ?

Je lui réponds d'un ton laconique tant la fatigue l'emporte :

— Oui, d'accord une tisane... Merci.

Avant de tourner les talons, il se penche sur moi et dépose un baiser sur ma joue. Ses lèvres sont humides et sa main qui caresse ma joue est encore chaude. Il me quitte et s'active tout en continuant de discuter.

— Je regrette de ne pas avoir pu t'accompagner à la conférence, j'aurais voulu être à tes côtés. Cela dit, ça a été incroyable. Si tu avais vu ça, des jeunes en feu qui avaient soif de connaître leur identité et d'entrer dans leur destinée.

J'aurais presque envie qu'il culpabilise, mais il est tellement mignon avec sa tête de gamin émerveillé que je renonce dans un sourire réprimé.

— Je sais bien, mon chéri, ne t'en fais pas, ça s'est bien passé. Comme tu t'en doutes, un ou deux journalistes étaient là pour essayer de me piéger, mais j'ai su leur répondre avec audace.

Il revient l'air soulagé, tout en m'apportant ma tasse fumante. Satisfait, il change déjà de sujet.

— As tu eu Éva ?! Comment va-t-elle ? Et la conférence ? Comment va Marc ?

— Et doucement... minute, Lucky Luke !

À ces mots, il ne peut s'empêcher de rire.

Son côté enthousiaste m'a toujours fascinée, il est tellement positif. Cela m'étonne d'ailleurs, car c'est en totale opposition avec le sentiment de désespoir qu'il éprouve pour ce monde qui lui semble tellement pourri. Une fierté m'envahit face à qui il est devenu. Un homme ! Un vrai ! Rassurant et protecteur ! Attentionné... Ça n'a pas toujours été le cas. Élevé « à la dure », il était plutôt du genre : « Tant qu'on ne réclame pas, on n'a pas besoin ; donc on n'a pas ! » Je me rappelle une fois où il m'avait rapporté des fleurs et qu'en les posant sur la table, il avait affirmé, presque avec fierté, qu'il avait eu pitié du petit gars qui les vendait... Ça m'avait brisé le cœur. Il était impossible pour lui à ce moment-là, que ce geste soit juste un geste d'amour, c'était seulement sa bonne action de la journée, deux en une ! Aujourd'hui, c'est un homme changé, il faut dire que la mort de notre enfant, perdu à huit mois de grossesse, a marqué un tournant dans nos vies. Après de long mois à broyer du noir, enchaînant disputes et reproches, nous avions décidé de divorcer avant de détruire nos enfants. Le jour du jugement, il était arrivé avec un énorme bouquet de roses qu'il avait acheté pour moi. Il m'avait supplié de ne pas le quitter, qu'il m'aimait et qu'il avait compris ce qu'il devait faire, pour nous et notre famille. J'ai dit oui, je n'avais pas cessé de l'aimer malgré la situation invivable. Nous en sommes ressortis victorieux et grandis. Je sors de mes pensées lorsqu'il me tend ma tasse et vais m'asseoir sur le canapé.

— La conférence s'est bien passée. Elle va bien et ton copain aussi. Elle m'a dit que tu devais le voir pour parler d'une affaire.

Je le regarde d'un œil interrogateur voulant en savoir plus, mais il se contente de me déposer un bisou sur le nez et se lève.

— Je t'en dirai plus demain. Je vais me coucher, je ne tiens plus, tu me rejoins ?

— Oui, bientôt.

J'en ai envie, mais je m'accorde encore quelques minutes supplémentaires.

Je m'installe au bureau, allume la lampe et mon ordinateur. Je ne peux pas me coucher sans lui envoyer un mail, trop pressée de lui raconter…

Tite padawan ! Je voulais te raconter en détail mon séjour !… New York est vraiment génial. On n'a pas arrêté, Times Square, la statue de la Liberté, Ground zero. Non, mais tu n'avais pas exagéré, j'ai vraiment été époustouflée et les enfants aussi d'ailleurs. Comme tu dois t'en douter, Franck nous avait préparé un planning comme je les aime ! Enfin, je ne vais pas me plaindre, il a été mignon, en milieu de semaine, il avait prévu une journée off à Central Park. J'ai trop pensé à toi ; pendant cinq minutes, je me suis prise pour Julia Roberts sous mon arbre avec mon Richard. On s'y croyait presque, je lui lisais l'ébauche de mon prochain roman. Les enfants ont trop aimé les écureuils, Naya en a même eu un dans les mains ; elle était ravie.

La veille de la conférence on a été invités à l'église de Times square où Franck a prêché à la réunion du soir. C'était fou, du monde arrivait de tous côtés. L'accueil a été tellement chaleureux et rempli d'amour que j'en étais émue aux larmes. Je ne te parle même pas de la louange, j'ai failli crier un youyou mais en fait non, lol.

Le lendemain, lors du séminaire, je t'avoue que j'ai été stressée au début, puis après la première question toute la tension est redescendue et je me suis transformée. Comme je te l'ai dit au téléphone, il m'a demandé si je n'avais pas eu peur de me lancer avec une personne non expérimentée, je pense qu'il a été servi (promis, je ne me suis pas énervée), je lui ai juste fait comprendre qui tu étais et ce qui nous liait. Bon, j'arrête de te raconter ma vie. On se voit bientôt.

À très vite. Bise. Élie.

Je ferme ma session, avec une paix euphorisante, il faut que je dorme malgré l'excitation. Je monte l'escalier sur la pointe des pieds pour ne pas réveiller les enfants. En passant devant leur chambre, je ne peux m'empêcher de m'arrêter pour les regarder dormir. Mona a perdu sa couverture, je la recouvre et lui dépose un bisou sur le front. Elle gigote pour se retourner de l'autre côté du lit.

— Je t'aime, ma puce.

Je m'approche du lit de Théo ; cet enfant me comble de fierté, il a tellement grandi et changé. Je lui caresse la joue, alors il se gratter avant de se recouvrir jusqu'au menton. Ma petite Naya est complètement à l'envers, les pieds sur le coussin. Je décide de la laisser telle quelle, elle aura retrouvé le bon sens d'ici demain matin. Je réinstalle quand même sa couverture avant de ressortir sans bruit. Le temps passe tellement vite. Alors que Mona continue son parcours élémentaire, cette année a été pour Théo et Naya une grande première. L'un rentrait en sixième et l'autre au CP.

Le carrelage froid sous mes pieds me fait accélérer le pas pour rejoindre ma chambre. Je me glisse sous les draps alors que Franck dort déjà, mais ne résiste pas à l'envie de me coller à lui et m'endors aussitôt.

5

Éva

J'ouvre les yeux tout en cherchant avec ma main mon téléphone sur le tabouret qui me sert de table de chevet. J'ai du mal à lire les chiffres indiqués... L'heure affiche huit heures. J'ai le crâne dans un étau. Alors que je sens que je vais vomir, je balance ma couverture et me précipite aux toilettes pour ne rendre que de la bile. Marc est déjà derrière moi avec un verre d'eau. J'ai envie de pleurer, ces fichues hormones ne me laissent aucun répit. Je fais tout pour retenir mes larmes et me relève péniblement. J'ai la tête qui tourne, il faut que j'avale un gâteau.

— Il me faut un Doliprane.

Il me regarde à moitié convaincu et se sent obligé de rajouter :

— Et un bon petit déjeuner, tu n'as presque rien mangé hier soir !

Je lève les yeux au ciel retourne jusqu'à mon lit avec le peu de force qu'il me reste et réplique, même si je sais qu'il déteste quand je fais ça.

— Tu me surveilles encore ?!

Depuis que je porte notre enfant, j'ai l'impression d'avoir une nounou. Même si je trouve ça attendrissant, je me sens étouffée par moments.

— Non, je prends juste soin de toi et de ma fille.

Il ne s'obstine pas plus et m'enlace tendrement.

— Tu veux que je te fasse couler un bain ?

Habituellement, je n'aime pas ça mais, là, j'avoue avoir besoin de me détendre, incapable d'aligner deux mots, je lui réponds dans un son à peine audible :

— Humm !

J'entends l'eau couler, assise sur mon lit, je prends mon téléphone et consulte ma boîte mail, un nouveau message : Élie. Alors que je m'apprête à commencer ma lecture, la voix de Marc m'interrompt :

— C'est prêt !

En sortant, il m'aperçoit et se fige.

— Pourquoi tu pleures, ma puce ?

Je sèche mes larmes, contrariée qu'il me voie dans cet état, mais lui réponds quand même :

— Je viens de recevoir un mail d'Élie !

L'expression de son visage change immédiatement pour laisser place à l'inquiétude.

— Qu'est ce qui ne va pas ?!

— Non, rien. Mais elle me manque et ma maison me manque et... Enfin, c'est rien, ça va passer. Tu sais ce sont ces fichues hormones.

Je n'ai pas la force de partir dans des explications qu'il ne comprendra peut-être pas, alors je l'abandonne pour rejoindre la salle de bains.

— J'ai besoin de me détendre. Merci, mon amour ! Je descends dans quelques minutes.

— Tu es sûre que tu ne veux pas que je reste avec toi.

— Non t'en fais pas, l'eau chaude va me faire du bien.

À son expression contrariée, je sens qu'il n'a pas envie de me quitter, pourtant, là, j'ai besoin de me retrouver seule avec moi-même. Il hésite un instant mais, finalement, m'embrasse et s'en va. Je retiens sa main un instant, reconnaissante et touchée qu'il me connaisse si bien.

Je me déshabille encore attendrie par ses attentions récurrentes... Je me glisse dans l'eau presque trop chaude qui me picote le corps, un mélange de plaisir et d'une sensation désagréable. Il ne s'est pas passé deux minutes que mon esprit s'en va déjà vagabonder dans le passé. Je me souviens encore le jour où tout a changé, comme si une puissance qui nous dépassait avait appuyé sur l'interrupteur *ON*.

Ça fait bientôt deux ans... Il m'adressait son premier message, intimidé par cet écran qui nous séparait. J'ai accepté de lui parler comme je l'aurais fait avec un ami, loin de m'imaginer ce qu'il deviendrait pour moi en quelques mois. Je me rappelle encore au bout de la première semaine combien mon cœur était chamboulé à ses premiers mots chaque matin. Même si je n'ai pas voulu me l'avouer tout de suite, il m'avait retourné le cœur, il avait réussi à ouvrir la porte fermée à double tour. Malgré deux refus, il n'avait pas baissé les bras et avait accepté de patienter et de me laisser le temps nécessaire. Et notre premier baiser, c'était tellement...

— Maman ! Maman ! Mamannnnn !

La voix de Milla se fait entendre de la cuisine. Je reviens sur terre difficilement, en me rinçant rapidement pour répondre sur le même ton :

— J'arriveeeee.

Allez ! Je dois me motiver, c'est notre dernière journée à Pékin et nous la passons tous les quatre. On a décidé de visiter le parc Beihai. Ce petit bonheur me permet de me rendre compte de la grâce que nous vivons malgré les combats difficiles. Je remercie Dieu chaque jour pour cette merveilleuse aventure.

Je sors de mon bain et j'attrape la serviette pour l'enrouler autour de mon corps, dont la peau est encore rougie par la température de l'eau. En marchant jusque dans ma chambre, je m'aperçois que je n'ai même pas pris le temps de lire le message d'Élie. Je m'assois sur mon lit et prends mon téléphone qui est resté sur le tabouret. J'ouvre ma boîte mail déjà saturée... On verra plus tard.

Tite padawan...

En lisant ses aventures new-yorkaises, mon cœur se serre, nous avions toujours projeté de préparer ce voyage ensemble avec nos familles, mais nos projets nous ont devancés.

— Mamannnnn !

Mince ! Ça fait déjà quinze minutes que j'essaie de retenir les nausées qui tambourinent mon estomac. Il faut que je les rejoigne ou Marc va s'inquiéter.

— Je descends !

J'enfile mes sous-vêtements et une robe confortable avant de jeter un coup d'œil dans le miroir. Malgré les traits tirés, le rendu n'est pas trop mal.

J'entre dans la cuisine encore barbouillée, mais, souris, attendrie par leurs éclats de rire, ils sont tous attablés finissant leur petit déjeuner.

— Lily, arrête de glousser la bouche pleine, tu vas t'étouffer. Mais qu'est-ce qui vous fait rire comme ça ?!

Milla s'empresse de me répondre en lançant un regard moqueur à sa sœur.

— Hier, Lily a voulu sauter d'un rocher en criant : « Je suis le maître du monde », sauf qu'elle s'est ratée et s'est étalée par terre devant une centaine de touristes.

Je pouffe en imaginant la scène.

— Ah, oui ?! Effectivement, vous avez dû bien vous marrer ! Tu ne t'es pas fait mal au moins ?

Elle fait une moue faussement contrariée, mais me sourit pour me répondre :

— Non, maman ! Promis.

— Il manquait seulement toi, ma chérie.

Je me crispe aussitôt à sa remarque. Je me sens obligée de me justifier une nouvelle fois.

— Je sais, je suis désolée. Mais aujourd'hui, c'est notre journée.

Je sens l'émotion me rattraper et conclus rapidement :

— D'ailleurs, les filles, débarrassez et allez vous préparer, on part dans trente minutes chrono.

— D'accord, maman !

Malgré les encouragements de Marc, je culpabilise toujours quand je les laisse pour un déplacement de plus de trois jours. Il me rappelle à chaque fois que je suis faite pour ça et que c'est ma mission, mais j'ai toujours ce même pincement au cœur. Cette fois-ci, on avait décidé de partir tous ensemble. De toute manière, il ne m'a pas vraiment laissé le choix, vu mon état physique. Dans le fond, je suis vraiment heureuse de les avoir près de moi. À force, la solitude des chambres d'hôtel, loin de ma famille, me pèse.

— T'es magnifique.

Je sursaute surprise et en perds mes mots.

— Hein ! Comment ? Excuse-moi, j'étais dans mes pensées.

Tout en s'approchant de moi tendrement, il réitère :

— Je disais, j'ai de la chance d'avoir une femme aussi belle !

Je lève les yeux au ciel, même si dans le fond, je suis ravie.

— Arrête ! C'est le matin, j'ai une tête déplorable et, en plus, je me transforme en baleine…

Je le vois s'attrister et cède.

— Mais merci, mon chéri ! Il reste du jus d'orange ?

— Oui, attends ! Comme d'hab' tu passes du coq à l'âne…

Je m'offusque immédiatement, mais en constatant son air taquin, je me radoucis en lui tirant la langue. Je me lève, émue, touchée par son amour et m'approche de lui. Il porte son t-shirt blanc et son jean délavé que j'aime tant. Je l'agrippe par le cou et me hisse sur la pointe des pieds pour l'embrasser. Il me prend dans ses bras, resserre son étreinte sur ma taille et me soulève du sol. Après ce qui me paraît une minute au lieu des cinq réelles, il me repose.

— Dis donc, madame Morgan, que me vaut cet élan d'amour inattendu ?

Je l'embrasse dans le cou et lui livre mon cœur.

— Je t'aime et je suis fière d'être mariée à un homme comme toi. Tu me combles de bonheur.

Son visage s'assombrit.

— J'aurais tellement aimé plus te protéger !

Je soupire attristée.

Je sais qu'il a encore beaucoup de regrets. Même si nous avons tellement avancé, les brèches ne sont pas toutes refermées. Je suis convaincue que nous aurions guéri beaucoup plus vite, si nous n'avions pas été harcelés par ces fichus appels anonymes. Il va poursuivre sur sa lancée mais je le coupe, d'un doigt sur sa bouche.

— Chut !... Arrête, tu sais qu'il transforme le mal en bien. Regarde aujourd'hui, nous attendons notre petite promesse et les filles sont heureuses. Nous avançons ensemble. Je m'épanouis pleinement à tes côtés. Alors s'il te plaît, n'écoute pas ses mauvaises pensées qui veulent t'enfermer dans une forteresse de culpabilité. Laisse ce passé derrière nous. Je t'aime et je te fais confiance.

Il me caresse doucement la joue et plante son regard dans le mien.

— Je te promets d'être toujours là pour vous.

Je sens un malaise m'envahir, mais je refuse de le laisser gâcher ce moment.

— Je sais.

Il me serre dans ses bras si fort qu'il me fait tousser. Il se recule et remet une mèche de mes cheveux derrière l'oreille. Nous sommes interrompus par les filles qui débarquent en criant :

— On est prêtes !

Elles sont surexcitées, depuis le temps qu'elles attendent cette balade en famille. Je les regarde en hochant la tête, elles ont tellement grandi. Milla me dépasse d'une demi-tête et Lily n'est pas loin de la rattraper. Elles ont toujours été proches, mais, aujourd'hui, elles sont plus complices que jamais. Elles ont leurs styles bien à elles et leurs caractères sont opposés, mais c'est en même temps ce qui les unit. Je souris en constatant qu'elles ont mis toutes les deux leurs salopettes en jean, comme lorsqu'elles étaient petites.

— Vous êtes magnifiques mes petits chats.

Marc attrape le sac de pique-nique et les clés.

— Allez, c'est parti.

Mettez vos baskets, on va marcher !

Lily s'empresse de rectifier.

— Oui, mais pas trop, maman doit se reposer.

Il lui ébouriffe les cheveux, en se moquant gentiment, sachant pertinemment qu'elle n'aime pas trop marcher non plus.

— Oui, madame l'infirmière, on fera bien attention à ta maman.

J'attrape mon appareil photo et les suis enthousiasmée.

6

Élie

Un son strident me sort de mon coma. Je cherche à tâtons avec ma main ce fichu bouton pour éteindre l'alarme. C'est le jour du départ, un brin de nostalgie me traverse, tout de suite effacé par le désir de retourner chez nous. Je pense avoir eu ma dose de médias et de voyages. Une pause s'impose et, vu le contexte dans lequel nous allons débarquer, elle est plus que nécessaire. Nous reprenons officiellement la présidence de l'association *Body, Soul and Spirit* tout en aménageant dans notre nouveau nid. C'est sans compter que j'aimerais aussi pouvoir réécrire rapidement. Alors que mon programme de la semaine prochaine est déjà bouclé, je me demande si ma *to do list* n'est pas trop ambitieuse. Je sens la main de Franck, me saisir par la taille et m'attirer jusqu'à lui. Il m'embrasse dans le cou et enfouit son visage dans mes cheveux. Il me chuchote à l'oreille :

— Salut, ma puce. Bien dormi ?

Je m'étire ravie et me blottis contre lui.

— Oui, comme un bébé. Et toi ?

— Bien...

Il me presse contre lui avant de continuer :

— Merci de ne pas avoir tardé hier soir !

Je sais qu'il n'aime pas s'endormir seul, et au fond, moi non plus. On est tellement plus complices aujourd'hui, plus fusionnels, plus... Nous profitons de chaque moment ensemble. C'est vrai que, depuis la parution de mon roman et la sortie de son album, nous n'arrêtons pas et tous ces moments précieux figés dans le temps, on les prend avec plaisir pour se retrouver. D'autant plus que nos enfants ont de plus en plus besoin de nous. L'adolescence, ce « gros mot » que tout le monde emploie à tout va, nous touche de plein fouet. Rien de grave, mais à saisir avec des pincettes.

Il était temps de s'arrêter, ça fait deux ans que tout est intense. Il y a six mois, Éva et Marc ont décidé d'acheter une maison dans le Sud. Éva avait besoin de retourner aux sources près de leurs familles, une pause était nécessaire, ils souhaitaient donner une meilleure qualité de vie à leurs enfants, même si le pari était fou, quelques mois après, nous décidions de franchir le pas et de les rejoindre en craquant pour une petite villa, tout près de chez eux. L'endroit était magnifique, une petite ville nommée la Venise provençale, elle était comme dans mon imagination : près de la mer avec des maisons typiques et des gens si généreux. J'avoue me sentir dépassée par ce projet. Éva et moi l'avions évoqué il y a trois ans, mais seulement dans nos rêves les plus fous, et aujourd'hui, tout s'emboîte comme un puzzle. J'ai hâte de la retrouver d'autant plus qu'elle va bientôt accoucher et je ne voudrais surtout pas manquer ça. Je m'anime en repensant à son mail. Je me demande si elle m'a répondu. Quelle heure est-il chez elle ? Je compte rapidement sur mes doigts... vingt-et-une heures. J'imagine qu'elle a dû me répondre. Je me lève nerveusement, faisant grogner Franck encore tout ensommeillé.

— Où est mon téléphone ?

— Hein ?!

— Oh, excuse-moi, je pensais tout haut.

Je regarde sur la table de nuit, mais découvre avec étonnement qu'il n'y est pas. Je me dégage de Franck et me penche par-dessus le lit pour vérifier s'il n'est pas tombé. Ah, ça y est ! Il avait glissé sous le lit.

Je l'allume et compose mon code pour l'activer et commence à pianoter dessus : « Messages... Mails... Ah ! Le voici. »

Je souris avec une pointe d'enthousiasme.

Tite sœur,

Comment vas-tu ? Ici tout est si grand et si surpeuplé. La conférence s'est bien passée, mais je t'avoue qu'elle m'a quand même bien épuisée. Don't worry ! *C'est juste que ça été hyper intense émotionnellement. Je suppose que tu l'as déjà regardé sur Internet ! Tu as vu la tête de fatiguée que je me tape, et encore, la maquilleuse a fait son maximum. Pour la suite, je te parle de cœur à cœur, mais s'il te plaît garde-le pour toi. Pas un mot à Marc ni à Franck, en tout cas pas pour le moment. En fait, j'ai reçu un nouvel appel cette semaine. Ça faisait six mois que ça n'était pas arrivé peut-être que le changement de numéro n'y était pas pour rien. Je suis pratiquement sûre que c'est encore elle. Je n'ose pas lui dire pour ne pas le contrarier. La grossesse le rend déjà assez nerveux, et puis tu sais, il culpabilise encore beaucoup, alors je ne veux pas en rajouter une couche. En tout cas, j'espère que ça ne va pas recommencer comme avant.*

Enfin, à part ça, je suis trop excitée, on se revoit demain !!! Comment se passent vos travaux ? Je n'arrive pas à y croire, on va habiter l'une près de l'autre. J'ai envie de pleurer (t'en fais pas ce sont les hormones, le pauvre Marc, il panique quand il voit une larme, et il en voit...). Bon, j'arrête de te raconter ma vie, on se voit très vite.

Bon retour. Je pense fort à vous. Bise.

— Alors qu'est-ce qu'elle te raconte ?

Franck se penche au-dessus de mon épaule, essayant de lire le contenu de mon email. Je le repousse aussitôt.

— Eh, tu lis pas ! Ça va pas, c'est confidentiel !

Il se réinstalle tout en se moquant de moi.

— Oh, pardon ! Je ne veux surtout pas voir vos secrets de chialeuses.

Il sait que je n'aime pas quand il dit ça, je ne veux pas l'alerter par l'inquiétude qui est venue me perturber et préfère bifurquer sur un autre sujet. Je vérifie juste du coin de l'œil qu'il soit bien sur le dos, je repousse la couverture discrètement et me jette sur lui, comme si j'allais conquérir un pays. Il tente de réagir, mais c'est trop tard ; je suis déjà à califourchon sur lui. Surpris par mon attaque, il est maîtrisé. Je lui fais, sans lui laisser aucun répit, des trous dans le corps ; un index entre la clavicule et le haut de l'épaule, c'est fatal. Mais vu qu'il est plus fort, il retourne rapidement la situation et le voilà par-dessus moi, il me chatouille tellement que j'en perds ma respiration. Je le déteste. Non, en fait, je l'aime comme jamais. Je le supplie d'arrêter alors il s'exécute, m'attrape les poignets et les relève au-dessus de ma tête, je reprends enfin mon souffle. Il me fixe intensément de son regard rempli de désir. Je n'ai plus envie de lui résister, je lui concède la victoire de notre bataille et l'entoure de mes jambes ce qui l'encourage à venir m'embrasser fougueusement. Nous déconnectons complètement répondant aux désirs de nos corps. Quand nous nous séparons, j'ai encore les jambes flageolantes, je me lève et me dirige vers la douche qui est dans la chambre.

— Tu viens sous la douche avec moi, chéri ?

Je le vois hésiter, mais dès qu'il entame sa réponse, mon espoir de continuer sous la douche s'envole.

— Non, les enfants ne vont pas tarder à se lever, je dois préparer le petit déjeuner, je prendrai une douche après toi.

Je suis déçue et glisse sous le jet d'eau chaude qui finit de réveiller mon corps encore endolori. J'ai les muscles du dos tendus, un massage me ferait le plus grand bien. Je repense au mail d'Éva, et sa confidence concernant cet appel suspect me met en colère.

Pourquoi ne les laisse-t-elle pas tranquille, Seigneur ?!

Après la deuxième sonnerie qu'émet mon téléphone, je me décide à répondre et sors me sécher rapidement. Je n'ai pas encore fini que la musique de mon smartphone retentit une nouvelle fois. Je retourne vers le lit et vois que c'est ma mère.

— Allô !

— Allô, ma chérie ! Excuse-moi d'insister, mais je voulais confirmer avec toi l'heure de votre arrivée ?

Je me tape le front de la main me rendant compte que j'avais oublié qu'ils venaient nous chercher à l'aéroport et qu'ils passeraient trois jours à la maison.

— Tu avais oublié, c'est ça ?

— Non, enfin... oui, pardonne-moi, mais ça a été intense...

Elle me coupe sans me laisser m'embourber dans des explications compliquées.

— Ne t'en fais pas, je comprends. Alors ?

— Alors, quoi ?!

— Ben, l'heure ?!

— Ah oui ! On arrive à six heures vingt... C'est O.K. pour toi ?

— Oui, t'en fais pas, papa est bien reposé, je vous préparerai le petit déjeuner. Hâte que vous me racontiez tout ça.

Je suis soulagée par son enthousiasme, je la quitte le cœur léger.

— Merci, maman, tu es un amour. À demain ! Bye.

— Bye, ma chérie.

Je retourne à la salle de bains pour finir de me préparer. Je passe un jean et une chemisette, me fais un maquillage léger et me parfume. En me regardant dans le miroir encore couvert de buée, je me dis qu'Éva avait raison, les cheveux longs me changent vraiment, me rendant plus... Comment elle dit, déjà ? Ah oui, glamour ! Je me marre toute seule.

Je descends enfin, je ne suis pas arrivée en bas de l'escalier que Théo me saute dessus pour me supplier de lui rendre son téléphone qui lui a été confisqué hier. Il a cru qu'il pouvait me parler comme à une de ses copines ! Je pense qu'il a compris la leçon, alors je le lui rends en le prévenant que la prochaine fois ce serait définitif. Je finis de jouer mon rôle de maman pénible en leur rappelant le programme de la journée :

— Les enfants, il faut finir de rassembler vos affaires sans rien oublier, je ne pense pas qu'on revienne de sitôt. On rentre à la maison.

— À laquelle de maison ?

— Celle du Sud.

— Ouais, super !

Sans attendre ma réponse, ils ont tous crié en même temps. Pour eux aussi ce rapprochement géographique sera bénéfique.

— Tu prends quoi, ma chérie ?

— Café, s'il te plaît !

J'attrape ma tasse encore brûlante et m'installe dans le fauteuil près de la baie vitrée. La vue est aussi spectaculaire le jour que la nuit. Je me sens tellement bien et apaisée, j'ai presque fini les valises, alors qu'habituellement tout est fait au dernier moment. Plus que deux ou trois trucs et nous pourrons quitter les lieux. Le moment est venu de nous recentrer sur notre famille.

7

Éva

Nous sommes enfin à l'appartement, je suis éreintée, on a marché toute la journée, mais j'avoue que ce parc était magnifique. Ce sont des moments que j'ai envie de graver dans mon cœur à tout jamais. Nous profitons de chaque seconde, même dans les silences. J'ai été seule durant six ans, ce qui me paraissait une éternité à l'époque. Ça a été si dur d'avancer seule. Durant cette période, le temps était mon ennemi. Je me rappelle encore le jour où j'ai divorcé. Une semaine après, j'étais dans le bureau de l'avocate. Elle avait essayé de donner de la chaleur à cette pièce si impersonnelle en y ajoutant une plante et une toile moderne aux couleurs chaudes, mais l'atmosphère était toujours la même, triste et morose. La lumière du dehors n'arrivait pas à rentrer par les fenêtres étroites à cause de l'énorme chêne qui se dressait devant elles, ce qui la rendait petite et étouffante. Elle ne faisait qu'accueillir des âmes remplies de colère, d'amertume et de regrets. Cette journée aura marqué ma vie pour toujours. Je n'avais pas envie d'entendre les mots qui seraient prononcés pour la procédure. Il fallait parler des protocoles de gardes, de pension... J'ai dû sortir un instant, prise de nausées, la boule que j'avais dans la gorge devait sortir. Pendant les quelques minutes où je me suis isolée, je ne pensais qu'à disparaître pour fuir cette tragédie. Je voulais, à mon retour dans cette pièce si ténébreuse, hurler : « Va crever ! » ; sauf que je suis rentrée et que l'avocate m'a demandé de signer au bas de la page, si j'étais d'accord avec tous les termes évoqués. Je n'ai pu m'empêcher de dire : « Ai-je vraiment le choix ? » Bien entendu, je n'ai reçu aucune réponse. Est-ce que j'en attendais vraiment une ? Je ne sais pas. Mais aujourd'hui, c'est du passé et je compte bien profiter de mon présent. Pour le moment, extenuée, je m'affale sur le canapé, tout en commandant aux filles de ranger toutes leurs affaires pour le départ du lendemain.

— Maman, je peux me doucher avant ?

— Oui, ma puce, bien sûr. D'ailleurs vous allez toutes les deux à la douche avant le dîner et n'oubliez pas les cheveux...

Elle se plaignent aussitôt quand je leur parle de leur shampooing mais, à l'intervention de Marc, elles se ravisent et obéissent. Pour elles, il est comme leur papa. Elles disent qu'elles sont chanceuses d'avoir deux papas et une maman. Un grand cœur et quatre bras costauds. Marc les considère aussi comme ses filles et quel bonheur de pouvoir lui en donner une petite dernière.

— Ça va, ma belle, pas trop fatiguée ?

— Non, ça va ; enfin presque, mes pieds menacent de ne plus me porter mais...

Je n'ai pas le temps de finir ma phrase qu'il est déjà assis près de moi, les prend délicatement pour les poser sur ses cuisses. Quelle sensation agréable ! Il me masse doucement jusqu'aux tibias, la sensation de bien-être remonte jusqu'aux racines de mes cheveux. Je ferme les yeux en lâchant un soupir de plaisir.

— Humm !

Je sens déjà le sommeil me gagner, mais je sursaute presque lorsque je l'entends susurrer à mon oreille :

— Tu as envie d'un bain ou de quelque chose d'autre ?

Sa phrase déclenche immédiatement en moi des papillons dans le ventre. J'ouvre les yeux, il me dévore du regard comme j'aime tant. Je lui réponds feignant l'innocence :

— Oui... mais avec toi !

Il entre dans mon jeu et continue :

— Ne seriez-vous pas en train de me séduire, madame Morgan ?

Je dépose un baiser sur ses lèvres en lui répondant :

— Je ne vois pas de quoi tu parles !

Avant que la situation ne bascule irrémédiablement, il se reprend, s'arrête et m'abandonne pour se réinstaller à sa place.

— Ok, alors après manger !

Il reprend un ton plus sérieux, ce qui me ramène aussitôt au sujet qui m'a travaillée une partie de la journée. Je ne peux pas lui cacher la vérité plus longtemps et agir comme si de rien n'était, je dois lui parler. Je prends une petite inspiration et me lance.

— Il faut que je te parle d'un sujet, mais promets-moi de ne pas t'énerver.

Son regard s'assombrit, ce qui me tend un peu plus. Je caresse mon ventre afin de me donner de la contenance. J'hésite mais, de toute façon, c'est déjà trop tard. Il ne me lâchera pas tant que je n'aurai pas craché le morceau.

— J'ai reçu un appel...

Il n'a aucune réaction, ce qui ne me rassure pas. Je continue de plus en plus mal à l'aise :

— Personne n'a parlé les quatre premières fois, mais au cinquième appel, je crois avoir entendu la voix d'une femme dire : « Tu vas le regretter ». Ça a rappelé cinq fois de suite, mais je n'ai plus répondu !

Je le vois crisper les mâchoires et serrer les poings violemment.

— Je vais la...

Je le sens perdre pied et l'interromps aussitôt :

— Arrête, s'il te plaît. On n'est même pas sûrs que ce soit elle.

— Ah oui ! Rappelle-toi ses derniers mots...

Ce souvenir me fait froid dans le dos, je m'en souviens comme si c'était hier ! Je ne sais pas comment « elle » avait appris que j'étais enceinte, mais j'avais reçu un coup de téléphone de sa part qui me disait que mon mari lui appartenait et qu'elle nous ferait payer. Son appel m'avait bouleversée. J'avais contacté Marc dans la foulée pour lui expliquer ce qui venait de se passer sans arriver à retenir mes larmes. Il était devenu fou furieux, avait pris son portable pour la prévenir que si elle appelait encore ou menaçait sa famille, il n'en resterait pas là. Pourtant, au regard du passé, je lui ai demandé de régler clairement la situation avec cette femme qui n'avait pas supporté qu'avec moi ça fonctionne, et qu'avec elle ça ait échoué. Elle était revenue à la charge au début de notre mariage, mais il l'avait gentiment envoyée balader. Pour nous, cette histoire faisait désormais partie de notre passé. Malheureusement, rapidement nous avons été rattrapés par des appels anonymes que nous recevions plusieurs fois par jour. Lors de notre déménagement, nous avions profité de l'occasion pour changer nos numéros de téléphones faisant définitivement cesser les appels mal-veillants. Cependant, le dernier reçu, me ramène à « elle ». J'essaie d'enlever cette idée de ma tête, après tout, ça pourrait être n'importe qui. Pourtant, je crois que j'essaie de me mentir à moi-même. J'essaie de ne pas en tenir compte et de rester positive.

— Tu sais que Dieu veille sur nous et notre famille.

Il ne décolère pas, même si sa voix se fait moins dure.

— Je sais, mais je n'aime pas ça. S'il te plaît, dis-le-moi si ça recommence ! Tu m'avais promis : plus de demi-vérité !

Il ne me lâche pas du regard avant ma réponse. Je culpabilise, il insiste :

— Tu me le promets ?

— Oui…

— D'accord, alors profitons de la soirée.

— Merci.

Nous finissons la soirée tranquillement en nous remémorant la journée passée. Les filles sont complètement déchaînées, pour les calmer nous décidons de regarder un film tous ensemble. Il ne s'est pas écoulé quinze minutes avant qu'elles s'endorment.

Marc les secoue doucement et leur demande de rejoindre leur lit :

— Les filles, allez vous coucher, vous êtes épuisées et demain on se lève tôt !

Elles ne se font pas prier, parviennent à peine à nous dire bonne nuit et nous quittent tels des zombies. Maintenant qu'elles sont parties, la proposition de Marc me paraît plus tentante que jamais.

— Tu veux toujours profiter d'un bain ?

Malgré son air absent, il me répond positivement :

— Oui, pas toi ?

— Si.

Je le sens moyennement convaincu. Je comprends bien que ma déclaration l'a contrarié, mais je sais qu'un moment de détente ne pourra que lui faire du bien. Il essaie de profiter de l'instant présent et, sans me prévenir, me prend dans ses bras et m'embrasse, je suis surprise ; alors il se recule et me sourit. Il parle doucement comme s'il me disait le plus grand des secrets.

— On monte…

Il m'embarque aussitôt et, sans dire un mot, je le prends par la main pour l'entraîner dans l'escalier. Nous ne sommes pas encore arrivés à l'étage, qu'il nous arrête dans notre élan. À peine ai-je le temps de me retourner, qu'il est déjà sur moi et recommence à m'embrasser tout en me plaquant contre le mur. Je suis dans une bulle oubliant tous mes soucis. Les battements de mon cœur s'accélèrent. Je sens que je vais perdre le contrôle, mais il interrompt cet échange et me susurre à l'oreille :

— Votre bain vous attend, madame Morgan...

J'ai envie de tout, sauf d'arrêter là. Je me résous, pourtant, à le suivre jusqu'à la salle de bains. Je prends tout mon temps pour me déshabiller et, lorsque je le rejoins, il est déjà dans l'eau qui lui arrive à peine à la taille. Je soupire de bien-être à l'odeur du gel douche fruité et à la douce lueur des bougies qu'il a allumées. La mousse déborde de partout. Le froid du carrelage me fait sautiller jusqu'au tapis de bain. Je lâche la serviette enroulée autour de ma poitrine tout en enjambant le rebord de la baignoire. Le contact de l'eau à la pointe de mon pied est agréable, c'est à bonne température. Il me tend la main pour m'aider. Je la saisis en souriant et me glisse derrière lui. Calée confortablement, je commence à lui masser le dos. Ses muscles sont plus que tendus. Au silence qui s'instaure, je me rends compte qu'il n'est pas totalement avec moi.

— Je t'en prie, ne t'inquiète pas pour ce que je t'ai confié tout à l'heure, je voulais juste que tu sois au courant mais...

J'ai vu juste, il ne me laisse pas finir.

— Si, je m'inquiète...

Je ne vois pas son visage mais son ton est dur.

— S'il t'arrivait un malheur à toi ou aux filles, j'en mourrais. Et encore plus, si c'était par ma faute.

Il se retourne et me fixe intensément, les mots semblent ne plus vouloir sortir, pourtant il pose sa main sur ma joue et finit :

— Je t'aime et je ne veux pas te perdre !

Je retiens mes larmes qui menacent depuis cinq minutes. Je fais glisser mon visage dans la paume de sa main jusqu'à atteindre ses doigts que j'embrasse tendrement.

— Tu ne me perdras pas, je te le promets.

Je le prends dans mes bras et dépose sa tête sur ma poitrine. Nous fixons la flamme devant nous, collés l'un à l'autre durant un long moment. Je le sens s'endormir et le secoue doucement, il se met à marmonner :

— Faut sortir ou on va ressembler à nos grands-parents.

J'éclate de rire tout en le repoussant pour m'extirper de l'eau presque froide. Je me sèche rapidement, sentant la fatigue me gagner. Ma nuisette enfilée, je plonge aussitôt sous la couette. Je ne suis plus capable de penser à quoi que ce soit. Il me rejoint et nous nous endormons, enlacés.

8

Élie

Nous arrivons enfin à l'aéroport. Comme papa doit venir nous récupérer dès que nous rejoindrons l'immense hall, je le cherche du regard. Je n'ai pas le temps de m'inquiéter que les enfants l'ont déjà repéré et lui sautent dessus, tous les trois en même temps. Il manque de perdre l'équilibre mais les rattrape en riant.

— Les enfants doucement, ou il risque de tomber. Salut, papa !

Il repose Naya par terre et viens m'embrasser, heureux de nous retrouver.

— Bonjour les enfants ! Alors, bon voyage ?

Je le prends dans mes bras, contente de le voir. Maman avait raison, il a l'air reposé et en forme. Je le relâche en soupirant :

— Oui, fatigant et intense, mais tout s'est bien passé.

— Tant mieux. Allez, rentrons, maman nous attend.

— Comment ont avancé les travaux ?

Tout en marchant, il se retourne en me souriant.

— Tu verras... ! Franck, comment s'est passé ta conférence ?

Je n'ai même pas le temps d'insister, qu'ils passent déjà à un autre sujet. Contrariée, je ne dis plus un mot. Quant à Franck, extenué par le voyage, son ton est las et à l'opposé de sa déclaration.

— Super, c'était génial. Je suis tellement reconnaissant pour cette aventure, j'en ressors plus fort.

Nous récupérons les valises et grimpons dans le sept places. Durant le trajet, tout le monde est silencieux ; la fatigue du voyage se fait sentir. Après trente minutes de voiture, nous arrivons enfin. Il fait un temps magnifique. Nous découvrons notre nouvelle maison avec une pointe d'appréhension mélangée à une excitation enfantine. Je ne peux m'empêcher de sortir de mon mutisme tellement je suis époustouflée.

— Wouah ! Mais ils ont fait du super boulot !

Nous avions embauché une équipe d'artisans pour réparer la façade de la maison, faire les peintures intérieures pendant notre déplacement, ainsi qu'un paysagiste pour le jardin. Nous sommes déjà impressionnés par l'extérieur. Exactement comme on le voulait. Je suis fière de mon mari qui avait passé beaucoup de temps avec différents professionnels pour choisir les meilleurs. Je l'attrape par le cou, malgré le siège avant qui nous sépare, et lui claque un bisou.

— Ils ont vraiment fait du bon boulot. Mon chéri, tu as bien choisi !

Il me saisit les mains, fier du travail accompli. Mona a le nez collé sur la vitre arrière, je comprends à peine ce qu'elle prononce. N'ayant aucune réponse, elle recule et répète :

— Maman, c'est celle-là notre maison ?

Je lui réponds, amusée :

— Oui, ma puce, c'est celle-là.

Les enfants ont les yeux grands ouverts remplis d'envie et de découverte. La porte d'entrée s'ouvre laissant apparaître ma mère sur le palier pour nous accueillir. Elle est rayonnante. Le tablier autour du cou, comme à son habitude, son visage teinté par le soleil semble la rajeunir. À peine la voiture est-elle garée que les enfants sont déjà dehors.

— Mamie !!!

Les bras grands ouverts, elle les accueille comme elle peut.

— Mes chéris, vous m'avez tellement manqué.

Elle les serre dans ses bras, aussi fort qu'elle le peut et s'empresse de leur poser cent questions.

— Alors, racontez-moi : c'était comment New York ? La nourriture ? Et la statue ? Elle est grande ?

Leur manque d'énergie semble disparaître miraculeusement, ils sont surexcités par sa demande. Les réponses fusent de tous les côtés.

— Grandiose, mamie !

— Gigantesque !

— On est allés au magasin M&M's !

Je suis obligée de les interrompre pour dire bonjour à ma mère.

— Salut mam', ça va ?

Elle m'étreint avec douceur.

— Oui et toi, ma chérie ?

— Épuisée par le voyage, mais ça va !

Elle me décharge de mon sac à dos et se dirige vers la porte.

— Rentrons, le temps que Franck et papa déchargent la voiture.

Je suis époustouflée. L'intérieur est aussi beau que l'extérieur. Le rendu est parfait. Nous avons choisi des couleurs pastel pour plus de luminosité. L'escalier a été poncé et vitrifié, ça lui donne tellement plus de cachet. Les enfants ont déjà grimpé dans leurs chambres. Il n'y a encore aucun meuble, sauf la cuisine qui a été posée en tout début de semaine. Elle est magnifique. Nous avons prévu de tout récupérer cet après-midi avant qu'Éva et sa famille rentrent. J'avais déjà fait une précommande via Internet lors de notre séjour à New York. Tout est prêt au magasin pour chargement ce jour.

Il ne va pas falloir traîner, les livreurs seront là en début d'après-midi. Comme à son habitude, maman a prévu un planning pour une meilleure orga-nisation, tout a été chronométré, même le repas ! Le seul créneau qu'il me reste pour prendre un bain sera quand Franck ira récupérer Marc et Éva à l'aéroport.

— C'est magnifique ! Et comme d'habitude, maman tu assures.

Elle me fait un clin d'œil complice qui me fait sourire. Je m'installe sur l'une des chaises du bar, admirative du travail qui a été fait. Le plan de travail est en vinyle gris assorti aux assises des tabourets.

— Tu veux un café, ma chérie ?

Elle actionne déjà la machine encore jamais utilisée.

— Oui, merci. Ne prépare rien pour les enfants, on leur a pris un petit dej' à l'aéroport.

Papa et Franck apparaissent à la porte de la cuisine en riant.

— Élie, dis à ton père que je ne mens pas quand je lui dis que Superman se baladait sur Times Square !

C'est vrai qu'on avait vu ce drôle de monsieur avec le vrai costume du héros se pavaner sur l'avenue. Nous avions bien rigolé quand il a grimpé au premier étage d'un immeuble par l'escalier de secours et qu'il a sauté sans que personne ne s'y attende. Sa tentative s'est conclue par un atterrissage prématuré dans les poubelles d'en bas. Je me mets à rire en acquiesçant :

— Oui, c'est vrai, il a même volé pendant une minute.

Ma précision déclenche l'hilarité générale. Franck me rejoint sur le tabouret d'à côté, il a l'air exténué. Je culpabilise quand je vois les cernes dessinés sur son visage en sachant que j'ai tant insisté pour qu'il aille chercher Éva et Marc à l'aéroport, en plus de tout ce qu'il a à gérer, à peine rentré. Quand il s’aperçoit que je l’observe, il se redresse et prend un air détaché en demandant un café et des nouvelles à ma mère :

— Ah, je ne dirai pas non à un café, moi aussi !

Sa manière à lui de la taquiner en lui faisant remarquer qu'elle ne lui en a pas proposé un. Comme elle est sur le point de se défendre, il enchaîne aussitôt avec une attention qui la désarme totalement :

— Comment vas-tu Solène ? Tu as l’air en forme !

— Ça va, je te remercie.

Elle lui adresse un sourire entendu avant de poursuivre.

— Tiens, voilà ton café avec une pointe de crème.

Attendri par son geste, il lui sourit avec bienveillance.

Nous échangeons pendant un long moment sur notre voyage avant de nous affairer à la tâche. Malgré la fatigue qui est toujours là, l’euphorie de ce nouveau départ me donne de nouvelles forces.

9

Éva

Nous arrivons enfin à destination. J'ai des sacs partout, j'ai envie de tout jeter. Le voyage a été long et horrible. Impossible de trouver une position agréable dans ce fichu avion. Alors que Marc et les filles ronflaient, j'étais là à regarder le plafond après avoir épuisé toute leur réserve de films. J'essayais de ne pas penser à ce satané appel reçu la veille, m'obligeant à ne rien imaginer avant d'être sûre.

Vu que je ne pouvais pas avaler de cachets, je n'ai pas fermé l'œil et me suis sentie vaseuse durant tout le vol.

Enfin c'est fini, ça y est nous sommes sur la terre ferme. Nous attendons les valises et, à mon grand étonnement, Franck, qui est toujours ponctuel, n'est toujours pas là. Le pauvre, il faut dire qu'Élie ne lui a pas vraiment laissé le choix. Je l'imagine bien être sur son dos pour que ce soit lui qui nous récupère au cas où nous nous ferions enlever par des extraterrestres !

Je n'ai même pas la force de le chercher dans la foule, je m'assoie sur un banc près du tapis roulant et laisse cette tâche à Marc qui ne tarde pas à me rassurer.

— Tiens, voilà Franck !

Je ne bouge pas d'un poil. Il l'interpelle :

— Eh ! On est là !

Il nous rejoint et me taquine déjà.

— Ça va, toi ? Tiens, donne-moi ça, Éva, si Élie te voyait elle t'aurait déjà sauté dessus en te faisant un cours sur la nécessité de « ne pas porter et se reposer dans ton état ».

Le pauvre, je ne suis pas d'humeur et le lui fais bien savoir.

— Oui, ben ça va, ce n'est pas comme si j'avais un porteur à disposition !

Il ne s'offusque pas, mais se met à rire quand Marc en remet une couche derrière.

— Ne la cherche pas, elle n'a pas dormi ! En plus, avec les hormones...

Non, mais j'hallucine, ils parlent de moi comme si j'avais disparu. Je le leur fais remarquer avec une moue de mécontentement.

— Je vous entends... Je suis toujours là...

Ils sont tous les deux hilares. Ça y est ils se retrouvent, on dirait de grands ados. Ils sont tous les deux fous de musique, ils ne peuvent s'empêcher de jouer ensemble dès qu'ils le peuvent.

Leur légèreté me gagne faisant redescendre la tension accumulée pendant le vol. Je lâche un discret soupir de soulagement, mon ventre commençait à me tirer dangereusement. Malgré tous mes efforts pour masquer la douleur, Marc vient de s'en apercevoir.

— Ça va, ma puce ?

Je lui réponds en souriant pour dissimuler mon malaise. Il me caresse le dos avec bienveillance.

— Oui, oui... juste épuisée !

À mon grand soulagement, Franck ne remarque rien et nous invite à le suivre gaiement jusqu'à la sortie.

— Allez ! On y va famille Morgan, y en a une qui doit s'impatienter !

À sa déclaration, un sentiment de joie remplace la fatigue, j'ai tellement hâte de la revoir. Elle doit être toute bronzée. Je dois l'avouer, je suis jalouse de sa silhouette qui, malgré les grossesses, reste parfaite. Elle fait une tête de plus que moi, une légère ressemblance avec Kate Winslet. Nous avons toutes les deux des tempéraments passionnés qui se rejoignent régulièrement.

Au bout d'une demi-heure de trajet, nous arrivons enfin. Ce soir, nous mangeons avec nos amis, trop pressés de nous retrouver. Lorsque Franck gare la voiture dans l'allée, je suis ébahie par ce que je découvre. J'étais avec elle lors de la première visite, nous étions tout de suite tombées sous le charme en voyant déjà le potentiel qui s'en dégageait, mais des travaux de rénovation devaient être effectués. En sortant de la voiture, je sens une odeur de barbecue me titiller les narines, j'en ai l'eau à la bouche.

— Maman, ils sont là, ils sont là !

Les enfants arrivent en courant et, la minute d'après, ils ont déjà tous disparu... Je n'ai même pas eu droit à un bonjour. Heureux de se retrouver, ils vaquent déjà à leurs occupations, Milla avec Théo vont à la découverte de la nouvelle maison tandis que Lily et Mona ont déjà enfilé leur maillot.

Élie arrive vers moi. Je sens l'euphorie m'envahir, une boule dans ma gorge se forme, je ne peux empêcher mes larmes de couler. Elle me prend dans ses bras et me rejoint aussitôt dans mon débordement émotionnel.

— Non, mais... vous n'allez quand même pas pleurer ?!

Marc a les yeux grands ouverts tant il n'en revient pas, alors que Franck est hilare.

— Ah, ces femmes ! Tu te rends pas compte, elles ne se sont pas vues depuis... Attends, laisse-moi réfléchir... un mois... Oh, mon Dieu !

Je me retourne pour lui tirer la langue. Il rit de plus belle et, tout en invitant Marc à le suivre, il rajoute quelques mots plus compréhensibles :

— Allez, laissons-les refaire le monde et allons sauver ce barbecue. Une petite bière ?

— Avec plaisir !

Ils nous quittent, dépassés par la situation comme à chaque fois qu'Élie et moi sommes ensemble.

— Laisse ces goujats se moquer et allons les critiquer !

Elle me prend par le bras en s'essuyant les yeux.

— Oui, tu as raison !

Elle m'entraîne vers les balancelles au fond du jardin, je suis soulagée que nous allions nous asseoir, ça ne fait pas cinq minutes que je suis debout que mon ventre me tire déjà. Le soleil est sur son déclin, mais l'air est toujours aussi chaud. C'est agréable. Je me laisse tomber sur les coussins qui m'accueillent généreusement. Élie s'assoit près de moi, et joue nerveusement avec ses doigts à tel point que je peux sentir sa tension. Je ne sais pas ce qui se passe, mais je compte bien le découvrir. Je pose ma main sur les siennes pour calmer son agitation.

— Qu'est-ce qu'il y a ?

Elle me regarde et détourne aussitôt les yeux.

— Rien !... Ah, si vas-y raconte... Alors ton voyage ?

Je la connais et ne la laisse pas m'esquiver.

— Je ne parle pas de ça ! Et tu le sais parfaitement. Qu'est ce qui ne va pas ?

Elle hésite puis cède finalement.

— Tu vas dire que je te stresse après.

Je sais qu'elle ne veut pas me soûler avec ce que je lui ai confié, mais je vois son inquiétude. Sans compter que ma grossesse la rend déjà assez nerveuse à la base. De toute manière, je sais qu'elle est têtue et qu'elle ne s'arrêtera pas avant que je lui aie parlé.

— Tu as reçu un nouvel appel anonyme ?

Même si je m'y attendais, sa question sans détour me crispe. J'aimerais lui dire que ça ne m'inquiète pas, cependant...

— C'était une voix de femme trafiquée qui m'a dit : « Tu vas le regretter. » Enfin... quelque chose comme ça.

Je me raidis malgré moi en repensant à cette phrase dont je me suis parfaitement souvenue durant le vol. Je continue pour elle :

— Ne te prends pas la tête, ça peut être n'importe qui, un auteur frustré à cause d'un manuscrit refusé ou autres...

Je réalise que je ne lui dis pas toute la vérité et me sens reprise. Élie et moi nous sommes toujours dit la vérité l'une à l'autre sans faux-semblants alors je me décide à tout lui raconter.

— Je t'avoue que mes pensées se sont tournées vers... « elle ».

Je suis obligée de souffler pour pouvoir poursuivre. Obligée d'avouer que ça m'angoisse plus que je ne voudrais le laisser croire.

— Je n'ai pas reconnu la voix, on aurait dit qu'elle était masquée par un chiffon devant le combiné.

Je la vois se décomposer et tente de relativiser.

— Enfin, s'il te plaît, ne t'en fais pas et profitons du moment présent. Marc est déjà sur le coup. Il essaie de ne pas m'en parler, pourtant je sais qu'il y pense tout comme moi.

Elle tente d'intervenir, mais je prends les devants et ne la laisse pas continuer.

— J'ai promis de lui dire, si ça se reproduisait. Si besoin on retournera au commissariat.

— O.K. ! De toute manière, je vais te surveiller maintenant que nous habitons à côté.

— Tu vas quoi ? Mais ça va pas la tête ! J'ai déjà un garde du corps à la maison, j'ai pas besoin d'une nounou.

Je m'apprête à lui envoyer mon doigt dans les côtes quand une contraction vient m'arrêter net. Élie se redresse aussitôt inquiète.

— Qu'est qu'il y a ? Ça ne va pas ?

Je prends sur moi et tente de la calmer.

— Chut, ne crie pas comme ça, tu vas alerter toute la terre et Marc risque de rappliquer.

Je sais déjà qu'il m'obligera à me rendre à l'hôpital et je n'ai vraiment pas envie de ça. Je veux juste profiter du temps présent avec mes amis que je viens de retrouver.

— On va à l'hôpital !

— Non, non ! Je t'en prie, promis c'est passé, c'était juste un faux mouvement.

— Arrête, c'est une contraction, une forte contraction ! Tu en as régulièrement ? Éva, il faut pas jouer avec ça.

Elle est complètement affolée, son expérience a laissé des séquelles irrémédiables. Je la comprends, mais il est hors de question de me laisser envahir par la panique. Je sais que ça va passer, je prends deux grandes respirations, ce qui calme la douleur.

— S'il te plaît Élie, ne dis rien, je te promets que si demain ça recommence, j'irai à l'hôpital. De toute façon, je vois ma gynéco dans deux jours.

Je vois que je l'ai presque convaincue, son visage se décrispe. Je sais qu'elle m'appellera demain à la première heure, ça m'aura fait gagner au moins un jour et, après une bonne nuit de repos, ça ira mieux.

— D'accord mais...

Je ne la laisse pas finir sachant déjà ce qu'elle attend.

— Oui, je te le promets.

J'enchaîne directement sur un autre sujet :

— Au fait, tes parents sont chez toi ? Pourquoi ils ne sont pas venus ce soir ?

— Non. Finalement, ils sont repartis parce que mon frère avait besoin d'eux pour garder ma nièce…

Nous sommes interrompues par Franck qui sonne le rassemblement.

— À table !!!

Nous rejoignons la terrasse et nos tribus qui sont déjà toutes attablées ; le repas est excellent, ça faisait longtemps que je n'avais pas mangé une viande avec autant d'envie. Nous n'arrêtons pas de parler de nos aventures toute la soirée. Apparemment, les enfants ont aimé découvrir les mystères de Pékin et la statue de la Liberté. Et, à force d'anecdotes, lorsque nous rentrons chez nous, il est presque vingt-trois heures. Nos amis ont insisté pour garder les enfants chez eux afin que je puisse me reposer demain matin. Je sais qu'Élie a dû dire à Franck que j'étais fatiguée. Je ne lui en veux pas, elle a toujours été prévenante que ce soit envers moi ou ma famille. Finalement, c'est une excellente idée, je rêve d'une grasse matinée et j'en profiterai aussi pour me rendre une heure au bureau.

Marc referme la porte sur nous et je l'entraîne déjà jusqu'à notre chambre à coucher. J'ai à peine eu le temps de me déshabiller que je m'endors déjà dans un profond sommeil, blottie dans les bras de mon homme aussi content que moi d'être enfin chez nous.

10

Élie

Ce matin, je me suis levée de bonne heure, heureuse de retrouver mon nouveau chez moi. J'ai continué à déballer les derniers cartons, mais comme nous sommes déjà rattrapés par nos obligations, je dois m'arrêter. Aujourd'hui, c'est mon premier jour de boulot à l'association et Franck a disparu dans son bureau depuis les premiers rayons du soleil. Je suis tirée de mes pensées par un vacarme soudain à l'étage. Je sors la tête de la cuisine, une tribu de nains surexcités dévale l'escalier.

— Doucement les enfants, ou il y en a un qui va se casser un bras.

Ils m'entendent à peine et, au vu de leur agitation, je les envoie faire un tour dehors.

— Filez dans le jardin, il fait beau.

Théo me répond en passant comme l'éclair :

— O.K., maman !

Lily quant à elle s'arrête net, visiblement, elle a une requête.

— Élie, on peut jouer dans la piscine ?

Elle est suivie de près par Mona qui prend son air de chien battu.

— Oui, s'te plaît maman, dis oui !

Je jette un coup d'œil à ma montre et tranche :

— O.K., mais que chacun mette de la crème solaire et prenne une serviette dans la buanderie.

Ils sont surexcités et se mettent à crier des « mercis » dans tous les sens.

Je les regarde partir le sourire aux lèvres. Nos enfants s'entendent à merveille. Nos deux aînés ont trouvé leur binôme tandis que ma dernière s'incruste avec ceux qui veulent bien d'elle selon l'activité entreprise. Je les regarde s'éloigner, admirative de voir à quel point ils grandissent et ce qu'ils deviennent. Je ne peux m'empêcher de pouffer quand j'aperçois Milla taquiner une nouvelle fois mon grand dadé qui la dépasse d'une tête.

Je vérifie si tout va bien et j'aperçois Naya courir pour se jeter dans l'eau. Je lance un avertissement avant que mon cœur lâche :

— Hé, ne courrez pas autour de la piscine !

— D'accord...

Rassurée de voir qu'ils obéissent, je les laisse. Maintenant, il faut que je me dépêche ou je vais être en retard. J'abandonne mon balai qui m'enquiquine et vais à la recherche de Franck.

— Franck !... Franck !

— Dans le bureau, chérie !

Quand je rentre, je le trouve concentré sur son ordinateur, torse nu... Si je ne me contrôle pas, je pourrais lui sauter dessus. Mais non, non je me raisonne : les enfants sont là et j'ai un rendez-vous. J'ai déjà mis un post-it dans mon cerveau pour rappel. Je vais me résigner quand une idée lumineuse me séduit immédiatement : je peux quand même goûter un échantillon. Je tire sa chaise à roulettes et passe à califourchon sur lui. Il me regarde agir, surpris, c'est la première fois que j'ose le « déranger » en plein travail. Au final, il réussit quand même à sortir une phrase.

— Qu'est-ce que tu fais ?! Tu me déranges, je suis sur de nouvelles paroles.

Je ne me laisse pas désarçonner et j'accentue mon sourire en me mordant la lèvre inférieure. Il ne se détend pas et réplique :

— Tu es en train de me déconcentrer.

Je lève les yeux au ciel, dépitée par son manque de fantaisie... Je lui pose un doigt sur la bouche pour qu'il se taise.

— Je crois juste que tu as besoin d'une petite pause.

Et avant qu'il ne puisse dire un mot, je l'embrasse et passe mes bras autour de son cou. Il me rend mon baiser alors que ses mains se mettent à parcourir mon dos pour descendre jusqu'à ma taille. Je sens que nous ne pourrons bientôt plus nous arrêter, je l'attrape par les poignets le stoppant dans son élan et me lève encore plus vite que je me suis installée.

— Mais...

Il a encore la bouche entrouverte ce qui me fait glousser.

— Ah non, ne me regarde pas comme ça, j'avais dit juste une pause, et en plus, il y a les enfants !

— Mais tu ne peux pas me laisser comme ça !

J'aurais presque envie de le plaindre, mais ma petite manœuvre a finalement des airs de revanche, « on n'abandonne pas une femme amoureuse sous la douche ». Et puis, on se rattrapera. J'aperçois l'heure sur l'horloge murale et me redresse d'un bond, car je suis déjà en retard.

— Il faut que j'y aille ! J'ai un entretien dans dix minutes !

Je me lève précipitamment, mais m'arrête brusquement dans l'encadrement de la porte.

— Peux-tu préparer la salade pour ce midi, s'il te plaît ? j'aimerais passer voir Élie avant le déjeuner. On doit discuter de mon dernier tome avant l'impression. Tout est dans le réfrigérateur, ma mère a fait les courses avant de partir.

J'ai débité si vite mes directives que je me suis perdue moi-même, je vais m'assurer qu'il ait bien tout compris, mais je m'aperçois qu'il me dévisage avec un air taquin.

— Je ne sais pas si tu mérites après ça...

Je le regarde avec une moue faussement penaude qui fait toujours son petit effet. Comme d'habitude, il cède.

— Mais oui, ce sera prêt quand tu rentreras.

Je lui fais un dernier bisou reconnaissant et file.

— Merci, mon chéri, je t'aime ! À tout à l'heure.

— Je t'aime aussi ! Attention sur la route.

Évidemment, tout s'y met, des feux rouges aux conducteurs du dimanche, ce qui fait que lorsque j'arrive à l'assoc., Laura est déjà là. Pourquoi les gens sont toujours à l'heure quand ils ont rendez-vous avec moi ? Laura est une jeune danseuse qui a des difficultés à trouver sa place dans le monde artistique où les portes ont du mal à s'ouvrir. J'ai besoin de savoir ce qu'elle a dans le ventre avant de lui donner le rôle qui pourrait être un tournant dans sa vie.

Je me gare rapidement pour la saluer.

— Bonjour, madame Aupert !

— Ah non, je t'en prie, Élie, je n'ai que trente-quatre ans, madame me donne l'impression d'être âgée de quatre-vingt ans.

Elle me sourit timidement et reprend :

— Pardon... Élie !

Je lui envoie un clin d'œil ravi.

— Excuse-moi, je suis en retard.

— Ce n'est pas grave, je viens tout juste d'arriver.

Je passe mon bras autour de ses épaules et l'entraîne doucement vers l'entrée de l'immeuble. Je sais qu'elle appréhende notre entrevue. Nous saluons l'équipe de ménage qui s'affaire dans la salle principale et continuons notre chemin jusqu'à mon bureau. Je lui fais signe de rentrer et de s'installer sur la banquette qui fait face à mon fauteuil.

— Tu as envie d'un café, thé, avant de commencer ?

Elle se réinstalle nerveusement en me répondant timidement :

— Oui, merci.

Je reviens avec deux tasses fumantes et referme la porte derrière moi en expirant lentement.

Après deux heures d'échanges, nous en ressortons toutes les deux satisfaites. Je lui laisse une chance et on refait un point dans un mois. Elle aura le temps de connaître l'équipe et de cheminer encore.

Lorsque nous rejoignons le parking, je l'étreins une dernière fois avant de la quitter. Elle me semble ravie, ce qui me comble totalement.

— Au revoir, mad... Élie ! À dimanche.

— Hâte de te voir sur scène...

Elle me fait un dernier signe de la main avant de se diriger vers son vélo. Je comprends mieux sa silhouette de rêve. Si mes souvenirs ne me font pas défaut, elle habite de l'autre côté de la ville. Lorsque je contrôle ma montre, je me rends compte qu'il est déjà onze heures trente. Je ne peux plus traîner, je grimpe dans ma voiture et démarre aussitôt.

11

Éva

Je m'étire de tout mon long. Malgré quelques douleurs à deux heures du matin, j'ai merveilleusement bien dormi. Aucune alarme, aucun cri et aucun rendez-vous à l'horizon... Je me tourne vers le réveil, encore ensommeillée : dix heures et trente minutes. Je m'anime d'un coup en m'apercevant qu'il est déjà tard et qu'il faut que je me lève. Pourtant, au moment où je vais m'activer, une petite voix me propose une autre solution : « Reste encore quelques minutes au lit pour profiter de cette grasse matinée bien méritée. » Ma décision est prise, je remonte la couette jusqu'au menton. J'ai cru entendre Marc se lever il y a un moment, mais mes yeux sont restés obstinément fermés. Je me souviens seulement de son souffle dans mon cou. Je reste encore étendue à profiter du calme, les mains posées sur mon ventre, je rentre dans mon sixième mois et tout est parfait. Les souvenirs de notre voyage viennent occuper toutes mes pensées alors que mes mains caressent mes rondeurs plus volumineuses, il ne faut pas plus de deux minutes pour que ma princesse se mette à gigoter dans tous les sens. Quel bonheur !

Pourtant, ma bonne humeur est rattrapée par l'incident d'hier. Les contractions sont de plus en plus rapprochées, il va vraiment falloir que je ralentisse le rythme d'autant que, par malchance, Élie était présente et qu'elle ne va plus me laisser en paix. Heureusement, je serai rassurée dès demain lors de ma visite gynécologique et je pourrai reprendre sereinement ma petite vie « tranquille ». Le bruit qu'émet mon estomac me rappelle qu'il est temps que je me lève, la faim se fait sentir, je m'extirpe de mon lit et attrape ma chemise de nuit. Je cherche machinalement mes chaussons avec mes pieds, sans regarder vraiment ce que je fais. Comme je ne les vois pas, je me baisse pour vérifier sous le lit. Je suis courbée en deux quand une vive douleur me traverse brutalement le ventre. Un cri strident m'échappe alors que je reste paralysée par l'intensité de la sensation.

J'entends Marc se précipiter dans l'escalier et, lorsqu'il arrive en trombe dans la chambre, je suis à genoux par terre, au bord du malaise.

— Éva !

Il est complètement affolé, mais je ne peux le rassurer, j'ai trop mal. Des sueurs viennent perler sur mon front. Mes mains sont moites et mon cœur menace de sortir de ma poitrine.

— Je... je.

J'ai le souffle court. Il ne cherche pas plus longtemps et tranche :

— J'appelle une ambulance, ne bouge pas.

L'arrivée prématurée de Lily, il y a quelques années, me ramène à de mauvais souvenirs : l'hospitalisation en urgence, l'unité de soins néonatale, la séparation. Même si elle n'a rencontré aucun problème de santé, je refuse de revivre ce cauchemar. La panique s'empare de moi, lorsque je sens un liquide couler le long de mes cuisses. Je me risque à toucher, les mains tremblantes, j'en glisse une entre mes jambes et quand je la ramène à moi, mon souffle se coupe, mes doigts sont recouverts de sang. Je m'affole. Je hurle littéralement :

— Marc, mon Dieu... Marc...

Je le vois réapparaître dans la chambre, le téléphone à la main. Son regard s'assombrit lorsqu'il tombe sur ma main ensanglantée, mais je vois qu'il prend sur lui lorsqu'il respire profondément et conclut avec le régulateur d'un ton ferme :

— Oui, 44, avenue Général-de-Gaulle, dépêchez-vous, s'il vous plaît... Ne t'en fais pas, ma chérie ; ils arrivent.

Il s'agenouille près de moi et continue à me parler aussi calmement qu'il le peut, alors que je suis déjà dans mon scénario catastrophe.

— J'ai peur, c'est trop tôt, on va la perdre.

Je m'effondre dans ses bras, secouée par des sanglots qui s'accentuent à chaque seconde. Il me serre plus fort tout en continuant à me rassurer :

— Je te promets que ça va bien se passer...

Dans un murmure, je l'entends :

— Seigneur, on a besoin de toi...

Au bout de cinq minutes — je crois les plus longues de ma vie — le SAMU arrive, ils ne perdent pas de temps, prennent ma tension et me posent un millier de questions auxquelles je tente de répondre tant bien que mal. Je les vois agir rapidement mais avec précision. Une femme me tient la main pour me rassurer. Marc ! Où est Marc ? Ma respiration s'accélère, la panique commence à me gagner quand je le vois enfin. Il est là. Il se fraie un passage parmi les urgentistes et me prend la main.

— Ça va, mon amour, je reste avec toi ; je te le promets...

Je n'ai pas le temps de lui répondre, je suis basculée sur un brancard et avant de saisir ce qui m'arrive, nous sommes déjà dans l'escalier. En sortant, nous croisons Élie qui devient blanche comme un linge quand elle comprend qu'il y a un problème. J'ai envie de lui dire que tout va bien se passer, mais je n'y crois pas moi-même. Elle crie presque :

— Marc, qu'est ce qui s'est passé ?!

— Pas maintenant, Élie, s'il te plaît. Gardez les enfants. Je vous tiens au courant.

Elle le coupe sans pouvoir s'empêcher de hausser la voix :

— Non ! Non, je vous suis. J'appellerai Franck de la voiture pour le prévenir.

Il ne lui répond pas, mais la laisse s'exécuter. Les portes se referment laissant apparaître le visage d'Élie, les yeux baignés de larmes. Nos regards se croisent mais se passent de mots, elle est broyée de culpabilité et m'en veut de ne pas l'avoir écoutée hier soir.

Le véhicule du SAMU roule à vive allure, Marc est près de moi, des gouttes de sueur roulent sur son visage, il reste cramponné à mon avant-bras. Son visage est à quelques centimètres du mien, il me répète en boucle que tout va bien se passer, sans parvenir pour autant à dissimuler la lueur de peur qu'il y a dans ses yeux. J'ai les mains posées sur mon bas ventre comme si je pouvais retenir le bébé et l'empêcher de sortir trop tôt. Je suis complètement perdue, mes jambes tremblent, mais impossible de déterminer si j'ai chaud ou froid. Tout ce que je sais, c'est que je suis terrifiée à l'idée de perdre ma petite Anna. Les mots viennent dépasser ma pensée et je me risque à ouvrir la bouche.

— Et si...

Il me fait taire en mettant son doigt sur ma bouche.

— Non, arrête, je te promets que tout va bien se passer.

Je capitule et ne dis plus un mot avant l'arrivée à l'hôpital.

Quand le véhicule se gare, je suis prise en charge directement par ma gynécologue. Le médecin urgentiste lui fait un topo, mais elle ne le laisse pas finir et s'adresse déjà à Marc.

— Monsieur Morgan, restez dans la salle d'attente, s'il vous plaît, je viendrai vous voir après l'examen.

Il s'arrête à la porte, déconcerté. Il ne s'oppose pas et lâche ma main. Cette fois, j'explose littéralement. C'est au-dessus de mes forces, je ne veux pas qu'il me quitte, j'ai trop besoin de lui et je m'agrippe désespérément à son tee-shirt.

— Non, non, je veux qu'il vienne. S'il vous plaît docteur, je veux qu'il soit là.

Mes paroles sont hachurées par les sanglots qui me secouent. Je ne l'ai pas vu venir, mais je crois que le fait d'avoir craqué n'est que le reflet de la pression accumulée depuis que je me suis effondrée dans ma chambre.

Elle arrête le brancard, plante ses yeux dans les miens et tranche dans un léger sourire compatissant :

— Bon, d'accord. Mais si ça se complique, il sort.

Je soupire de soulagement, tandis qu'il la remercie d'un sourire et accepte ses conditions.

— C'est compris… T'en fais pas, ma chérie.

Nous entrons dans la pièce sans plus échanger le moindre mot. J'essaie de me calmer, une odeur de lavande vient m'envelopper. En tournant la tête, je vois poser sur son bureau une bougie mauve, sûrement responsable de cette senteur. Cette maternité est tout ce qu'il nous fallait, ils appellent ça, les « nouvelles maternités cocooning », petites et chaleureuses. L'équipe médicale est attentionnée et professionnelle. Ma gynécologue doit être âgée d'une quarantaine d'années, c'est une belle femme au style baba cool. Rien ne la fait paniquer. Ah, si ; peut-être « les gens en retard », marrant pour un praticien. Je lui fais confiance, c'est une femme directe qui ne passe pas par quatre chemins pour vous dire le fond de sa pensée. J'observe chacun de ses mouvements, à la recherche du moindre indice. L'examen dure plus de trente minutes, durant tout ce temps, nous n'avons eu droit qu'à des « Humm… Ah… Zut ! » et un visage crispé, ce qui ne nous a pas rassurés. Elle pose enfin ses instruments, se lave les mains, vient remonter mon brancard et se rassoit sur son tabouret à roulettes pour s'adresser à nous :

— Madame Morgan, j'ai une bonne et une mauvaise nouvelle ! La bonne, c'est que votre fille est en parfaite santé et vous aussi.

Je ne peux m'empêcher d'exprimer ma reconnaissance dans un souffle à peine audible.

— Merci, Seigneur....

Elle connaît notre foi et n'est pas gênée par ma phrase. Je me tourne vers Marc et lui sourit intensément. Il reprend des couleurs, la pression qu'il exerce sur ma main traduit son soulagement.

Elle fait une pause de quelques secondes qui me paraissent une éternité, mais finit par articuler plus qu'il ne le faudrait.

— La mauvaise... repos forcé...

Je n'ai pas l'impression qu'elle se rende compte de ce qu'elle vient de m'annoncer. Malgré le soulagement ressenti il y a quelques instants, j'ai l'impression que je vais tomber. Je crache littéralement la suite de ma phrase.

— Non... pas encore.

Elle ne s'offusque pas et continue d'un ton navré :

— Couchée jusqu'à la fin, le col s'est ouvert d'un demi-centimètre. Si vous ne voulez pas accoucher encore une fois prématurément, vous ne faites plus rien. Entendu ?

Je m'effondre... Tout mais pas ça. Marc vient me serrer dans ses bras, je recommence à pleurer.

— Allez, mon amour plus que deux mois et tout danger sera écarté. Je m'occuperai de toi.

J'aimerais être aussi positive que lui, mais je n'y arrive pas. Je rétorque :

— Oui, mais... j'ai encore plein de dossiers à régler avant de m'arrêter, qui va gérer les éditions ? Les enfants ? La maison ?

Il pose une main sur mon ventre et le caresse doucement.

— Tes amis, ma puce, nos parents et moi. Arrête de stresser. Tu dois penser à toi et à Anna.

Je sais qu'il a raison, mais renoncer à cette aventure, à ces projets... Je pensais tellement pouvoir travailler jusqu'au bout. Il est vrai que je dois peut-être lever le pied, mais de là à devoir tout arrêter... De toute manière, à priori pas de négociation possible, je n'ai pas le choix. Je me console en lâchant intérieurement un « vive la technologie », je pourrai toujours être active depuis mon canapé. Pourtant, tout se mélange dans ma tête. Mes filles, mon bébé, mon travail... J'en ai presque la nausée. Mes sanglots se calment, me laissant digérer la nouvelle. J'essuie mes yeux et me mouche. Finalement, je lâche prise, c'est ainsi. Une petite voix douce et légère vient me murmurer :

— Dans le calme et la confiance...

— D'accord, je resterai couchée jusqu'à la fin. Il faut que notre petite Anna reste encore bien au chaud.

Satisfaite de ma décision, elle me tend une ordonnance.

— Alors voilà, madame Morgan. Je ne vous hospitalise pas mais... pas d'impair ; voici une ordonnance à respecter à la lettre, deux cachets trois fois par jour, des ampoules matin et soir et surtout : repos, repos, repos ! Une sage-femme passera vous voir toutes les semaines pour un examen. Au moindre problème, vous serez hospitalisée.

Elle ne s'adresse plus à moi mais fixe Marc intensément.

— D'accord, monsieur Morgan, je compte sur vous !

Il est surpris par sa dernière remarque, mais répond du tac au tac :

— Bien reçu, docteur.

Comme si ça n'était pas suffisant, elle en rajoute une couche.

— Ah, oui et plus de relations sexuelles, ça va de soi !

Ma réaction est immédiate.

— Quoi ! Mais non !

Marc a changé de couleur, il est tout rouge et me fait signe de me taire mais je ne peux pas, c'est trop.

— Mais docteur...

Elle me coupe d'un ton sec :

— J'ai dit : « repos » ! Aucun stimulus... sauf de la glace.

Au regard qu'elle me lance, je me résigne. De toute manière, je me bats contre un mur, c'est fichu d'avance. Elle m'aide à me lever et nous raccompagne jusqu'à la sortie. Après ses derniers mots d'encouragement, elle nous quitte poliment, refermant la porte derrière nous.

En sortant, j'aperçois Élie au téléphone, en nous voyant, elle raccroche et se précipite. Ses yeux sont humides. Elle m'interroge déjà. Je fuis son regard et lui réponds dans un murmure.

— Alors, qu'a dit le docteur ?

— Anna va bien mais repos forcé !

J'ai envie de pleurer en le disant, mais je retiens mes larmes, de peur que Marc et le doc me fassent, cette fois, examiner par un psy.

Mes yeux se figent sur ses poings qui se serrent tout au long des secondes.

— C'est de ma faute, pardonne-moi !

Je sais qu'elle culpabilise à cause de l'alerte d'hier soir, je tente de l'en empêcher.

— Non, arrête. Tu n'as pas à assumer cette situation.

Marc s'introduit dans la conversation avec un ton sec.

— Comment ça, c'est de ta faute ? Tu n'étais pas là.

Je regarde Élie en la suppliant de se taire et la devance dans sa réponse.

— Rien ! Laisse tomber, elle dit n'importe quoi !

Mais elle ne m'écoute pas et s'entête à faire face.

— Non, ce n'est pas vrai. Hier, elle a eu mal. Et...

Il la coupe, je le sens se métamorphoser. Son côté surprotecteur se met en marche ; dans ces cas-là, il est incontrôlable. Il peut tourner en boucle sur un acte qui n'a pas eu lieu avec des « et si... » à tout va. Même moi, j'ai du mal à le calmer. S'il nous sait en danger, il peut rapidement en venir aux mains. Je sais qu'avec Élie, il n'ira pas jusque-là, mais les paroles peuvent à des moments être pires.

— Quoi ? Elle a eu mal hier, et tu n'as rien dit ! Mais tu es sérieuse ? C'était quand exactement ?

Elle balbutie ne trouvant plus ces mots.

— Euh ! Quand... Je sais plus ! Je suis désolée.

Il se retourne brusquement, dos à nous, sa respiration est forte et rapide. Sa pause est de courte durée, il nous fait face à nouveau et repart de plus belle.

— Ça aurait pu être pire. Élie tu sais que Lily est arrivée prématurément et si... Et avec ce qui t'es arrivée ! Tu n'es qu'une égoïste !

Je me place physiquement entre eux et oblige Marc à me regarder en lui empoignant le bras. Les battements de mon cœur se sont accélérés.

— Tais-toi ! Arrête ! C'est moi qui lui ai dit de rien dire.

Il est fou de rage, je n'arrive pas à évaluer si c'est de la peur ou de la colère. Dans les deux cas, il n'entend plus, il s'en prend à elle.

— Non, non. Elle dit être ton amie, et si c'était le cas elle aurait dû me prévenir pour qu'on aille à l'hôpital.

Il se décale vers elle et lui crie dessus :

— Tu n'as juste pensé qu'à toi, tu avais retrouvé ta copine et tu ne t'es pas souciée de sa santé et du bébé.

Je le tire brusquement.

— Marc, ça suffit !...

Il se tait, je suis en larmes et Élie s'enfuit en courant. Je sais qu'il l'a brisée. Je lui en veux d'être aussi dur, ma voix n'est plus qu'un murmure.

— Mais pourquoi tu lui as dit tout ça ? Je veux rentrer, ramène-moi.

Il reste muré dans le silence, le regard perdu. Nous attendons sans un mot le taxi qu'il a fait appeler. Je sais déjà qu'il ne sert à rien de discuter. Quand il est dans cet état, je dois attendre que la pression redescende ou la situation risquerait de s'envenimer. Je m'en veux tellement. Elle m'avait pourtant suppliée de tenir compte de mes douleurs, mais je n'ai pas écouté et, par ma faute, Marc s'en est pris à elle. Elle doit être en mille morceaux. Je suis perdue dans mes pensées quand Marc me prend la main, sa peau est moite mais je le laisse me toucher. Je sais que sa réaction virulente envers notre amie n'est que l'expression de sa peur et de son inquiétude : je pleure, il éclate. Je n'arrive pas à lui en vouloir, c'est lui. Nos doigts s'entremêlent doucement resserrant nos liens malmenés par la brutalité des évènements. La situation est déjà assez difficile, je sais déjà que je ne supporterai pas d'être en froid avec lui. Il caresse ma paume avec son pouce comme pour me dire « pardonne-moi », il sait que les gestes pour moi ont souvent remplacés les mots, c'est ma manière à moi de communiquer. Je m'apprête à ouvrir la bouche, mais, au même moment, la voiture se gare devant les marches de l'hôpital et nous montons à l'intérieur rapidement. Je pose ma tête sur son épaule, complètement épuisée par les évènements. Il passe tendrement ses doigts dans mes cheveux ce qui finit de m'apaiser.

— Je suis désolée...

Je redresse la tête pour tenter de saisir son regard fuyant. Finalement, je suis obligée de ramener son menton vers moi pour le forcer à me regarder. Ses yeux brillent plus que la normal.

— Je sais... Moi aussi.

Il se penche et dépose un baiser sur mon front.

— Je t'aime.

Je ne lui réponds rien, mais me blottis contre lui ; ma façon à moi de lui dire « moi aussi ».

12

Élie

Je rentre sans parvenir à dissimuler mes larmes, pire, la porte m'échappe des mains et claque trop fort. Je me précipite dans ma chambre pour fuir, je suis incapable d'affronter les questions pour le moment. Je suis complètement bouleversée, Marc a raison, ça aurait pu être pire. Je m'affale sur mon lit, j'ai envie d'être seule et de disparaître, mais la porte s'ouvre sur Franck. Je me détourne, incapable de parler, pourtant il ne me laisse pas le choix et d'une voix hésitante se lance avec précaution :

— Alors, qu'est-ce qui s'est passé ? Elle va bien ?

Je me remets à pleurer. Il s'assoit sur le rebord du lit et me caresse doucement le dos. Je me rends compte alors combien j'ai besoin de ses bras et me blottis contre lui, dépassée.

— Le bébé...

Il se raidit aussitôt, m'attrape par les bras et m'interroge, inquiet :

— Quoi le bébé ? Parle ! Qu'est-ce qu'il s'est passé ?

Je suis secouée par les sanglots qui s'accentuent à sa réaction. Il s'en rend compte et se radoucit pour me ramener à lui en caressant mes cheveux.

— Pardonne-moi, calme-toi. Raconte-moi. Respire... Voilà, doucement.

J'essaie de m'apaiser suffisamment pour pouvoir lui répondre, essayant de faire taire la crise d'angoisse qui pointe le bout de son nez.

— Le médecin a dit que le bébé allait bien, mais...

Je dois effectuer une pause pour retenir mes larmes.

— Le col s'est ouvert, elle a perdu du sang. Du coup, elle doit rester couchée jusqu'à la fin.

— Alors tout va bien. Du repos ne lui fera pas de mal.

Franck a toujours le don pour tout dédramatiser, ce qui me met en colère dans ce contexte.

— Mais non, tu ne comprends pas !

Je ne parle plus, je crie.

— Elle avait déjà eu des contractions, hier, mais elle m'a convaincue de me taire. Comme une imbécile, je l'ai écoutée ! Marc l'a appris et s'est mis dans une colère noire en me disant que tout était de ma faute. Je n'ai même pas réussi à l'affronter, il avait raison et je suis partie en courant.

Franck, égal à lui-même, tente de minimiser. Il prend mon visage dans ses mains pour me rassurer et fixer mon regard.

— Ne culpabilise pas, ma chérie, tout va bien maintenant et tu sais que Marc a surtout eu peur, je suis sûr qu'il regrette déjà. On ira les voir cet après-midi.

Je me dégage de son étreinte, offusquée.

– Ah, non ! Je ne peux pas.

Il me coupe en posant son doigt sur ma bouche.

— Chut ! On ira cet après-midi, tu sais bien que tu n'iras pas mieux tant que ce ne sera pas réglé.

Il a raison, mais je m'en veux tellement. Et s'il ne veut plus que j'aille chez eux... ? Pire ! Si mon amie ne voulait plus de moi ? J'ai envie de rester là à attendre que ça passe. Je sais déjà que je me laisse couler vers cet état de veille émotionnelle. Pendant un instant, je tente de le repousser, mais je suis assaillie par un terrible sentiment de culpabilité qui me terrasse aussitôt.

— Tu arrêtes !

Je sursaute.

— Non, je refuse que tu te mettes dans ta bulle ! Ne te laisse pas diriger par tes émotions. La situation est celle-ci, mais ne la rend pas plus terrible qu'elle ne l'est. Ne te fie pas aux circonstances, car la vérité est tout autre. Ce sont nos amis et on va régler le problème avec eux avant que ça ne pourrisse.

Son regard en dit long, les larmes se remettent à couler sur mes joues, comme un abandon. Il a raison, je suis déjà en train de tout verrouiller, mais son rappel à l'ordre me saisit. Je me reprends et décide de ne pas laisser cette situation établir de la distance entre nous. Au même moment, je reçois un message sur mon téléphone. Franck me le tend mais je refuse.

— Non ! Lis-le, s'il te plaît.

Il ne se fait pas prier, heureux de pouvoir assouvir sa curiosité.

— O.K. !

S'il te plaît n'en veut pas à Marc, il était paniqué. J'espère que tu pourras me pardonner mon insouciance. Je savais que tu avais raison, et pourtant, je ne t'ai pas écoutée. Je suis vraiment désolée.

Je n'en crois pas mes oreilles, c'est elle qui me demande pardon. J'arrache presque mon smartphone des mains de Franck qui me jette un sourire entendu.

— Bon, ben… je te laisse, je crois que ça va mieux maintenant ! On t'attend dans cinq minutes pour manger, et sèche tes larmes les enfants risquent de s'inquiéter.

Je n'ai pas le temps de lui répondre, qu'il se dirige déjà vers la sortie. Je le suis des yeux, reconnaissante de l'avoir près de moi. Sa carrure est la carapace d'un cœur tendre capable de positiver dans toutes les situations, même celles qui paraissent sans issue. Il est passionné par tout ce qu'il entreprend. Trop fonceur, ça lui a valu de mauvaises surprises, mais il a toujours su rebondir. Il me jette un dernier coup d'œil avant de disparaître de la pièce tandis que je commence à taper mon message.

Ne me demande pas pardon, c'est de ma faute j'aurais dû te traîner à l'hôpital ou au moins en parler à Marc. Ça aurait pu être pire, et je m'en serais voulu toute ma vie. Je suis tellement désolée. J'espère qu'il pourra me pardonner.

PS : nous aimerions passer cet après-midi si ton mari et toi êtes d'accord.

Il se passe à peine trente secondes avant que le bip de mon téléphone se remette à sonner.

Oui, venez. Merci de ne pas m'en vouloir. Nous vous attendons pour le café.

PS : Marc s'en veut énormément pour ce qui s'est passé. À tout à l'heure. Bisous.

Je redescends le cœur plus léger, même si j'appréhende notre entrevue, l'espoir s'est niché dans un coin de mon cœur. Tout le monde à table m'attend avec impatience, le pain a été bien entamé. Franck me sourit, je lui rends à moitié soulagée, en lui confirmant notre rendez-vous.

— On va boire le café chez eux. Ils nous attendent. Les enfants, cet après-midi, on retourne chez Milla et Lily, mais faudra être calmes, Éva a besoin de se reposer. O.K. !

Seul Théo me répond, tandis que les filles n'arrêtent pas de caqueter :

— O.K. mam's !

— Les filles...

— D'accord, on sera calmes.

Non, mais, soit c'est moi qui vieillis trop vite, soit c'est eux qui grandissent trop vite. Le repas se passe dans la tranquillité et la bonne humeur. Les enfants me redonnent le sourire avec leurs exploits de ce matin. Naya a encore été le clown de service. Elle a essayé d'apprendre à plonger et les différentes postures prises ont été plus que caricaturales. J'ai eu droit à un mime qui, effectivement, était très drôle.

Alors que les enfants terminent de débarrasser la table, je me mets à ranger le lave-vaisselle. Dans la foulée, une machine est lancée, au moment où je m'apprête à aspirer toute la maison, Franck s'y oppose.

— Arrête de stresser, ça va bien se passer !

Il me connaît si bien. La pression me rend nerveuse, je ne peux m'empêcher de m'activer. Comme si je pouvais reculer l'échéance.

— Tu crois ?

— Non, j'en suis sûr. Allez mets tes chaussures, il est l'heure. Les enfants, on y va et n'oubliez pas, tranquilles.

Ils nous rejoignent, tout en essayant de contenir leur hilarité face aux grimaces de Naya qui mime son père.

— Oui, papa !

Je souffle un grand coup en enfilant mes ballerines. Il prend ma main et referme la porte derrière nous. Nous empruntons la petite rue pour arriver chez nos amis qui se trouvent à trois minutes de chez nous.

13

Éva

La sonnerie retentit. Je suis affalée sur le canapé à moitié somnolente, les yeux lourds et la bouche pâteuse. Je me redresse tant bien que mal, quand je m'aperçois que c'est Élie et Franck qui viennent boire le café. Ma tension monte d'un cran, j'appréhende la confrontation. Je déteste les conflits qu'ils soient bons ou mauvais. Marc relève la tête de son livre, ses yeux inquiets rencontrent les miens, mais il se lève sans un mot pour ouvrir à nos visiteurs. Le silence qui s'est installé dans la pièce renforce mon mal-être m'obligeant à m'acharner sur un ongle, alors qu'une boule se forme dans ma gorge. Je sursaute quand les enfants traversent le salon pour rejoindre le jardin, ils me lancent un « salut » précipité et filent jouer au badminton. Marc et Franck entrent la minute d'après, suivis de près par Élie. Comme à son habitude, Franck semble plutôt détendu alors que Marc a les traits tirés et les muscles crispés. Quand je croise le regard d'Élie, j'explose et fonds en larmes. Elle se précipite aussitôt sur le canapé pour me serrer dans ses bras, aussi émue que moi. Je la serre aussi fort, j'aimerais tellement qu'elle puisse sentir combien je tiens à elle, alors que je suis incapable de sortir un mot. J'essaie de me ressaisir, mais elle ouvre la bouche la première.

— Je te demande pardon ! Tu es comme ma sœur et jamais je me le serais pardonné...

Je recule surprise de ses excuses inappropriées à mon sens.

— Non, arrête. C'est moi, je n'ai ni écouté les signaux d'alarme que m'envoyait Anna ni tes conseils. C'est de ma faute.

Elle s'apprête à rétorquer quand Franck nous interrompt, il est resté debout et nous observe depuis le début. Il se frotte le front comme pour chercher ses mots.

— Les filles on peut parler ?

Son ton est doux mais ferme. Il se dirige vers la bibliothèque qui le dépasse d'au moins un mètre, sans aucune autre précision. Nous séchons nos larmes et nous installons plus confortablement sur le canapé. Marc va s'asseoir dans le fauteuil qui est en face de nous tandis que Franck nous rejoint une bible à la main. Il se pose sur un coussin de sol et la feuillette jusqu'à la page qu'il souhaite. Sans même nous jeter un regard, il se met à lire :

— Proverbes 27, verset 5 : « mieux vaut une réprimande ouverte qu'une amitié cachée. »

Il reste silencieux durant cinq longues secondes. Il a les yeux figés sur le texte, puis il relève enfin la tête pour s'adresser à nous.

— Quand Élie m'a prévenu que vous étiez à l'hôpital car il y avait un problème, à ma grande surprise, je n'ai pas été inquiet, mais j'ai été poussé à prier et ce verset est venu sur mon cœur.

Ému, il reprend son souffle et se tourne vers sa femme.

— Lorsque tu es rentrée en pleurs, j'ai compris pourquoi j'avais reçu ce passage.

Mon cœur bat plus vite qu'il ne devrait. Il fait une pause, referme le livre et fait glisser son regard sur chacun de nous.

— Nous sommes amis et cela signifie que nous devons veillez les uns sur les autres. Nous nous aimons et sommes présents au moindre problème. Mais aimer veut aussi dire être sincère ou savoir dire « tu te trompes » ou encore « je ne suis pas d'accord avec ce que tu fais ou dis ». Nous nous mettons en colère, mais il faut aussi pouvoir demander pardon.

Je vois Marc s'enfoncer dans le fauteuil et les larmes d'Élie recommencent à couler sur ses joues. Quant à moi, mon cœur est transpercé par un mélange de différents sentiments et surtout ces vérités qui viennent me percuter.

L'euphorie, l'excitation et le soulagement dansent en moi. J'ai envie de le serrer dans mes bras, Franck a toujours été le plus sage d'entre nous. Tout à coup, Marc ouvre la bouche, recroquevillé, les coudes sur les genoux, il relève la tête.

— Pardonne-moi, Élie, je me suis emporté et je n'aurais jamais dû te parler comme je l'ai fait et piquer une colère contre toi. Tu es mon amie et en aucun cas tu es responsable de ce qui s'est passé. Pardonne-moi.

Elle se lève et va le serrer dans ses bras, le visage complètement défait par le maquillage qui a coulé.

— Je te pardonne ! Et je te demande aussi pardon de t'avoir écarté de cette situation qui te concerne directement.

Il l'étreint à son tour en signe de paix et la libère. Elle se tourne vers moi.

— Pardonne-moi, Éva, j'ai préféré t'écouter pour t'avoir près de moi et pour ne pas te contrarier au lieu d'écouter ma conscience qui me disait de t'emmener à l'hôpital. Je te promets de plus jamais succomber à tes menaces.

Ce trait d'humour, lui donne un peu plus de contenance. Je continue de renifler alors qu'elle continue à présenter ses excuses :

— Et comme Franck l'a dit, vous allez bien, le pire a été évité. Alors, soyons reconnaissants.

Je suis au bord des larmes, mais me contiens pour pouvoir parler.

— Je vous demande à tous pardon ! Surtout à toi, mon amour. J'ai été négligente, je n'ai fait que m'activer au lieu de lever le pied et voilà les conséquences. Je me rends compte que chacune de nos décisions entraînent des conséquences pas toujours bonnes. Je promets de ne plus décider sans toi, mon chéri, et de m'appuyer sur vous, si ça ne va pas. Je m'engage à être chiante et impotente.

Nous éclatons de rire en nous étreignant les uns les autres. Élie et moi avons le droit d'être traitées de chialeuses... mais on assume, et nous les charrions d'être des brutes sans cœur. Après s'être apaisés, nous passons un petit moment à partager, puis les hommes nous lâchent pour jouer au foot avec les enfants dans le jardin. Élie s'empresse de les prévenir :

— Faites attention à nos bébés, ne leur cassez pas un bras ! Bande de brutes sans cœur.

Franck réplique aussitôt et en rajoute une couche :

— O.K., juste une jambe !

Elle le rabroue feignant d'être contrariée :

— Ce n'est pas drôle !

Ils s'en vont tout fiers. Élie se met derrière moi et attrape la brosse qui est posée sur la table. Elle commence à me brosser les cheveux, ça me détend m'invitant au partage.

— Merci d'être mon amie, si tu n'avais plus voulu me parler je m'en serais voulu.

— Arrête, je n'ai pas pensé une seconde à ne plus te parler. Oublions ça, maintenant faut penser à Anna et te reposer... Excuse-moi d'insister, mais je fais juste ce que Franck a dit !

Je la vois bien venir, je la regarde du coin de l'œil, avec son alibi pourri.

— As-tu reçu un autre appel ?

C'est bien ce que je pensais... Elle n'allait pas en rester là.

— Non, je n'ai pas trop envie d'y penser, mais si j'en reçois un, tout le monde sera prévenu ! Je ferai une annonce spéciale.

Le ton que j'emploie est bien trop ironique, elle prend mon menton pour tourner mon visage vers elle.

— Je suis sérieuse !

— Oui, je sais, excuse-moi ! Je sais que tu as raison, cependant je ne veux pas vivre dans la peur. Je l'ai attendue six ans, ce n'est pas une groupie qui va m'effrayer. J'interdis quiconque de nous empêcher de vivre notre bonheur. Je suis consciente que nous ne sommes pas dans le meilleur des mondes, mais je refuse qu'on me vole ma paix et ma joie.

Elle me sourit, convaincue de mon discours.

— Amen ! Bien dit, et je serai à tes côtés.

— Merci... Bon, c'est pas tout, mais va falloir nourrir les affamés après toute l'énergie qu'ils auront dépensée.

Je m'apprête à me lever de mon assise bien trop confortable lorsqu'Élie m'arrête net dans mon élan, se relève et me pousse en arrière sur le coussin.

— Tututu ! Il n'est pas question que tu bouges d'ici, Je vais préparer le dîner et après on s'occupe de ton planning, je prends le relais. Demain, je travaillerai avec Chris et le reste de l'équipe.

Elle a bien trop appuyé sur le « je ». J'ouvre la bouche, espérant pouvoir placer au moins un mot, cependant elle me fait stop de la main.

— Et, ce n'est pas une question ! Repose-toi le temps que je m'active à la cuisine. Tu as eu ta dose d'émotions pour aujourd'hui.

Je me résigne et lui montre mon mécontentement en levant les yeux au ciel, dépitée par son enthousiasme de profiter de la situation pour faire sa commandante. Elle éclate de rire, tout en rejoignant la cuisine.

— O.K., maman, il y a du poulet qui est sorti et des frites dans le congélo.

Elle continue de glousser, attrape le tablier et disparaît, jouissant de sa victoire.

— Oui, t'en fais pas ; je vais me débrouiller.

J'essaie de lire un bouquin, mais n'y parviens pas, mon esprit n'en fait qu'à sa tête, ma première pensée se tourne vers mon équipe que je n'ai pas encore pris le temps d'appeler pour leur dire ce qui s'était passé aujourd'hui. Je les considère comme ma famille, rassemblés par nos passions, nous avons été réunis par des évidences indéniables. Je suis attachée à eux, différemment avec chacun, mais des liens solides nous unissent. Chris, le nounours tel qu'on le conçoit, doux et plutôt réservé, est mon collaborateur depuis main-tenant six mois, nous sommes sur la même longueur d'ondes, tandis que Laura notre commerciale, toujours à droite et gauche, déborde de vie ; elle est toujours de bonne humeur, sauf quand il n'y a plus de chocolat dans les tiroirs. Lina et Stéphane s'occupent de la partie opérationnelle. Leur com-plicité est incontestable, leur couple officiel est juste une question de temps.

Plus qu'une responsable et ses employés, nous sommes une équipe unie, partageant une même vision.

— Ça va, ma chérie ?

Je sursaute, je ne l'avais pas entendu rentrer. Il me rejoint, s'agenouille à la hauteur de mon visage pour déposer un bisou sur ma joue. Il est encore tout dégoulinant de sueur. Ma joue reste humide.

— Oui, ça va et toi ? Tu t'es bien défoulé ?

— Oui, mais tu sais ce que j'aimerais, là, maintenant... ?

Il a les yeux qui brillent de malice.

— Ah, non ! Même pas en rêve, ne m'approche pas !

Il essaie de m'embrasser et se colle à moi, c'est répugnant, je le tiens à l'écart, l'empêchant de m'approcher.

— Arrête, c'est dégoûtant. En plus je risque de me contracter !

Il cesse immédiatement reprenant son sérieux. Je regrette presque ma remarque.

— Mais fais pas cette tête, je blague. Viens-là !

Je passe mes mains autour de son cou déposant un léger baiser sur ses lèvres. Nous sommes arrêtés en pleine action par une bande de mini pouces écœurés.

— Burk !

Je réplique aussitôt, amusée par leur réaction de jeunes enfants, qu'on devra freiner dans quelques années quand leurs hormones bouillonneront comme une cocotte-minute.

— Quoi ! C'est mon chéri, j'ai le droit de l'embrasser, non ?

Ils grimacent de dégoût. Ils me font rire alors j'en rajoute et réitère mon action plus lentement.

— Ah, c'est vraiment dégoûtant !

Nos lèvres sont encore l'une contre l'autre alors que du coin de l'œil, je vois Naya les deux mains sur les yeux, comme si elle regardait un film d'horreur. Lily lui tire le col de son tee-shirt.

— Allez, venez, on monte. Je vais te montrer ma nouvelle tenue.

Je reprends mon sérieux tout en leur indiquant la mission qui les attend.

— Milla et Lily : à la douche !

Les plaintes ne se font pas attendre, elles gémissent telles des condamnées.

— Oh, non !!!

Marc s'est relevé et vient à mon secours.

— Les filles, écoutez votre mère !

Résignées, elles montent sans émettre une quelconque revendication. Les bras ballants elles se traînent à l'étage.

— O.K., c'est bon, on y va !

Franck arrive dans le même état de sueur que Marc. Il est tout euphorique et cherche sa femme des yeux. Il ressemble à un bûcheron du haut de ses un mètre quatre-vingts.

— Alors, c'est prêt le repas ? On a faim, nous !

Il ne peut s'empêcher de la provoquer. Elle ne tarde pas à rappliquer. Elle se poste devant lui, les mains sur les hanches.

— Si tu n'es pas content, tu peux toujours dresser la table, c'est prêt.

Il la prend dans ses bras et la fait tournoyer, elle glousse comme une enfant de cinq ans. Il la repose et lui dépose un baiser sur les lèvres. Elle le laisse approcher une seconde et le repousse en lui stipulant son état.

— Tu es tout dégoulinant, tu as de la chance que je t'aime. Allez, on dîne et on y va. Je ne voudrais pas que les enfants se couchent tard.

Nous dînons dans la bonne humeur. Marc me jette quelques coups d'œil, prêt à bondir au moindre souci. Je le laisse faire, même si j'ai envie de lui dire que je ne vais pas accoucher, là, maintenant en mangeant. Je lui caresse la cuisse, me répétant que j'ai de la chance de l'avoir rencontré.

Les Aupert nous quittent après une dernière tisane et des embrassades interminables. Franck est au bord de l'agonie et Marc s'occupe déjà de choisir un film nous quittant à notre élan d'amour.

Après avoir couché les filles, je viens le rejoindre sur le canapé. Il est tellement absorbé par ce qu'il regarde, qu'il ne fait même pas attention à ma présence. Je compte bien le déconcentrer. Je me penche vers lui et commence à lui murmurer des mots doux.

— Je t'aime… Et tu sais de quoi j'aurais envie…

Je l'embrasse dans le cou et remonte jusqu'à ses lèvres, je me glisse sur ses jambes à califourchon et l'embrasse plus langoureusement. Alors que j'arrive à l'embarquer dans mon monde, il se recule précipitamment.

— Non, interdit ! Tu le sais.

J'avais presque réussi. Je me remets à ma place, sachant qu'il ne cédera pas. Trop têtue. Je me mets à bouder.

— Ah, non ! Pas cette tête, tu as dit que tu m'écouterais !

— Oui, je sais. C'est bon, j'ai rien dit !

— Oui, mais je vois ta tête !

Je sens que cette période ne va pas être une partie de plaisir. Ce sentiment de frustration n'arrête pas de me torturer.

— J'en ai aussi envie que toi et tu le sais… Mais je préfère penser au jour J.

Je le dévisage surprise. Il continue :

— Le jour où je pourrai abuser de ton corps.

Je ne peux me retenir et explose de rire. Comme d'habitude, il désamorce la situation et répond à mon angoisse.

— T'es fou.

Il enchaîne aussitôt sa réplique préférée :

— Oui, mais de toi.

Il éteint la télé et se lève tout en me prenant dans ses bras.

— Allez, au lit, madame Morgan. Il est tard et nous avons eu une rude journée. Je ne voudrais pas que tu deviennes une épouse frustrée. J'enfouis mon visage dans son cou et lui marmonne ma réponse :

— C'est déjà fait…

— Mais non, ça va aller ; je te le promets.

Il m'entraîne dans l'escalier et m'accompagne jusqu'à notre lit.

— Je me douche et te rejoins.

— D'accord.

Je me rince tout de même les yeux lorsqu'il ôte ses vêtements pour passer sous le jet d'eau. J'essaie de ne pas m'endormir avant qu'il revienne, mais la tension est trop forte, mes yeux refusent de rester ouverts.

Lorsque je sens une caresse sur ma joue, j'ouvre les paupières devenues aussi lourdes qu'un tas de sable. Il est installé près de moi, appuyé sur son coude. Il se penche à mon oreille pour me susurrer les derniers mots qui vont clôturer cette journée éprouvante.

— Je t'aime, mon amour, et je te promets que tout ira bien…

14

Élie

Une semaine est passée depuis qu'Éva a fait son malaise, depuis tout est redevenu calme. Malgré un planning chamboulé, j'ai pu me libérer une heure par jour pour l'aider. Même si le plus gros du travail est fait par ses collaborateurs, je me permets de faire le relais entre eux, leur apportant les dossiers en cours traités par Éva, et de rapporter les nouveaux manuscrits à la convalescente comme j'aime l'appeler. Je crois au fond de moi que cela me permet de déculpabiliser de cet incident pour lequel je me sens tout de même responsable. Le reste du temps, je ne chôme pas avec l'association qui est en plein essor, nous avons enfin pris nos marques et commençons à mettre en place de nouveaux ateliers. L'équipe continue de s'étoffer et de grandir.

Absorbée par mes pensées, je mets dix secondes à réagir à la sonnerie de mon téléphone, qui affiche le nom d'Éva !

— Allô !

— Ce soir on vous prend les enfants, on fait soirée cinéma à la maison.

Je me rends bien compte que ce n'est pas une question, elle me fait sourire. Elle est surexcitée, je sens le coup monté.

— Tout d'abord, bonjour, madame Morgan !

Elle me répond du tac au tac :

— Oui, oui, bonjour ! Donc ce soir, tu es en RTT.

Elle glousse telle une ado de quinze ans. Je ne peux m'empêcher de lever les yeux au ciel. Consciente que je n'ai pas mon mot à dire, je capitule.

— D'accord. Franck est au courant ?

— Oui, Marc l'a appelé, il est O.K. Tu vas pouvoir te reposer ou pas !

Je l'entends pouffer à l'autre bout du fil. Je la connais et sais bien à quoi elle fait allusion.

— Je ne pense pas, je suis épuisée !

Mes mots dépassent ma pensée, je le regrette déjà. Elle s'insurge :

— Quoi ! Tu m'avais dit que ça allait ! Et que...

Je la coupe avant de devoir rentrer dans des explications à n'en plus finir. Je la relance sur le sujet qui l'enthousiasme.

— Non, ça va ! Je gère, arrête de t'inquiéter. Alors dis-m'en plus pour ce soir ?!

Je la sens perplexe mais je l'ai gagnée, elle continue :

— O.K., mais ce soir tu fais une pause, une vraie ! Promis ?... Promis ?

Je cède même si un dossier urgent m'attend sur mon bureau depuis deux jours.

— D'accord ! Je te le promets.

Satisfaite, elle ne s'attarde pas, plus longtemps.

— Bon, alors bonne soirée et à demain, profite bien.

Je lève les yeux au ciel à ses mots insistants.

— Arrête...

Elle raccroche sans même écouter la suite.

J'éteins mon ordinateur, détends ma nuque devenue raide à force d'être sollicitée, servant de calage avec mon épaule pour tenir mon téléphone à chaque appel. Je masse doucement mes tempes qui commencent à tambouriner plus qu'elles ne doivent. Il est déjà dix-huit heures. Comme dirait ma mère, « chaque jour suffit sa peine ». Demain sera un nouveau jour. Alors que je m'apprête à partir, le téléphone du bureau d'Éva sonne, j'hésite, j'ai déjà tout fermé, mais je décide de répondre, on ne sait jamais.

— Allô !... Allô !

Personne ne parle à l'autre bout. Puis au bout de quelques secondes, une voix rauque, que je ne reconnais pas, se met à parler bien trop fort :

— Tu vas le regretter !

Mon sang se glace. Je suis pétrifiée par ces paroles qui tournent dans ma tête. Je ne trouve pas mes mots et hurle. Je comprends que mon interlocuteur pense parler à Éva.

— Vous allez les laisser tranquilles, espèce de folle furieuse.

Je n'attends même pas de réponse et raccroche le combiné d'une telle violence que le bureau s'est mis à trembler sous l'impact.

Je suis sous le choc. J'attrape les clés sur le bureau, cependant, mes mains tremblent tellement qu'elles les laissent tomber à terre. J'ai la tête qui tourne, je suis obligée de m'appuyer sur l'assise de la chaise pour ne pas perdre l'équilibre. Mes pensées tournent à mille à l'heure. *Il faut que je leur dise ou pas ? Si, on avait dit qu'on se disait la vérité. Bon je laisse passer la soirée et je leur dirai demain...*

Au bout de quelques minutes, je me sens mieux, j'attrape mon sac et le trousseau, ferme tout et m'en vais sans me retourner. J'essaie de relâcher la pression dans la voiture. Je ne veux pas gâcher notre soirée. De plus, je me rends compte qu'il va falloir que je lève le pied, Franck et les enfants me réclament, je les délaisse trop souvent ces derniers temps. Cette soirée nous promet du bon temps, nous allons pouvoir nous retrouver.

Lorsque j'arrive une odeur agréable vient me chatouiller les narines, il y a des chandelles sur la table et seules des bougies éclairent la pièce. Je retire mes talons qui m'ont torturé les pieds toute l'après-midi. Franck m'accueille en gentleman, un bouquet de roses à la main. Il a mis le smoking que je préfère. Il est à tomber.

— Madame, puis je vous débarrasser ?

Il sourit satisfait de ses préparatifs.

— T'es beau et moi je suis toute transpirante, et...

Il m'arrête d'un doigt sur la bouche.

— Chut ! T'es parfaite, viens et détends-toi.

Je ferme tout juste la porte avec mon pied, qu'il commence déjà à me déshabiller. Je fonds littéralement. J'ai besoin de penser à autre chose. Je commence à l'embrasser, mais il m'interrompt.

— Attends, tu as d'abord besoin de te détendre.

Je le regarde interrogatrice. Il me prend par la main et m'emmène à l'étage. Nous arrivons dans la salle de bains, des bougies illuminent la pièce et de la mousse déborde de la baignoire. J'arrive même plus à me souvenir du dernier bain que j'ai pris. Il me déshabille doucement alors que j'imagine déjà ce qu'il va entreprendre, il me dit de profiter de mon bain. Surprise, je rétorque :

— Tu ne viens pas avec moi ?!

Un sourire en coin, il me glisse à l'oreille :

— La patience est une vertu, ma chérie. Délasse-toi et rejoins-moi en bas. Prends ton temps.

En sortant, il met un fond de musique, je suis juste éclairée par les petites flammes tremblantes. C'est magique, je pourrais rester là des heures, je rentre dans l'eau encore trop chaude, Je m'installe de toute ma longueur. C'est tellement agréable que je m'endors presque. Après ce qui m'a paru une éternité, je me ranime car l'eau s'est refroidie, les membres détendus, je décide de sortir de la baignoire. En me séchant, je m'aperçois qu'il y a une nuisette posée sur la chaise, je l'enfile et descends. Il a vraiment pensé à tout. Il m'attend devant ma chaise et la tire pour m'indiquer qu'il aimerait que je le rejoigne. Je m'installe complètement transportée par l'ambiance. Il s'installe à sa place, me tend un verre de champagne que je déguste avec plaisir. Le repas est délicieux, j'en apprécie chaque bouchée.

— Merci pour cette jolie soirée.

J'ai surtout hâte de passer à la suite, mais je m'abstiens de lui dire, trop envie d'être surprise.

— Je n'ai pas le choix si je souhaite te voir.

Sa phrase me fait l'effet d'un reproche, sans que je ne puisse le contrôler, mon mode défensive se met en marche.

— Excuse-moi d'aider une amie et...

Il est complètement abasourdi par ma réflexion et le ton que j'emploie.

— Ce n'était pas un reproche mais...

— Mais oui, je sais, je travaille trop et je ne passe pas assez de temps avec vous.

Je ne sais pas ce qui m'arrive, je n'arrive pas à me calmer, d'ailleurs je n'ai plus faim. Le repas se termine dans le silence. Je conclus :

— Merci, c'était délicieux !

Je me lève et vais sur le canapé avec mon PC. Je l'entends débarrasser, mais je suis incapable de bouger, trop frustrée que cette belle soirée se finisse comme ça. Tant pis. J'attrape mon téléphone et vais m'assurer que les enfants vont bien.

— Coucou, les enfants vont bien ?

Je n'ai pas à attendre longtemps, la seconde d'après un bip retentit.

— Ben, pourquoi tu m'envoies un message, t'es pas avec Franck ?

Une pointe de colère vient me piquer.

— On s'est pris la tête, la soirée est terminée !

— Oh, je suis désolée...

— Au fait, j'ai vu ton...

Alors que je n'ai pas fini mon message, mon doigt glisse sur envoyer, je vois Franck s'approcher de moi, je le regarde arriver, je suis tendue, presque inquiète. Je n'ai pas envie d'une dispute ce soir, je suis épuisée et déjà assez contrariée, mais lorsqu'il rabat l'écran de mon ordinateur en me déclarant que je suis à lui ce soir, mon cœur s'emballe et je me sens dévorée de désir... Plus rien n'a d'importance, le temps, les circonstances... tout ce qui m'importe, c'est de m'abandonner à lui. Tout en m'embrassant, il me susurre à l'oreille :

— Pardonne-moi, j'ai été maladroit, je t'aime et tu me manques.

Je fonds littéralement. Je lui réponds dans un souffle :

— Excuse-moi aussi, je te promets de lever le pied.

Quelques secondes plus tard, je suis complètement embarquée sur une autre planète.

15

Éva

Tout en mettant mes chaussures aveuglément, je crie mes dernières instructions :

— Franck va venir te déposer les enfants dans vingt minutes. Peux-tu vérifier que les filles ont fait leurs devoirs et les envoyer à la douche ? Autant qu'elles soient tranquilles pour le week-end. J'y vais à tout à l'heure, je t'aime.

Je l'entends sortir de son bureau d'un pas rapide et descendre.

— Attends !

— Oui.

Il se dirige vers moi avec un air inquiet. Il me prend dans ses bras, enfonce sa tête dans mon cou pour me livrer sa culpabilité.

— S'il te plaît promets-moi d'être prudente. J'aurais préféré venir…

Je l'interromps, attendrie par ses regrets. Je me recule un peu et capte son regard anxieux.

— Détends-toi mon amour, je suis à dix minutes et je t'appelle s'il y a quoi que ce soit.

Moyennement rassuré, il se résout.

— O.K. Mais je t'en prie, promets-moi d'être prudente.

Je lève la main droite, mime une croix sur mon cœur et lui promets.

— Je le jure.

Il m'observe dépité par ma dérision. Je reprends mon sérieux et lui dis :

— Sincèrement, je te le promets, mon chéri.

Je lui vole un baiser et m'en vais avant qu'il ne trouve une autre excuse pour m'accompagner.

Je roule vers l'hôpital, à mon grand étonnement la circulation est fluide. Arrivée en moins de temps que prévu, je décide de me garer dans le parking souterrain, l'ascenseur me conduira directement à destination. Lorsque je sors de la voiture, une odeur d'urine me donne un haut le cœur. À deux doigts de vomir, je me protège le nez avec mon châle. J'accélère le pas et m'engouffre dans l'ascenseur qui s'ouvre à la première pression de mon doigt. À l'intérieur, je peux enfin reprendre mon souffle, le contraste d'atmosphère me fait tourner la tête, le parfum de lavande répandu par le diffuseur près du miroir est bien trop puissant pour le peu de mètres carrés. Je rejoins le premier étage en dix secondes à peine. Je sors enfin libérée cette fois-ci, je remplis mes poumons d'une grande bouffée d'air qui me rebooste aussitôt. Je me dirige vers le secrétariat. Une jeune femme m'accueille le sourire aux lèvres.

— Bonjour, puis-je vous aider ?

— J'ai rendez-vous avec le docteur Robinson.

Elle vérifie sur son écran l'information, tout en me demandant mon identité :

— Votre nom ?

— Morgan. Éva Morgan.

Elle remonte ses lunettes sur le haut du crâne et m'invite à rejoindre la salle d'attente.

— Asseyez-vous, madame Morgan. Le docteur va vous recevoir.

— Merci.

En passant, j'attrape un magazine. J'essaie de penser à ce que je lis, je suis anxieuse de ce qu'elle pourrait me dire. Ça fait à peine deux semaines que je suis alitée et je n'en peux déjà plus.

— Madame Morgan.

Je me lève péniblement, ces fauteuils sont bien plus que confortables. Il m'a littéralement engloutie. Après un effort surhumain, je m'en extirpe pour la rejoindre. Elle me serre la main et la garde dans la sienne lorsque nous pénétrons dans son cabinet qui, cette fois-ci, sent la mandarine. En un coup d'œil, j'aperçois une bougie se consumer. Une vraie adepte...

— Alors, comment allez-vous ? J'espère que vous vous êtes bien reposée.

Elle relâche ma main et me sourit chaleureusement tandis que je soupire de désespoir.

— Oui ça va, et oui, je suis restée couchée !

Elle me dévisage au-dessus de ses lunettes. L'ironie de ma phrase, la rend malicieuse, ses yeux pétillent et son sourire est différent. Elle ne relève pas et me demande de m'installer sur la table d'examen. Je me déshabille et obéis sans un mot, trop concentrée à trouver une position confortable sans tomber. Je relève mes jambes pour les déposer dans ces repose-jambes que je déteste. Ils m'ont toujours donné une impression de portes ouvertes. Comme si une foule allait venir m'examiner en même temps que le médecin. Alors qu'un jour je lui en avais fait part, elle avait éclaté de rire me traitant presque de folle. Lorsqu'elle fait rouler sa chaise jusqu'à moi et replace ses lunettes sur son nez, je comprends qu'elle va commencer.

— Vous êtes prête ?

Le bras ramené sur mon front, je murmure :

— Humm...

— J'y vais. Détendez-vous.

Facile à dire, ce n'est pas elle qui est allongée les jambes écartées devant une inconnue. D'autant plus qu'aujourd'hui je n'étais pas ici pour de bonnes raisons... Je prends une grande respiration et souffle lentement. Elle se met à toucher mon ventre dans tous les sens, examine de bien trop près mon col et termine par ma poitrine.

— C'est bon, c'est fini. Le col n'a pas bougé, c'est bien. Nous allons écouter son cœur.

Elle fait un doppler fœtal et alors qu'elle passe sa douchette sur mon ventre, je commence à entendre un bip rapide et régulier, ce qui me redonne le sourire et me détend. Elle vérifie deux, trois données et me libère.

— Bon, je pense qu'on est bien. Continuez comme ça et tout ira pour le mieux.

Je suis soulagée. Elle m'aide à me relever et retourne à son bureau pour me laisser me rhabiller tranquillement. Lorsque je la rejoins, elle termine de remplir la nouvelle ordonnance.

— J'ai renouvelé votre traitement, ne changez rien et tout se passera pour le mieux. On se revoit dans un mois.

Elle se lève et me raccompagne à la porte. Je la remercie, heureuse du verdict.

— Merci docteur. Au revoir.

— Au revoir, Madame Morgan, et n'oubliez pas...

— Oui : repos, repos, repos.

Elle ne me répond pas et appelle déjà la personne suivante.

Je rentre tranquillement à la maison, apaisée que mes efforts aient payé. Avant de redémarrer, j'envoie un message à Marc, lui stipulant que j'ai terminé et que je m'apprête à prendre la route.

— Je suis rentrée !

Je jette mon sac et me déchausse. Comme à l'entrée d'un lieu sacré, des tas de chaussures encombrent le couloir du hall. Dépitée, je ne cherche pas à comprendre pourquoi elles ne sont pas dans le panier mis à disposition à cet effet.

— On est là, ma chérie !

Je me dirige vers le salon et les vois tous devant la télé. Aucun des enfants ne relève la tête. J'ai seulement droit à des « salut » à la volée. Je les questionne sur leur programme :

— Vous regardez quoi d'aussi absorbant ?

Marc daigne me répondre, lui qui était inquiet, il ne s'est même pas levé pour m'accueillir, ni me questionner. Alors qu'un sentiment d'aigreur vient taper à la porte de mon cœur, il relève la tête pour répondre à ma question :

— Un petit garçon a été enlevé à vingt kilomètres de chez nous. Et...

Je l'arrête aussitôt et m'en vais. Je ne peux pas écouter ça, pas maintenant, pas en ce moment. Je suis à fleur de peau, il ne sert à rien d'en rajouter une couche. Marc me rejoint dans la cuisine, la table est déjà mise. Lorsque j'ouvre le four pour attraper le gratin, il me prend par la taille.

— Laisse, je vais le sortir. Excuse-moi pour le journal, je ne voulais pas te contrarier.

Je referme le four et me retourne face à lui.

— Non, t'en fais pas, c'est pas toi ; ce n'est juste pas le bon moment.

Il n'en dit pas plus et recentre la conversation sur ma visite et notre bébé. Mes sentiments ne me laissent aucun répit, je lui en veux, je me suis sentie piquée ; pourtant je baisse les armes, le besoin de réconfort est bien plus fort. Je me laisse aller contre lui.

— Comment s'est passé ton rendez-vous ?

— Tout va bien. Enfin, rien n'a empiré.

— Tant mieux ! Je suis soulagé.

Il se met à me caresser le dos, ce qui finit par me détendre. Il me dépose un baiser sur la joue, prend le plat en me faisant signe de le suivre jusqu'à la salle à manger.

— À table, les gosses !

Ils décrochent de l'écran pour s'installer autour du dîner qui sent vraiment bon. À peine terminé la bénédiction du repas que Milla ouvre le débat :

— Maman, pourquoi Dieu a laissé ce petit garçon se faire kidnapper ?

Son père, qui buvait à ce moment-là, a presque recraché. Sans rentrer dans les détails, je lui réponds en espérant que la conversation change d'orientation rapidement :

— Tu sais ma puce, c'est plus compliqué que ça. Nous n'avons pas toutes les réponses, mais Dieu sait tout.

Théo renchérit :

— Pourquoi ?

Marc sent qu'il doit venir à mon secours et gérer la situation.

— Tu sais, Dieu nous laisse notre libre arbitre, nos choix nous appartiennent. La personne qui a enlevé cet enfant, a fait ce choix qui est mauvais, mais il l'a fait. C'est mal, c'est vrai, et il devra en assumer les conséquences quand il sera arrêté par la police.

Mona enchaîne aussitôt :

— Mais, pourquoi Nicolas ?

Elle a retenu son prénom, et j'ai bien compris qu'ils n'arrêteront pas aussi facilement. Marqués par les propos du journaliste, ils souhaitent comprendre. Je me risque à entamer une explication qui vient me chercher plus que je ne l'espère.

— On ne sait pas ma puce, on pense... enfin... les parents qui vivent cette épreuve, pensent qu'il y a forcément des raisons comme un retard, une obligation, un empêchement... mais ce n'est pas toujours le cas. Pourquoi lui et pas un autre ? Si ça avait été un autre, ça aurait été pareil, ses parents auraient été aussi tristes. On ne comprend pas tout, mais nous qui connaissons Dieu, nous confions en lui, même quand c'est aussi dur.

Les yeux me piquent, ma gorge est serrée. Sans aucun répit Naya s'engouffre dans la discussion :

— Est ce qu'il va le tuer ?

Sa question me refroidit, c'est le coup de grâce. Je panique, dans une réponse plus que précipitée, je parle bien plus fort que je ne devrais.

— Euh... non ! Non, ma puce. Il ne va pas le tuer, la police va le retrouver.

Marc attrape mes doigts et les pressent assez fort pour que je le regarde. Il me fait non de la tête. Je reste figée sur ses yeux qui m'implorent de ne plus rien dire. Mon cœur bat trop fort. Je retire ma main de la sienne et m'assois sans rien dire de plus.

— En tout cas, moi, ce soir, je vais prier pour lui.

— Moi aussi.

Il les encourage dans leur démarche sans que nous échangions ne serait-ce qu'un regard. Je reste les yeux rivés dans mon assiette, essayant d'avaler la première bouchée que je mâchouille depuis cinq bonnes minutes.

— Oui, c'est une excellente idée. Priez pour lui ce soir.

Nous finissons le repas en silence comme si chacun, dans ses pensées, imaginait un scénario différent pour ce petit bonhomme. Puis les enfants débarrassent et sont prêts à monter dans leurs chambres, juste avant que Marc les interpelle une dernière fois :

— Allez vous laver les dents et vous pourrez regarder votre film dans la chambre d'amis. Je vous fais confiance, à la fin vous éteignez tout et au lit.

Ils retrouvent leur joie de vivre, excités par ce programme inattendu, ils grimpent quatre à quatre les marches de l'escalier, s'engouffrent dans la salle de bains afin d'accomplir leur mission avec honneur. Fiers de la confiance qu'on leur accorde, ils ne tardent pas à rejoindre la chambre mise à leur disposition pour cette soirée spéciale.

Toujours assise à table, à réfléchir, je sursaute lorsque Marc me débarrasse de mon assiette tout juste entamée.

— Tu veux une tisane ?

— Oui, je veux bien, merci.

J'attrape la bouteille de vin pour la ranger et le rejoins à la cuisine. Affairé à sa tâche, il ne me regarde pas.

— Tu n'as pas pris un risque en leur disant qu'ils allaient le retrouver... vivant ?

Je refuse de penser à l'autre possibilité. Je ne réponds pas et sa question reste en suspens. Il n'insiste pas, met les deux tasses sur un plateau et passe devant moi pour rejoindre le salon.

— Viens, suis-moi.

Nous nous installons sur le canapé. J'ai mal à l'estomac, je n'ai rien avalé depuis ce midi. Malgré tout, je suis incapable de manger quoi que ce soit. Il me tend le mug que je porte délicatement à ma bouche pour souffler sur le liquide encore brûlant.

— Comment te sens-tu ?

Je ne sais pas vraiment, j'ai le sentiment qu'une montagne se forme devant moi. J'ai une accumulation d'informations et tout se mélange dans ma tête. Anna, ces appels, Élie, ce petit bonhomme... Je me sens au bout du rouleau. Je lui livre le premier sujet qui demande à être réglé rapidement.

— Ça va, mais je m'inquiète pour Élie !

— Pourquoi ?

Il caresse ma cuisse avant d'attraper son café.

— Elle en fait trop, elle a l'air fatiguée et je ne peux pas la soulager.

Il fait tourner sa cuillère dans sa tasse depuis deux minutes lorsque sa main s'immobilise, ce sont ses mots qui prennent le relais.

— Et si vous fermiez une semaine ?

Je ne comprends pas où il veut en venir et le regarde interrogatrice.

— Quoi ? Comment ça ?

Il répète, heureux de sa trouvaille :

— Pourquoi vous ne fermez pas les éditions une semaine ? Ils ont tous besoin de vacances, et je ne pense pas que fermer une semaine va arrêter l'œuvre de Dieu. Ça pourrait au contraire rebooster ton équipe et, du coup, soulager Élie.

Sa suggestion me surprend et, en même temps, elle me paraît de moins en moins extravagante. Il a peut-être raison. Je tranche :

— Tu as raison, excellente idée, t'es le meilleur.

Il ne peut s'empêcher d'en rajouter :

— Tu en doutes encore ?

Je lève les yeux au ciel, il éclate de rire.

Je me lève et attrape mon ordi. Il me suit du regard interloqué.

— Qu'est-ce que tu fais ?

— Eh ben, je leur envoie un mail, ma foi.

Alors que c'est son idée, il me dévisage comme si je lui avais dit que je virais tout le monde.

— Ben quoi ?! C'est ton idée... elle est parfaite ! T'es plus intelligent que je ne le pensais.

Il m'attrape par la taille. Surprise, je pousse un petit cri.

— Tu as vraiment de la chance d'être enceinte de ma fille sinon...

Je le supplie de me lâcher alors qu'il commence gentiment à me chatouiller. Il me relâche enfin, je lui tire la langue et commence mon mail. Il sourit et me rend ma grimace. Il attrape son livre et s'y plonge satisfait d'avoir apporté sa pierre à l'édifice.

Mes chers amis,

Vous me manquez tellement. Je sais qu'en ce moment tout est intense et que vous avez besoin de repos, de vous retrouver et de passer du temps avec vos familles. C'est pour cela que je vous annonce que nous fermons la boutique cinq jours la semaine prochaine. Prenez le temps de vous poser.

Je vous embrasse tous, à bientôt.

Amitiés

Éva

PS : Ces congés sont offerts.

Je repose mon ordinateur et sirote ma tisane, appuyée contre mon homme ; je me sens complètement détendue. Mon téléphone se met à vibrer, l'écran affiche le nom d'Élie. Étonnée, je regarde.

— Coucou, les enfants vont bien ?

— Ben, pourquoi tu m'envoies un message, t'es pas avec Franck ?!

— On s'est pris la tête, la soirée est terminée !

— Oh, je suis désolée...

— Au fait, j'ai vu ton...

Je ne sais pas ce qui s'est passé après, mais je n'ai jamais eu la suite de son message. J'ai peut-être une petite idée.

Alors que Marc m'a quittée pour ranger les dernières assiettes dans le lave-vaisselle, je m'installe confortablement sur les coussins du canapé avec mon livre. Seulement une dizaine de pages entamées que mes yeux se ferment à moitié.

Je lutte quand une caresse sur la joue m'oblige à les rouvrir complètement.

— On va se coucher, ma puce.

— D'accord, j'avoue que je commence à m'endormir sur mon bouquin.

— Tu as pris tes médicaments ?

— Oui.

Nous montons, jetons un coup d'œil aux enfants qui sont agglutinés sur les matelas de sol complètement concentrés sur leur programme. Après nos dernières recommandations, nous les quittons.

Tandis que Marc s'installe déjà sous la couette et reprend sa lecture, je pars me déshabiller et enfiler une tenue plus confortable. Je reviens me blottir contre mon homme qui est presque obligé de lâcher son livre, tant la position que j'essaie de prendre est improbable.

— T'as pas l'impression que ça va être compliqué pour que je lise.

— Humm, s'il te plaît.

Je lui caresse le torse, le faisant céder la seconde d'après.

— Alors attends, j'essaie de mieux m'installer, on va bien pouvoir trouver une position adéquate.

Il descend son cousin d'un cran et je pose ma tête sur son épaule. Bien plus confortable, je me laisse aller et m'endors sans m'en rendre compte.

Je me lève en sursaut, toute transpirante. Un horrible cauchemar.

Je revoyais le visage de ce petit garçon, sauf qu'il ne souriait plus comme sur la photographie montrée au journal. Il avait les yeux clos et ne bougeait plus. Sa peau était grise, il avait une marque rouge autour de son cou. J'entendais au loin la voix d'une femme qui hurlait.

Impossible de me rendormir, j'attrape mon téléphone, il affiche deux heures. Sans un bruit, je sors de mon lit et descends à la cuisine boire un verre d'eau. Ce cauchemar me ramène à cette terrible histoire. J'espère vraiment qu'ils vont le retrouver. Je me mets instinctivement à laver les quelques verres qui traînent dans l'évier, quand je sens des mains m'entourer, ce qui me déclenche un réflexe, et l'inévitable se produit. Je fais voler le verre qui s'éclate sur le sol et pousse un cri étouffé.

— Oh, pardon ma chérie, je ne voulais pas t'effrayer, mais je t'ai plus trouvée près de moi, je me suis inquiété.

— Tu m'as foutu une trouille ! Mais qu'est-ce que tu fais debout ?

Il me regarde comme si je lui avais demandé pourquoi il habitait ici.

— Je te l'ai dit, je ne t'ai plus sentie près de moi, alors j'ai voulu vérifier si tout allait bien.

— Oui, ça va ; juste un cauchemar.

— Tu veux me raconter ?

— Non, c'était rien et je préfère oublier. Je nettoie ça et je monte.

Il me prend le balai que je viens d'attraper.

— Laisse ça, je m'en occupe. Monte, je te rejoins.

— O.K., mais je t'attends.

Il ne met pas longtemps pour rassembler tous les morceaux éparpillés sur le sol qu'il jette directement dans la poubelle du garage. Il me rejoint rapidement et nous remontons nous coucher. Je me colle dans son dos, ferme les yeux et m'endors, en ne pensant plus à rien.

16

Élie

Je me lève aux aurores ce matin, après une bonne nuit de sommeil et des retrouvailles au top, je me sens d'attaque. J'ai une tonne de ménage à terminer, je dois passer à l'assos. pour savoir comment nous allons organiser le gala qui a lieu dans deux semaines et voir Éva. Je ne sais toujours pas comment je vais lui dire mais... Je ne veux pas me polluer avec ça, chaque étape en son temps. Franck est parti à une réunion ce matin, il en a jusqu'à midi. Je décide de commencer par mes cinq panières de linge qui m'attendent depuis plus de deux semaines... mais comment peut-on étaler autant de désordre en une semaine ? Le chantier est terminé au bout de deux heures. Je vais enfin me doucher, il est neuf heures ; timing parfait. Malgré l'eau encore fraîche, je me glisse sous le jet. Je sautille en espérant m'habituer rapidement à la température qui se réchauffe bien trop lentement. Je ne m'éternise pas, à peine savonnée et rincée, je m'extirpe de la douche. La serviette enroulée autour de la poitrine, je me dirige tout droit vers mon dressing. J'attrape mon jean préféré et une chemise blanche. Aujourd'hui, il pluviote, je vais troquer les sandales pour les ballerines. Je me fais une queue de cheval, prends mon sac et file... La route est plutôt dégagée, je ne mets pas longtemps pour arriver à destination.

— Salut, Françoise !

Elle lève la tête de son dossier et me gratifie d'un large sourire.

— Salut Élie ! Comment vas-tu ?

— Bien, merci et toi ?

Je dépose mes affaires et la salue chaleureusement de deux bises. Elle me prend dans ses bras en retour, avant de me relâcher pour retourner à son poste.

— Beaucoup de boulot, mais ça va bien.

— Je fais un tour pour dire bonjour à tout le monde et on va dans la salle de réunion ?

Elle ferme son travail en cours et se relève.

— O.K. ! En attendant, je nous fais du café et t'attends au premier.

— Super ! À tout de suite.

Je parcours les couloirs tout en me rendant compte de la grâce que nous avons. Cette association... un rêve devenu réalité. Malgré les défis et le stress que toute cette organisation demande, nous sommes fiers et heureux de la voir grandir. En tant que musicien, Franck désirait plus que tout offrir à de jeunes talents la possibilité de se retrouver et de partager leurs savoirs, leurs désirs, leurs projets, leurs visions. Un son, plutôt entraînant, m'attire jusqu'au studio d'enregistrement. David à la guitare et Samantha au piano interprètent un chant qu'ils ont composé. C'est magnifique, je les écoute jusqu'à la fin, incapable de me détacher de ces paroles qui me touchent au plus profond de mon être. *Ne t'agite pas, il est au contrôle, il te dit dans le calme et la confiance, il sera ton secours...* Elles viennent se déposer sur mon cœur comme une réponse. Je ne me rends même pas compte qu'ils ne jouent plus, absorbée par cette pensée qui ne me quitte plus.

— Salut Élie !

Je reprends mes esprits à l'appel de mon nom.

— Salut les enfants, beau travail, votre chant est plein de vérité.

Touchés par mes compliments, David se met à rougir, gêné, il se passe la main dans les cheveux tandis que Sam applaudit frénétiquement, heureuse du résultat.

— Merci ! Nous y travaillons depuis des semaines.

— Bravo ! C'est du bon boulot. Je vous laisse, à plus.

Sam ne peut s'empêcher de me prendre dans ses bras avant que je ne les quitte.

— À bientôt, Élie, le bonjour à Franck.

— Ce sera fait.

Je souffle un grand coup et continue jusqu'à la salle de danse.

La troupe des *Shadow Light* est en train de répéter la chorégraphie du gala. Je ne m'attarde pas, ne voulant pas les déconcentrer, mais comme d'habitude, je suis époustouflée par leurs performances. Avant qu'ils ne me remarquent, je me faufile discrètement vers la sortie.

En face, il y a la grande salle des stylistes et costumières. C'est une cacophonie de couleurs, il y a du tissu partout, du ruban, des boutons, des patrons, des mannequins, c'est fabuleux. Leur équipe ressemble à des fourmis en pleine récolte, tout le monde s'affaire à sa tâche, concentré et méthodique, personne ne fait attention à ma présence. De jeunes gens bougent sur le rythme qu'ils entendent de la pièce d'en face. J'aperçois la petite Laura, je ne peux m'empêcher de me diriger vers elle. Une jeune fille qui a failli mal finir et qu'on a récupérée juste à temps. Elle a été baptisée il y a à peine un mois et vit des moments fantastiques avec Dieu. Je suis heureuse de la voir en pleine forme.

— Coucou, ma petite Laura !

Elle se retourne et affiche un large sourire.

— Élie !

Elle me saute dans les bras. Surprise, je manque de tomber, mais me rattrape sur ma jambe arrière. Je lui rends son étreinte, ravie de la serrer contre moi.

— Comment vas-tu ? Tu avais l'air tellement concentrée !

Gênée par mon compliment, elle se dandine et joue avec ses doigts.

— Ça va bien. Oui, je prépare le costume de Daniel pour la pièce de théâtre.

— C'est super, montre-moi ça.

Elle déploie la pièce de tissu qui se trouve sur son établi. Un splendide vêtement, avec des coutures parfaites faites à la main. Toutes sortes de perles de tailles et de couleurs différentes viennent habiller la tenue.

— Mais c'est magnifique ! Quel travail précis et délicat. Je suis si fière de toi !

Ses joues rougissent à ma déclaration sincère et la voilà qui s'empresse de me raconter les appels surprenants qu'elle avait reçus quelques jours auparavant.

— Je voulais t'appeler pour te le dire, mais vu que tu es là... J'ai été contactée par plusieurs églises qui veulent que je sois la responsable de la conception des costumes pour leur spectacle de fin d'année, et elles me paieront pour ce travail.

Elle est au bord des larmes, et moi aussi. Je la prends dans mes bras et la serre fort.

— Tu as réussi ma chérie, tu as réussi.

— Grâce à vous, vous m'avez fait confiance. Vous m'avez présentée au plus grand des rois. J'ai aussi eu des propositions pour un long métrage, j'ai rendez-vous la semaine prochaine avec le metteur en scène.

Je suis obligée de plaisanter pour reprendre de la contenance. Elle revient de si loin. Nous l'avions trouvée broyée par la vie. Elle avait été violée et avançait dans la vie comme un robot. Son corps et son âme avaient été maltraités durant des années. Aujourd'hui, elle est sur la voie de la guérison. Elle a appris à dompter ses émotions, à prendre soin de son corps et à maîtriser sa nouvelle vie de l'esprit.

— Mais on t'arrête plus !

Elle se met aussi à rire. Je poursuis plus sérieusement :

— Nous serons toujours là pour t'aider et te soutenir. N'hésite surtout pas si tu as besoin, n'importe quand, n'importe où. Tu entends ?

Elle me fait oui de la tête, trop émue par mes déclarations. Je la quitte avant de ne plus pouvoir retenir l'émotion qui me serre la gorge de plus en plus.

Je continue mon tour en terminant par la salle de théâtre. Cet endroit est celui que je préfère. Nous l'avons refait du sol au plafond. L'estrade que nous avons fait installer se trouve à deux mètres au-dessus du sol, elle est entourée de deux grands rideaux rouges, confectionnés par les couturiers. À l'ouverture de l'association, ces travaux avaient pu être effectués grâce à un don que nous avions reçu de la part du PDG d'une grosse société. La somme inscrite sur le chèque nous avait coupé le souffle. Je me rappelle encore les mots qu'il avait prononcés : *« J'aurais aimé vous rencontrer il y a trente ans. »* J'avais été émue aux larmes sans pouvoir répondre. Je ne l'ai jamais revu...

Grâce à cet argent nous avions fait installer des tribunes avec de jolies petites assises noires. Sur les murs, des lampes en forme de chandelles donnaient la touche finale.

Ils sont en pleine répétition, je m'installe dans un fauteuil en faisant le moins de bruit possible et regarde la scène. Olivier interprète le personnage principal de Daniel. Il est parfait, nous avons tout de suite vu que le rôle était pour lui. Il est persévérant et fidèle dans tout ce qu'il fait. Son jeu est digne d'un grand acteur. Ravie, je quitte les lieux à pas de loup. Alors que je tourne à l'angle du couloir pour rejoindre l'étage, je suis interceptée par Éliane le metteur en scène.

— Élie !

Elle arrive essoufflée. Je ne peux m'empêcher de la taquiner.

— Salut Éliane, que t'arrive-t-il ? Tu as couru un marathon ?

Elle crache un mot après chaque respiration :

— Tu parles... j'étais au fond... de la salle... et avant même que... je ne puisse te parler... tu t'étais envolée.

— Je ne voulais pas vous déranger.

— Tu ne nous déranges jamais. Je peux te parler une minute ?

Ça m'a l'air sérieux, bien qu'elle ait repris son souffle, ses traits restent tirés.

— Bien sûr. Viens, allons dans mon bureau...

Elle acquiesce tout en me suivant. Je referme la porte derrière nous et l'invite à s'asseoir.

— Que se passe-t-il ?

Elle se frotte le front, l'air embêté.

— Vu les dépenses que nous avons faites, si le théâtre n'est pas rempli le jour du gala, nous serons endettés jusqu'au cou. Je veux pas être défaitiste mais...

Je lui prends la main en signe de réconfort.

— Éliane, ne t'en fais pas le théâtre sera rempli...

Elle joint son autre main aux nôtres.

— Quoi ? « Crois et tu verras », c'est ça ?

Je lui souris, attendrie par sa réplique.

— Oui, c'est ça ! Crois et tu verras sa gloire.

Elle lève les bras en l'air tout en proclamant cette déclaration pleine de sens :

— Alors je crois et on verra bien...

Elle s'en va, incrédule, tandis que le sourire aux lèvres, je me languis de voir. Ce gala m'a été imposé un soir lors d'un songe. Le lendemain, convaincue, j'en ai parlé à Franck et Françoise qui ont tout de suite approuvé. A contrario, Éliane a pensé que c'était une blague. Bien entendu, je ne lui en veux pas, elle est plutôt du genre tenace, sa devise : « Je crois, si je vois. » Il y a cinq ans, elle a perdu son travail, plus personne ne voulait d'elle dans le monde du spectacle. Je l'ai rencontrée par hasard dans une file d'attente dans un supermarché, nous avions commencé à papoter en attendant la caissière qui cherchait un prix pour la cliente devant nous. À la fin de son récit, je lui disais de passer à l'association car j'avais du travail pour elle, pas payé des mille et des cents, mais que ça pourrait lui remettre le pied à l'étrier. Le lendemain, elle était avec nous, ça fait maintenant trois mois. L'amertume emmagasinée dans son cœur durant toutes ces années a été remplacée par l'amour qu'elle reçoit des jeunes qu'elle enseigne. Françoise n'y est pas pour rien non plus, elles sont devenues amies ; à l'écoute, elle est toujours là pour lui donner un bon conseil. Elle la suit de près, prête à lui filer un coup de main quand elle en a besoin. Je suis convaincue de sa mission parmi nous. Une petite bonne femme au caractère bien trempé, ne laissant pas sa langue dans sa poche, malgré un grand cœur qu'on ne lui connaît pas.

Nous nous quittons la minute d'après, nous promettant de déjeuner ensemble très bientôt.

Je vais enfin rejoindre mon amie dans la salle de réunion, je ne la vois pas tout de suite, cachée au milieu d'une montagne de paperasse. À l'appel de son nom, elle relève la tête, sourire aux lèvres, sachant pertinemment qu'il me faudrait plus de cinq minutes avant de la rejoindre.

— Excuse-moi, je me suis laissée déborder... Ils sont tellement captivants.

— Oui je sais, ça m'arrive aussi. Alors voilà, je t'ai sorti le dossier.

Je me verse une tasse de café et m'installe près d'elle. Au bout d'une heure, nous avons abordé tous les points importants et réglé deux, trois affaires qui coinçaient depuis des semaines.

— C'est parfait Françoise, bon boulot. Je repasse la semaine prochaine pour les dernières modalités et ce sera la dernière ligne droite avant le gala.

— O.K. ! Encore merci.

Je lui caresse l'épaule en la rassurant :

— Si tu as un souci, n'hésite surtout pas, par téléphone ou mail. Si tu as besoin que je t'accorde du temps, tu sais que je peux être là en dix minutes.

Elle m'embrasse tendrement sur la joue.

— D'accord, merci. Je te dis à bientôt. Tu transmettras mes amitiés à Éva.

Son prénom résonne dans ma tête, repensant à ce que je dois lui dire tout à l'heure.

— Élie, ça va ?

Je me reprends et la salue avant de la quitter :

— Oui, oui, pardon, je n'y manquerai pas. À bientôt. Tu donneras le bonjour à Michel.

Assise dans ma voiture, je réfléchis à comment je vais amorcer la conversation. Je démarre et recule. Je suis stoppée par un coup de klaxon long et intense. Je me retourne horrifiée. Le gars dans la voiture me hurle dessus, mais je ne l'entends pas, mes mains tremblent et mon pied écrase encore à fond la pédale de frein. Faut vraiment que je me calme, je souffle ; la voiture de l'autre conducteur est repartie, j'enclenche de nouveau la marche arrière et recule prudemment. Je reste concentrée tout au long du trajet, je me suis fait une belle frayeur. Arrivée à destination, je gare la voiture dans le garage et vais à pied jusqu'à chez Éva. Je frappe à la porte, je ne peux plus reculer…

17

Éva

Il est déjà onze heures, les enfants dorment encore, je suppose qu'ils ont dû bien papoter hier soir. Marc est allé faire une partie de tennis avec un ami. Le rôti est au four, je voudrais me rendre au supermarché pour acheter des légumes mais interdit. Heureusement qu'un génie a inventé le drive. J'allume ma tablette et commence à passer ma commande quand on frappe à la porte. Je suis étonnée, je n'attends personne si tôt. Je mets de côté ce que je suis en train de faire et vais ouvrir.

— Élie ! Je ne t'attendais pas maintenant.

Elle est toute pâle, elle entre sans un regard.

— Oui, je sais. Mais il faut que je te parle.

J'ai toujours détesté cette phrase ; elle n'annonce jamais rien de bon.

— Tu veux un café ?

— Non, plutôt quelque chose de frais, s'il te plaît. Je viens d'en boire un avec Françoise, je vais être une pile si je continue de carburer à la caféine.

Nous nous installons dans le salon. Mal à l'aise, elle fuit mon regard. Nous nous lançons en même temps. Je la laisse commencer.

— Excuse-moi, vas-y.

— Hier, avant de partir des éditions… ton téléphone a sonné…

Elle parle tellement lentement, j'aurais presque envie de lui dire d'activer, mais je m'abstiens et la laisse continuer.

— Je ne voulais pas répondre, mais j'avais peur que ce soit important...

Elle fait une pause, gênée. Je ne tiens plus. Ma patience a des limites.

— Pardonne-moi mais tu peux enchaîner, tu me stresses.

Ma réflexion la bouscule un peu, elle se redresse et me fixe l'air grave.

— C'était un appel anonyme !

Je n'ai pas envie d'y croire, je n'ai plus envie de l'écouter, je me ferme.

— Ne te braque pas, je t'en prie ; ça ne veut peut-être rien dire et ça peut être n'importe qui.

Je la dévisage pour décrypter qui elle essaie de convaincre.

— Tu es moyennement convaincante mais tu as raison, oublions, ce n'est sûrement rien.

— Ah, non ! Ce n'est pas ce que j'ai dit, j'ai dit qu'il ne fallait pas s'inquiéter, mais on va en parler à Marc pour savoir ce...

Je la coupe plus durement que je ne l'aurais voulu.

— Non ! Non... Je ne veux pas le soûler pour rien.

Elle se relève pour venir se poster à quelques centimètres de mon visage.

— Tu avais promis, Éva, et je ne crois pas que ce ne soit rien.

Je vais lui répondre, mais, au même moment, la porte d'entrée s'ouvre. Je me tais, écœurée. Marc apparaît dans l'embrasure de la porte.

— Salut, Élie !

Elle reprend sa place, mine de rien.

— Salut, Marc !

Il range son sac en continuant à s'adresser à nous :

— Ça va ? Bonne soirée ?

— Oui, je te remercie et encore merci pour les enfants, ça fait un bien fou de couper les habitudes.

Le stress dans sa voix va commencer à interpeler Marc si elle ne le maîtrise pas. Je lui fais de gros yeux.

Elle mime un signe incompréhensible et s'arrête à l'approche de Marc.

— Je t'en prie, on ne les a même pas vus. Après les avoir nourris, ils ont disparu et, à ce que je vois, ils n'ont toujours pas réapparu.

Il rit seul et se rend compte que quelque chose ne va pas, vu les têtes que nous devons avoir. Il s'arrête et nous interroge :

— Qu'est ce qui se passe ?

Nous sommes interrompus par une voix d'enfant, je souffle de soulagement.

— Coucou, maman.

— Salut, chérie !

Naya s'est réveillée, elle s'assoit sur les genoux de sa mère, réclamant un câlin. Marc s'apprête à ouvrir la bouche mais je le coupe aussitôt :

— Qu...

— Non, chéri ! Pas maintenant.

Je sais qu'il ne va pas s'arrêter là et lui fais signe de me suivre dans la cuisine. Nous laissons Élie avec sa fille, qui nous suit des yeux, frustrée de pas pouvoir se joindre à nous. Il m'attend déjà, appuyé contre le bar. Autant y aller franchement.

— Lorsqu'Élie est passée aux éditions, il y a eu un appel anonyme sur mon poste.

Sans que je ne puisse rajouter un mot, il enchaîne sans bégayer :

— On va déposer plainte !

— Mais...

Il m'interrompt d'un ton décidé et continue :

— Y a pas de mais... on ne sait pas qui c'est, et il vaut mieux prendre des précautions.

Je sens les larmes monter. *Mais ça ne s'arrêtera jamais.* Je les retiens et me blottis dans ses bras. Nous ne parlons plus, mais notre silence en dit bien long. Nous sommes dérangés par les enfants qui arrivent telle une tribu. Nous nous séparons et passons à table, laissant le sujet de côté. Nous proposons à Élie d'appeler Franck pour partager notre repas. Tout au long du déjeuner, nous échangeons des œillades, Élie et nous, sans pouvoir discuter du sujet qui nous tracasse. Les enfants, comme toujours, nous racontent des histoires plus extravagantes les unes que les autres. Marc et Franck n'écoutent pas, ils sont concentrés sur la télévision qui diffuse les actualités. Alors que j'écoute Milla nous expliquer l'intrigue du film qu'ils ont visionné hier soir, le prénom que prononce le journaliste m'interpelle, je me retourne et j'écoute. Sans aucune émotion, il annonce :

Le petit Nicolas a été, malheureusement, retrouvé mort à cent kilomètres du domicile où il vivait avec sa mère... Les enquêteurs...

Je n'entends plus, les larmes coulent sur mes joues.

— Pourquoi tu pleures, maman ?

Je crois avoir entendu la voix de Lily, pourtant je ne peux lui répondre. Tout se mélange. Il faut que je me lève et que je parte. Je me redresse et sens mes jambes se dérober, puis plus rien...

J'entends au loin la voix de Marc, qui se rapproche chaque seconde, j'ouvre les yeux, aperçois son visage, j'ai envie de garder les yeux fermés, mais il continue à m'appeler :

— Éva ! Ma puce !

Il est complètement affolé. Il me tient dans ses bras et enchaîne des directives qui me semblent incompréhensibles.

— Élie enlève le coussin... va chercher un gant froid, Franck appelle le médecin, son numéro est sur le frigo.

J'essaie d'articuler :

— N... on.

C'est le seul mot que j'arrive à prononcer. Lorsque j'ouvre les yeux le docteur Robinson est au-dessus de ma tête avec un stéthoscope dans les oreilles.

J'essaie de me redresser, mais elle m'appuie sur l'épaule.

— Non ! Vous restez couchée... je n'ai pas terminé.

Je ne bouge pas et me rallonge. Elle finit de m'ausculter et range son matériel sans rien dire. Elle se retourne enfin vers moi.

— Bon ! Ce n'est rien, je pense que vous avez eu un petit choc émotionnel. Continuez à vous reposer et éviter toutes émotions fortes. Je vous laisse. Monsieur, prenez bien soin d'elle.

Je ne comprends rien à ce qu'elle dit, je n'ai même pas le temps de lui demander ce qu'elle fait là, elle est déjà partie.

— Merci, docteur.

Marc la raccompagne, je l'entends lui marmonner deux-trois mots, mais je n'ai pas la force de satisfaire ma curiosité. Je m'aperçois que Franck et Élie ne sont plus là. La maison est calme. Marc réapparaît. Il s'agenouille près de moi et pose sa main sur mon ventre.

— Comment te sens-tu ?

— Ça va, promis. Je suis désolée, je ne sais pas ce qui s'est passé.

— Tu t'es mise à pleurer et tu as perdu connaissance.

Je me souviens, ce qui me fait grimacer. Marc me rejoint sur le canapé et me prend dans ses bras.

— Je te promets que tout ira bien. Ne t'en fais pas.

— Où sont les enfants ?

— Élie les a emmenés à leur groupe d'ados, elle nous les ramène tout à l'heure. Franck et elle en profiteront pour se rendre au commissariat déposer une main courante.

Je me relève d'un coup.

— Quoi ?! Mais pourquoi ?

Ses mâchoires se crispent, tandis que son ton reste le plus calme possible.

— Car tu as reçu encore un appel anonyme, Éva ! On ne sait pas qui te harcèle. Même si on a une idée.

Je refuse d'en entendre davantage et coupe court.

— Non ! On ne sait pas. O.K., faites comme vous voulez...

Il se radoucit et me caresse la joue.

— Excuse-moi, je ne voulais pas m'emporter. Repose-toi, de toute manière, ils s'en occupent.

— Humm !

Je me réinstalle confortablement et décide de ne plus y penser.

— Je vais te préparer une tasse de thé. Je t'en prie, fais-moi confiance.

Il m'embrasse sur le front et disparaît dans la cuisine.

Je reste toute l'après-midi à somnoler sur le canapé. Marc fait les allers-retours entre son bureau et le salon, pour s'assurer que je suis toujours en vie. Je le taquine sur le sujet, lui promettant de ne pas m'envoler.

Vers dix-neuf heures les filles rentrent et nous finissons la soirée tranquillement tous les quatre. Nous jouons au Cluedo. Après dix affaires de meurtres résolues, nous les envoyons se coucher et continuons de discuter de sujets banals. Il est déjà tard et, pourtant, aucun signe du marchand de sable. Nous décidons tout de même d'aller nous coucher, vu les évènements intenses de la journée. Finalement, je ne mets pas longtemps à m'endormir au contact de mon coussin qui m'accueille avec plaisir.

18

Élie

Les semaines passent et rien ne vient les perturber. J'ai trouvé mon rythme. L'équipe d'Éva a complètement repris le relais. Maintenant que le gala est terminé, cela me donne plus de temps. Ça a été un véritable succès. À la première, il y avait tellement de monde au rendez-vous qu'on a dû refuser des personnes à l'entrée, mais la bonne nouvelle c'est que le spectacle s'est rejoué pendant cinq jours de suite. Même Éliane en a pleuré, elle a décidé de venir à l'église au moins pour dire merci à ce Dieu qu'elle ne connaissait pas et qui fait des trucs bizarres autour d'elle. Pour ne pas dire des miracles. Elle nous a bien fait rigoler. C'est une femme qui, malgré les coups durs, a toujours eu de la classe, jamais négligée. Elle porte toujours un jean avec des petits hauts colorés et de longs gilets qui lui tombent tout le temps sur les épaules. Elle n'a jamais voulu dire son âge, mais je pense qu'elle doit avoir une cinquantaine d'années bien entamées... Lorsque nous avons remis la caisse à notre comptable et qu'il nous a annoncé le montant de la recette, nous n'en revenions pas. Nous n'espérions pas un tel succès. La somme d'argent récoltée, nous a permis de payer nos dettes et une partie de l'emprunt fait pour les travaux. Nous allons sûrement réfléchir à la création de nouveaux emplois, car il s'est passé ce que nous pouvons appeler un miracle. Une semaine après ces événements, je recevais un coup de téléphone de Françoise qui me disait que des communes voisines l'avait contactée pour une représentation dans leurs théâtres.

Mais aujourd'hui, c'est un grand jour, je suis trop excitée, c'est la date à laquelle Éva peut enfin sortir, plus de contre-indications. Pour fêter ça, on a décidé d'organiser un repas à la maison et de se rendre au centre commercial pour acheter les ingrédients nécessaires, ensemble. Il était temps que ça se termine, elle n'aurait pas pu tenir une journée de plus.

Je ne m'attarde pas plus longtemps.

— Franck !

Je déambule dans la maison essayant de le trouver sans succès, quand j'entends enfin sa voix.

— Dans le jardin, chérie...

Quand je les rejoins, ils sont tous les quatre accroupis à regarder je ne sais quoi.

— Mais qu'est-ce que vous faites ?

Ils ne répondent rien, trop concentrés. Je m'approche d'eux et regarde au-dessus de leurs têtes.

— Mais... non, je le crois pas, vous faites une course d'escargots ! Et toi, tu es complice de ça ?

Ils avaient repeint les coquilles de chaque bestiole et avaient construit une piste avec des séparations et une ligne d'arrivée.

Il ne daigne même pas me regarder, il continue, concentré sur son activité, tout en me racontant ses plans.

— Ben, tiens ! En plus, je gagne... J'ai choisi le meilleur, il était caché dans les tulipes.

Il m'exaspère.

— Non, mais vous n'allez pas bien. En tout cas, je ne veux pas voir ça à l'intérieur. C'est compris ?... Je n'ai rien entendu !

Heureusement que les enfants sont là pour me répondre :

— Oui, maman, promis.

Je reprends la direction de la maison, complètement dépitée.

— Je vais chez Éva, nous allons nous rendre au supermarché.

— O.K., à tout à l'heure, ma chérie.

— Maman, attends...

Naya me saute au cou et me serre aussi fort qu'elle le peut. Elle a tellement poussé. Le primaire l'a rendue plus autonome, je perds mon bébé qui devient une grande fille... Elle me chuchote une phrase incompréhensible à l'oreille.

— Comment ?

Elle recommence, j'arrive à capter les mots principaux.

— Acheter... sucette ?

Je la regarde genre « non, mais tu ne perds pas de temps » et, là, elle me fait sa petite moue d'enfant malheureuse.

— Non, mais c'est quoi cette tête ?

Je suis obligée de rire quand elle accentue encore plus son air de chien battu.

— O.K., t'as gagné, je vous rapporterai une sucette.

— Ouiii ! Merci maman, je t'aime.

— Moi aussi je t'aime, allez ! File encourager ton escargot.

Elle se retourne et s'exclame :

— Bobo.

— Quoi !?

— Il s'appelle Bobo !

J'éclate de rire en levant les yeux au ciel. Il vaut mieux que je parte avant d'être contaminée par la course aux bêtes.

— À tout à l'heure, bisou.

Elle est déjà repartie en courant. J'attrape mes clés de voiture et mon sac à main avant de claquer la porte derrière moi.

Quand j'arrive chez Éva, elle est toujours en train de se préparer. Je suis accueillie par Marc qui a l'air à moitié rassuré.

— Coucou, Marc, ça va ? Tu m'as pas l'air dans ton assiette !

— Salut Élie, si ça va, juste une légère inquiétude.

Il se passe la main dans les cheveux, mal à l'aise d'être aussi protecteur.

— T'en fais pas, je prendrai bien soin d'elle.

Il ne répond pas, mais me sourit moyennement convaincu. Je me mets en bas de l'escalier pour appeler la retardataire :

— Je suis là, Éva. Tu fais quoi ?

— J'arrive, deux minutes...

Quand elle descend, elle est magnifique, elle porte une petite robe rouge. Son visage rayonne.

— Tu es superbe !

— Arrête on dirait une baleine.

On éclate de rire.

— Attends, je prends mon sac et c'est bon... j'y vais...

Marc sort la tête de la cuisine, vu le regard qu'il lance à Éva, elle arrête de s'agiter pour le rassurer :

— T'inquiète pas, ça va ! Et j'ai mon garde du corps. On fait les courses et on revient.

Elle l'embrasse tendrement et le laisse.

— Je t'aime, à tout à l'heure.

— Je t'aime aussi, un petit message pour rassurer.

— Oui, promis.

— Bye, Marc.

Il la rattrape par la taille.

— Au fait ! Tu es très belle.

— Merci, mon amour.

La porte claque, ça y est on est dehors. Je suis tout excitée, Nous sommes toutes les deux amoureuses de l'été, du soleil, de la plage, des promenades et d'autant plus que nous pouvons nous balader sans risques. Installées dans la voiture, nous gloussons telles deux gamines de dix-huit ans qui viennent d'avoir leur permis de conduire. Après quinze minutes de trajet, nous arrivons au centre commercial. Dès les grandes portes passées, Éva s'arrête net.

— Ça ne va pas ?

Un large sourire se dessine sur son visage.

— Si, si, ça me fait une drôle de sensation, j'ai l'impression que ça fait des années que j'y ai plus mis les pieds.

Elle est complètement euphorique.

— On commence par quoi ?

— Quoi ! On commence par quoi ? Je croyais qu'on devait manger une paella !

Elle bouge comme une puce.

— Oui, je sais, mais j'ai envie de m'acheter des sous-vêtements.

J'ai dû mal à la suivre, je la questionne naïvement :

— Ben, pour quoi ?!

Elle se plante devant moi les mains sur les hanches s'adressant à moi comme si j'étais une débile.

— Parce que je suis une femme et que j'ai un mari et que ça fait deux mois qu...

Je la coupe ne voulant pas entendre la suite de son argumentaire :

— O.K., j'ai compris, on va acheter des sous-vêtements.

Elle me tire par le bras et m'entraîne dans la première boutique que nous rencontrons. Nous en ressortons aussi vite, il n'y a que des tailles enfants ; enfin, presque... Nous rentrons dans la suivante, les dessous sont magnifiques.

— Bonjour, mesdames. Puis-je vous aider ?

La vendeuse nous accueille d'un ton chaleureux.

— Oui, je cherche une culotte sexy, à ma taille, avec le soutien-gorge s'il vous plaît.

Elle n'a pas l'air surprise que ce soit elle qui ait besoin de ses services.

— Venez avec moi, j'ai peut-être ce qu'il vous faut.

Nous la suivons. Éva est tout excitée, elle m'envoie des sourires malicieux, ce qui me fait lever les yeux au ciel. Après avoir écarté deux ou trois ensembles, la jeune femme se retourne vers nous avec un magnifique dessous rouge. Un tanga sexy, assez confortable, assorti, non pas un soutien-gorge, mais à un haut transparent à bretelles qui est assez long pour recouvrir son ventre - sans trop - pour laisser apparaître ses cuisses. Elle l'essaye : il est pile-poil à sa taille.

— C'est parfait, vous êtes géniale ! Qu'en penses-tu, Élie ?

Elle est resplendissante, je suis heureuse de la voir aussi épanouie.

— Oui, je suis d'accord ; c'est joli et surtout très sexy.

Nous gloussons comme deux ados submergées par leurs hormones.

— Je prends.

Satisfaite d'elle, la vendeuse embarque le tout et nous fait signe de la suivre jusqu'à la caisse.

— Pourriez-vous me préparer un paquet cadeau ?

— Oui, bien sûr.

Je la regarde surprise.

— Pourquoi un paquet cadeau, c'est pour toi, non ?!

— Oui, mais c'est aussi un cadeau pour mon homme.

— Non, mais alors, toi !

La vendeuse finit son œuvre et lui tend, elle le prend toute fière. Je ne peux m'empêcher de la taquiner.

— Une vraie ado !

Elle me tire la langue et nous nous mettons à rire. Malgré cette pause agréable avec mon amie, je la presse car le temps file. Nous avons encore pas mal de courses à faire pour ce soir.

— Allez, on va acheter la bouffe.

Elle me prend par le bras et m'entraîne jusqu'au supermarché bondé de monde. On met une heure pour tout acheter. Je m'occupe de ranger les courses dans le coffre pendant qu'Éva s'installe dans la voiture, elle ne s'est pas plainte, et pourtant, je suis convaincue qu'elle doit être épuisée. Je l'entends souffler...

19

Éva

Nous arrivons enfin à la voiture. J'avoue que je suis contente qu'on ait terminé. J'ai les pieds en compote. Je sors mon téléphone pour dire à Marc qu'on arrive. Je m'esclaffe :

— Cinq messages !

— Coucou ma puce, ça va ?
— Ne te fatigue pas trop...
— Tu me donnes des nouvelles ?
— Je commence à m'inquiéter !
— Là, je suis inquiet !

Je n'attends pas, je l'appelle tout de suite. Élie me rejoint dans la voiture. Au bout de deux sonneries, il décroche.

— Allô, mon amoureux ! Excuse-moi je n'avais pas vu tes messages. On n'a pas arrêté... Oui, promis ça va. Nous sommes sur le chemin du retour... À tout de suite, je t'aime.

Je raccroche, dépitée. J'ai oublié de lui envoyer un message.

— Qu'est ce qui se passe ?

— Rien, Marc s'inquiétait, il m'a envoyé des messages, mais je ne les avais pas vus.

— Le pauvre, il n'était déjà pas rassuré.

— Merci pour ton soutien...

— Non mais ça va, tu lui as acheté un cadeau... qui lui fera sûrement oublier cet incident.

Son allusion me fait sourire, je lui envoie une pichenette sur la joue qui la fait réagir instantanément. Elle pousse un cri improbable, ce qui provoque chez moi un fou rire.

— Mais t'es pas bien, espèce de malade, je conduis. Tu veux qu'on ait un accident et que Marc me tue, si j'en ressors vivante !

— T'es une pilote, non !?

— Ouais, c'est ça. Espèce de folle. T'as de la chance d'être enceinte ou tu l'aurais payé…

Je m'excuse, elle me sourit et se concentre de nouveau sur la route.

Quand nous arrivons chez Élie, Marc et les filles sont déjà là. Il est assis sur une chaise de jardin et regarde les enfants qui jouent dans la piscine. Je sais qu'il est contrarié, je vais devoir user de mon charme. Je passe derrière lui et l'attrape par le cou, mes mains glissent sur son torse encore mouillé, je suppose qu'il devait jouer avec les enfants y a encore cinq minutes. Il se raidit sous mes caresses sans se retourner. Je lui murmure à l'oreille :

— Excuse-moi, je ne voulais pas t'inquiéter.

Sans me regarder, je vois sa moue de mécontentement. Debout derrière son fauteuil, je me décale et bascule sur ses genoux. Nous nous retrouvons face à face. Il fuit mon regard.

— On a tardé parce que je voulais t'acheter un petit cadeau !

Ses yeux me transpercent intensément, je détourne la tête en direction des enfants. Il prend mon menton entre ses doigts et se penche pour déposer sur mes lèvres un tendre baiser.

— J'ai failli vous rejoindre, mais Franck m'en a dissuadé. J'ai cru que tu avais fait un malaise. Et…

Je le coupe d'un doigt sur la bouche. Je prends mon air le plus coupable et m'excuse platement :

— Je sais, je suis désolée.

Il a retrouvé son calme et sa curiosité.

— Bon n'en parlons plus, c'est quoi mon cadeau ?

— Tu verras ce soir !

Je le prends par le cou et lui rend son baiser. Il me serre contre lui, ce qui me procure un frison de désir. Je voudrais être seule avec lui. Une voix derrière nous ramène à la réalité et nous interrompt :

— Vous n'êtes pas tout seuls les amoureux, y a des enfants ici !

Franck nous regarde avec un air malicieux alors qu'Élie, près de lui, sourit, attendrie par la scène. Elle connaît Marc et son côté surprotecteur. Parfois, il peut être têtu et dur, lorsqu'il est animé par ce sentiment de peur. Elle profite de ce moment pour lancer ses directives :

— Vous allez préparer la paella !

— O.K., j'arrive.

Je me lève péniblement, mais elle me rabroue sans que je puisse me justifier.

— Ah non, pas toi ! Tu en as assez fait pour aujourd'hui. Je parlais aux garçons.

Marc la regarde, ahuri ; Franck reste la bouche ouverte et moi, ça me fait pouffer.

— Quoi ?!

Ils ont crié en même temps. Franck enchaîne :

— Mais c'était pas prévu ça !

— Oui, eh ben... on est fatiguées, on a besoin de se détendre nous aussi. Et ta paella est bien meilleure que la mienne.

Il lui met une tape sur les fesses qui la fait sursauter.

— C'est tout ce que vous méritez, madame Aupert ! Je vais t'en donner, moi, de la détente. Et...

Marc l'interrompt dans ses explications inutiles et capitule déjà :

— Allez, viens Franck, je pense que ça ne sert à rien de négocier.

Je renchéris :

— Voilà un homme raisonnable.

Franck bougonne un truc que personne ne comprend et se résigne. Tandis que mon chéri m'aide à me lever pour pouvoir s'extirper de sa chaise.

Élie pouffe en voyant sa réaction — il fait une moue dépitée — et elle vient s'installer près de moi.

Alors que le silence caresse nos oreilles depuis cinq minutes, Élie ouvre la bouche. Elle ne me regarde pas, ses yeux sont fixés sur nos enfants qui jouent dans l'eau.

— On a réussi, ma belle ! On l'a notre bonheur ! J'ai l'impression que plus rien ne peut nous atteindre.

Je souris même si je n'ai pas tout à fait le même sentiment. Comme une ombre au tableau, un nuage gris se forme au loin, au milieu du ciel bleu.

— Je l'espère...

Avant qu'elle ne relève ma remarque et me pose mille questions sur mes craintes. Je dévie la conversation. Elle me laisse faire et nous nous mettons à parler de nos prochaines vacances qui arrivent à grands pas. Mon accouchement est prévu aux alentours de mi-juillet, nous avons réservé pour le mois d'août. Nous avons loué une petite maison en bord de mer en Andalousie. J'attends ce moment avec impatience.

C'est avec délice qu'au bout d'une heure, nous sentons l'odeur de la paella, elle est magnifique. J'en ai l'eau à la bouche. Élie se lève pour rassembler tout ce petit monde.

— Tout le monde à table ! Les enfants, séchez-vous !

Le repas est festoyant. Les partages et les fous rires s'enchaînent. Tout le monde a l'air d'apprécier ce moment suspendu dans le temps. Je me sens fatiguée. Je n'ai pas envie de rentrer tard, la soirée n'est pas finie, je tiens à offrir mon cadeau à Marc. Ce serait dommage de ne pas fêter ce jour dignement. Mon cœur s'accélère lorsque mon imagination m'emporte déjà dans ce futur proche.

— Pourquoi tu souris bêtement ?

Élie m'a captée. Quelle fouineuse celle-là !

— Rooh, occupe-toi de tes pensées et laisse-moi.

Son regard est rempli de malice. Elle continue sur un ton complètement niais :

— Mon petit doigt me dit que tu es déjà dans ton monde.

Elle éclate de rire. Elle l'aura cherché, je lui chatouille les côtes sans qu'elle s'y attende ; elle hurle et tombe de sa chaise. J'explose de rire alors que tout le monde nous regarde sans rien saisir. Elle se relève avec les yeux pétillants de vengeance, mais je me défends aussitôt.

— Ah, je suis enceinte, tu ne peux pas me toucher.

Elle se reprend, frustrée tout en me menaçant :

— Je me vengerai, tu ne t'en sortiras pas comme ça, petite peste !

Je continue à la narguer, avant d'être arrêtée par une douleur vive dans le bas du ventre. Je me crispe. Marc se fige et se jette presque sur moi.

— Qu'est-ce qu'il y a ?

Je souffle lentement pour me détendre, ça fonctionne, la douleur me quitte.

— Une contraction, je pense que la journée a été fatigante.

— On va rentrer, il est tard de toute manière. Allez, les filles, dites au revoir, on y va.

— Hé ! Ça va. On rentre mais ne stresse pas, O.K.

Je lui caresse la joue comme pour lui dire, respire. Il se radoucit et prend ma main pour l'embrasser. Il est plus calme, cependant ça ne l'empêche pas de rassembler nos affaires pour rentrer. Les filles sont déjà au portail avec Marc, je me sens presque obligée de les suivre. Je salue nos amis, Élie se sent obligée de me susurrer des bêtises à l'oreille avant de me quitter pour de bon.

— Bonne nuit, coquine.

Je lui renfonce un doigt dans la côte, elle glousse, mais se force à se taire pour ne pas alerter Marc qui est déjà pas mal tendu.

— À demain. Et merci !

Elle m'étreint comme si c'était la dernière fois qu'on se voyait.

— Merci à toi, profite. À demain.

Je rejoins ma famille qui m'attend, nous rentrons tranquillement. Les filles ont déjà couru ouvrir la porte, j'en profite pour glisser un mot à Marc sur la suite...

— Tu t'occupes des filles en rentrant, j'irai préparer ta surprise.

— O.K., tu me donnes un indice ?

— Non, tu verras.

La maison rentre dans un silence apaisant au fil des minutes. Je me dépêche de passer ma tenue et l'attends assise sur notre méridienne. Quand il rentre, je le sens absorbé par ses pensées. Il enlève machinalement sa chemise et, au moment de la poser, il me découvre. Il se fige. Je lui souris, intimidée par le regard qu'il me lance.

— Surprise !

Il me sourit à son tour et s'avance vers moi, tout en déboutonnant son jean. Ses yeux sont remplis de désir. Il s'approche plus près, je me sens m'électriser. Il est à un centimètre de mon visage, je sens son odeur que j'aime tant. Il m'hypnotise, j'ai envie de l'embrasser, mais il se recule assez pour que je m'arrête et l'écoute.

— Je suppose que c'est ça, mon cadeau ?

Il articule à peine. Je ne lui réponds rien, mais m'approche de ses lèvres et l'embrasse. Il me laisse agir et me rend mon baiser plus intensément. Je sens sa main passer sous mes jambes et l'autre derrière mon dos, il me soulève, je m'agrippe à son cou. Tout en continuant à m'embrasser, il se dirige vers notre lit.

— Êtes-vous sûre que ce soit raisonnable, madame Morgan ?!

— Je vous rappelle qu'il n'y a plus de risque, monsieur Morgan !

Il me pose délicatement sur le lit et vient s'allonger près de moi. Il bascule sur le côté, appuyé sur son coude, et pose sa tête dans sa main.

— Pourquoi tu me regardes comme ça ?

— T'es magnifique et merci d'avoir écouté le médecin, je sais que ça a dû être difficile pour toi. Même si tu penses que non, tu es une hyper active qui devrait dans tous les cas lever le pied. Je suis conscient que tu es dans ton élément. Je suis heureux que tu t'épanouisses, mais j'aimerais te demander ton avis sur un sujet qui me tient à cœur.

Je le sens mal à l'aise, mais il se lance.

— Ne voudrais-tu pas travailler à mi-temps ? Pas pour toujours, juste le temps qu'Anna aille à l'école, et puis, tu pourrais aussi travailler de la maison. Qu'en penses-tu ?

— Je t'aime et je suis d'accord.

Il me regarde complètement abasourdi. Il ne s'attendait pas à une réponse positive aussi rapidement. Il sait que cette œuvre a de l'importance pour moi.

— Quoi ?!

J'ai les yeux qui brillent.

— J'y pense depuis deux mois, nous avions toujours dit que si nous avions un bébé, je resterais à la maison. Aujourd'hui, les éditions marchent bien et ils s'en sortent sans moi. Je crois que cet arrêt forcé a été une transition et qu'elle n'est pas le fruit du hasard. J'ai envie de m'occuper de vous et de profiter de mon bébé. Passer du temps avec les filles et toi. Je pensais m'y rendre deux fois par semaine, Anna pourrait s'habituer à la communauté en crèche et, de mon côté, ça me permettrait de garder un pied à l'étrier.

Son visage s'illumine. Il s'approche de mes lèvres et m'embrasse. Son regard me transperce de l'intérieur. Il passe sa main dans mon cou et la fait glisser tout le long de mon dos. Un frisson me parcourt, suivi d'une contraction que je décide d'oublier. Ses mains et ses baisers couvrent mon corps. Je ne m'en lasse pas. Entre deux baisers, il me susurre :

— Je t'aime et merci.

Je ne peux que lui répondre :

— Connectés pour toujours.

Nous passons un moment rempli de douceur et d'intensité. C'est l'homme de ma vie, je m'endors dans ses bras avec cette pensée qui ne me quitte pas...

Je me réveille et me tourne vers le radio-réveil. Il est quatre heures, j'ai une envie terrible de me rendre aux toilettes. Au moment où mes pieds touchent le plancher, je sens un liquide tomber d'un bloc sur le sol. Les douleurs ne se font pas attendre, je suis obligée de m'assoir sur mon lit le temps que la contraction passe.

— Mon amour...

Dans une voix encore endormie, il me répond :

— Oui...

— Ne panique pas... mais je pense que c'est le moment !

Il se lève d'un bon et fait le tour du lit.

— Ça va, tu as mal !?

Je prends sa main qui est posée sur ma jambe pour la serrer aussi fort que la douleur me parcourt.

— Écoute-moi, tu appelles Élie pour qu'elle vienne garder les enfants. Tu prends la valise qui est dans le dressing et on y va. Ah oui, appelle le docteur Robinson.

Il souffle un grand coup et fait ce que je lui dis. Il revient pour m'aider à me lever, la valise à la main.

Quand on descend l'escalier, Élie entre au même moment, grâce au double des clefs que nous leur avons confié. Elle est complètement excitée, alors que nous sommes au milieu de la nuit.

— Ouiiii, c'est le moment. Allez, courage et ramène-nous vite notre petite beauté.

— Oui ben, pour le moment, la petite beauté me torture.

Elle rit, ce qui m'exaspère encore plus. Elle me fait un bisou sur la joue et nous partons. Dans la voiture, j'essaie de souffler pour gérer au maximum. Nous ne sommes pas loin, nous arrivons rapidement. Le temps que nous nous rendions à l'hôpital, ils avaient fait appeler le docteur. Elle m'accueille avec un large sourire comme s'il était seize heures et que je n'avais pas mal. Mais les gens sont fous, aujourd'hui...

— Allez, madame Morgan, on va se préparer.

Je ne peux que lui répondre un murmure :

— Humm...

Nous nous rendons dans une petite salle d'accouchement, remplie de différents accessoires : coussins de sol, ballon de gymnastique, poufs... les murs sont d'un côté gris et de l'autre vieux rose. C'est agréable de pouvoir accoucher dans un tel endroit. Elle m'installe sur un grand coussin posé par terre et m'ausculte. Marc est déjà derrière moi, je suis appuyée contre son torse et me tiens à ses genoux. À ce moment-là, je me dis que je suis contente que nous ayons assisté aux cours d'accouchement, malgré ma réticence du début.

— Ah, oui ! Vous êtes complètement dilatée. On peut commencer. Ça va pour vous ?

J'ouvre de grands yeux, horrifiée par sa déclaration.

— Euh... et la péridurale ?

— Désolée pas le temps, elle arrive, mais détendez-vous et écoutez-moi !

Un sentiment de panique commence à m'envahir.

— Mais...

— Allez ma puce, on le fait ensemble.

Sa voix me rassure. Je me mets en position et fais signe au médecin que je suis prête.

— Alors écoutez ma voix, Éva. Prenez une grande respiration et poussez.

Au bout de deux efforts douloureux, je tends les bras et l'attrape. Sa petite voix qui se fait entendre me fait verser une larme. Je me tourne vers Marc, il est dans le même état que moi. Après avoir fini de s'occuper de moi, le docteur nous laisse tous les trois, dans cette pièce qui est devenue encore plus chaleureuse. Elle s'en va, allume une bougie au passage et tamise la lumière. Quel merveilleux moment, je suis complètement détendue. Je tiens mon bébé qui s'est endormi contre ma poitrine. Elle est si belle. Marc la regarde encore ému.

— Merci mon amour, merci d'avoir été là. Je t'aime.

— Merci à toi. Je suis le plus heureux des hommes, merci pour ce cadeau aussi merveilleux. Nos filles font partie des plus beaux trésors que j'ai ici.

Nous restons là, tous les trois, pendant un long moment avant qu'une infirmière vienne nous raccompagner dans ma chambre. Elle est charmante, comme tout le personnel médical de cette maternité. Il y a un coin pour laver et changer l'enfant, un petit berceau blanc près de mon lit et un fauteuil à bascule assez confortable pour l'allaitement.

Une grande baie vitrée donnant une vue sur la mer permet d'avoir de la luminosité toute la journée. La soignante nous laisse après quelques recommandations. Je pose Anna dans son lit et lui met la petite couverture que nous avions achetée pour elle, Marc et moi. J'y ai laissé mon odeur durant huit mois. Je m'installe dans le mien, je me sens bien, apaisée et heureuse. Marc vient s'installer près de moi, tout en envoyant un texto à tous nos proches pour leur dire que tout va bien et qu'ils pourront venir cet après-midi, pour ceux qui le peuvent. Nous resterons à l'hôpital seulement trois jours. Si tout se déroule comme il faut, nous rentrerons.

J'ai l'impression d'être dans un monde parallèle comme si je flottais ; je suis comblée par ce bébé qui vient souder notre famille, notre couple. Comme si Anna était le bout de chou d'une promesse qui s'est accomplie. Après l'épreuve, la vie avait tenu son engagement, le meilleur restait à venir. Malgré le premier échec de nos mariages respectifs, aujourd'hui nous sommes heureux, et ce petit être prouve que le temps peut être racheté.

Elle est si petite et semble si fragile. Je crois qu'elle va avoir les yeux de Marc, si ce n'est encore plus verts. Elle a de longs doigts et une petite bouche en forme de cœur. J'aurais envie de la croquer, mais je reste, là, à l'admirer comme la huitième merveille du monde. Mon regard passe d'elle à Marc. Entre la grossesse difficile et l'accouchement, je pense que tout ça l'a épuisé, la pression redescend, il s'est endormi sur mon épaule. Je lui caresse la joue avec tendresse et ferme aussi les yeux.

Anna est née le 4 juin 2018, à cinq heures.

20

Élie

Je suis complètement excitée. Alors que je me suis endormie sur le canapé, je suis réveillée par le bip de l'alarme de mon téléphone. C'est Marc qui m'envoie un message pour m'annoncer la naissance de sa princesse, le texte est accompagné d'une photo où je découvre la petite bouille d'Anna, lovée contre sa mère. Elles sont magnifiques. Ma patience va être mise à rude épreuve, il est à peine sept heures, et pour une fois, je n'ai aucun rendez-vous programmé, je dois attendre jusqu'à cet après-midi. C'est dépitée que je m'apprête à envoyer un message à Franck pour le prévenir.

— Élie !

Je fais un bond d'un mètre lorsque j'entends mon prénom. Je me relève sur mes deux jambes aussitôt. J'ai la tête qui tourne. Quand je reprends mes esprits, Milla et Lily sont en face de moi encore tout endormies, surprises de me voir dans leur salon. Je les éclaire :

— Votre maman a accouché, votre petite sœur va bien. Vous irez en cours aujourd'hui et, ce soir, je vous emmènerai les voir.

— Yeah !

Elles se sont tout de suite ranimées et sautent dans tous les sens. J'éclate de rire lorsque Lily se met à se trémousser comme un ver de terre devant moi.

— Allez, hop, hop. On bouge, je vous prépare le petit déjeuner ou vous allez être en retard. Vous aimeriez des pancakes ?

Avant même qu'elles puissent me répondre, le téléphone fixe se met à sonner. Je referme le réfrigérateur et vais décrocher :

— Allô !... Oui, ça va et toi ? Et vous ?... Alors raconte... Oui, O.K. tout à l'heure... Oui, les filles sont levées je te les passe. À bientôt... Les filles, c'est maman...

Elles se précipitent sur le téléphone. Milla attrappe le combiné en premier tandis que Lily trépigne près de sa soeur.

— Allô !... Oui... Oui... Oui... O.K., je te passe Lily. Bisous. Je t'aime. Tiens, Lily.

— Allô !... Oui... Elle est petite comment ?... D'accord... Je suis obligée de me rendre à l'école ?... O.K... Bisous, maman. Je t'aime aussi. Bisous à Marc et un plus gros à Anna.

Elle raccroche et rejoint sa sœur, j'en profite pour leur montrer la photo envoyée par leurs parents. Elles n'en finissent pas avec les compliments. Je suis obligée de les presser.

— Allez, les filles, dépêchez-vous, vous allez être en retard.

Après avoir fini de manger et avoir tout rangé, elles montent se préparer. Quand leurs frimousses réapparaissent elles sont prêtes à partir. Nous prenons le chemin de l'école, récupérant Théo, Mona et Naya au passage. Le sujet de conversation reste toujours le même : l'arrivée d'Anna dans la famille. Quand je rentre à la maison, je trouve Franck dans son bureau, absorbé devant son écran.

— Coucou !

— Hey ! Salut, toi ! Ça va ? Pas trop épuisée ?

Il pousse son fauteuil en arrière et m'ouvre les bras. Je le rejoins, ravie de pouvoir me blottir contre lui.

— Oui ça va, je vais aller m'allonger un peu. Aujourd'hui, c'était ma journée repos.

Je me mets à bâiller bruyamment.

— Je viendrai te réveiller dans une heure.

— T'en fais pas, je serai levée avant, j'ai seulement besoin de trente minutes.

Je le laisse et vais dans mon lit où ma couette m'attend avec envie. Sur le chemin, je sème des vêtements partout. Sans réfléchir plus, je rentre sous la couverture et m'endors aussitôt...

— Chérie, Élie...

J'entends la voix de Franck au loin, mais j'ai du mal à émerger. J'ouvre un œil, il est tout près de moi.

— Il est midi. Tu vas te doucher et tu me rejoins pour déjeuner.

Je sursaute à son annonce, je n'ai pas l'impression d'avoir dormi autant.

— Quoi ? Déjà ! Oui, d'accord, je te rejoins.

Il a disparu, j'essaie d'ouvrir les yeux mais c'est dur ; je me sens tellement bien, j'ai l'impression que ça fait une éternité que je n'ai pas aussi bien dormi. J'ai dû repartir dans mes rêves parce que j'entends à nouveau la voix de Franck.

— Chérie, il est treize heures ; ne veux-tu pas voir ta filleule ?!

La fin de sa phrase me transperce le cœur... ta filleule... Je me rappelle encore le jour où Éva et Marc nous ont demandé d'être le parrain et la marraine de cœur d'Anna. Je savais que c'était un choix important pour eux. Nous avions prié, n'étant pas une demande habituelle pour nous, nous devions être sûrs. Quelques jours après cette discussion, nous avions accepté avec joie la confiance qu'ils nous témoignaient.

J'entends l'eau couler, j'ouvre les yeux et je sens la couette glisser sur mon corps, l'air frais sur ma peau vient finir de me réveiller.

— Allez, debout !

— Oui, j'arrive.

Je me lève tant bien que mal et me traîne jusqu'à la salle de bains. Je retire le peu de vêtements qu'il me reste et me laisse glisser sous le jet. Je ferme les yeux, appréciant la sensation de l'eau chaude qui finit de me délasser. Je sursaute quand je sens des mains m'attraper la taille par derrière.

— Tu m'as fait peur, qu'est-ce que tu fais là ?! Enfin, tu n'as pas déjà pris ta douche ?

— Si, mais ce n'est pas toi qui, la dernière fois, voulais venir avec moi ?

— Si, mais c'était la dernière fois...

Je me retourne face à lui et le regarde avec un air malicieux.

— Tu as envie de me frotter le dos ?

Il a un sourire espiègle qui en dit long sur ses pensées.

— Entre autres...

Il prend la fleur qui est posée sur l'étagère de la douche et commence à la glisser sur ma peau. Les paupières closes, je déguste ce moment avec plaisir. Alors qu'il passe en bas de mon dos, je frissonne. Il lâche la fleur et n'utilise plus que ses mains. Ses caresses me transportent complètement. Quand il me plaque contre le mur, je pousse un petit cri à cause du froid de la paroi. À la force de ses bras, il me soulève et je passe mes jambes autour de lui. Nous passons un moment intense, hors du temps. Quand il me repose, mes jambes flageolent encore. Tandis que je décide de me laver les cheveux, il attrape la serviette posée sur le tabouret, l'enroule autour de sa taille et me quitte.

Requinquée, je m'active et termine rapidement. Mon ventre me rappelle que je n'ai rien avalé depuis hier soir. L'odeur qui monte de la cuisine termine de m'affamer. J'attache mes cheveux en queue de cheval, me passe un coup de blush, mets une petite robe et file.

Quand je pénètre dans la cuisine, Franck est afféré devant la cuisinière.

— Humm ! Ça sent bon, tu fais quoi ?

— Oeuf, bacon, pancake ? Ça te va ?

— Parfait !

Depuis que nous sommes rentrés des États-Unis, nous n'avons pas arrêté nos petits déjeuners copieux. Le sirop d'érable et le beurre de cacahuète font maintenant partie de notre liste de courses.

Je m'installe au bar, dégustant avec plaisir l'assiette qui m'y attend.

— Merci, c'est délicieux.

Il me fait un clin d'œil, satisfait de lui.

— J'ai tellement hâte de la rencontrer...

La poêle encore dans la main, il finit de se servir et me rejoint.

— J'avoue que j'ai envie de voir à qui elle ressemble.

— C'est certain, à Marc ! Nos bébés ressemblent tous à leur père. Pfff !

Il pouffe à ma remarque mais ne relève pas. Nous terminons sans traîner, trop pressés d'aller voir nos amis.

21

Éva

Nous sommes réveillés par l'infirmière qui m'apporte mon repas. Nous avons la chance d'avoir de délicieux plats faits maison. Une cuisinière est spécialement là pour le service, nous avons de bons petits menus mijotés, et pas ces aliments immondes et insipides qu'ils donnent généralement dans les hôpitaux. Il y a même un repas prévu pour les papas. L'odeur qui s'échappe du bol, encore enfermé sous la cloche, me donne l'eau à la bouche.

— Voilà, madame Morgan, monsieur Morgan, aujourd'hui, ce sera gratin dauphinois et cuisse de poulet accompagnés d'une petite salade et d'une compote en dessert. J'espère que cela vous satisfera.

— Merci.

Marc est déjà installé à la petite table qui est dans la chambre alors que je ne peux m'empêcher d'observer ma merveille. Elle ressemble à un ange, elle dort avec son petit pouce dans la bouche comme elle le faisait dans mon ventre. Je lui caresse la joue, ce qui l'a fait remuer et perdre son pouce. Elle grimace, mais le retrouve la seconde d'après. Je craque complètement, elle est magnifique.

— Viens manger, ça va être froid !

Le regard qu'il me lance en dit long, il m'a l'air affamé.

— J'arrive. Excuse-moi.

Il lève la tête de son assiette et me dévisage comme il ne l'avait jamais fait auparavant. Je l'interroge, surprise :

— Qu'est qu'il y a ?

— On a réussi, ma chérie. Notre petit miracle tant désiré.

Il essuie la larme qui roule sur sa joue et continue :

— Je te promets de tout entreprendre pour être un père et un mari à la hauteur de vos attentes.

Je lui caresse tendrement la joue, touchée par ses mots sincères.

— Je t'aime pour qui tu es.

Il se lève et vient m'embrasser.

— Merci !

Anna se met à pleurer. Sans attendre, Marc se lève et la prend dans ses bras. Il la berce doucement en lui disant qu'elle est un cadeau du ciel et qu'il l'aime profondément. Je les observe, attendrie par la scène, avant de rejoindre le fauteuil installé près de la fenêtre.

— Tu me l'amènes ? Je pense qu'elle doit être aussi affamée que nous.

— Oui, tiens. Allez, princesse à table !

Il me la tend, lorsque je l'installe au sein, elle l'attrape frénétiquement. À la première tétée, elle s'apaise et déglutit avec appétit. Nous passons un moment privilégié. Entretemps, Marc s'est glissé sous la douche, nous laissant cette première rencontre intime à nous. Trente minutes sont passées quand, rassasiée, elle lâche prise, repartie au pays des rêves. Je la dépose délicatement dans son petit lit avant de me rendre compte que le temps file à toute allure. Il est déjà treize heures, je termine mon assiette qui est déjà froide et m'engouffre dans la salle de bains où Marc termine de se préparer ; il a repris des couleurs.

— À mon tour ! Tu peux appeler nos parents pour leur dire qu'ils peuvent passer demain voir la petite... Merci.

Je ne le laisse pas me répondre et me glisse sous l'eau chaude qui me fait un bien fou. J'y reste un bout de temps sans penser à rien. Quand je daigne refermer le robinet et que je sors, la petite salle d'eau est complètement embuée. Je passe la main sur le petit miroir au-dessus du lavabo et regarde mon reflet. Je souris, je me sens bien. J'attrape dans ma valise la tenue préparée pour l'occasion : une petite robe que Marc affectionne particulièrement, elle n'est pas aussi fluide qu'à son habitude mais elle reste sympa. J'enfile des petites chaussures ouvertes et me fais un léger maquillage. Je laisse mes cheveux bouclés, plus rapide et plus pratique, car j'ai pris l'habitude de les lisser. Je me vaporise une goutte de parfum et sors. Il est installé dans le fauteuil et écoute de la musique. Quand nos regards se croisent, il sourit et se lève pour me rejoindre.

— Tu es magnifique. Viens là.

Il me tire à lui et m'enlace. Il m'embrasse tendrement, ce qui me réchauffe de l'intérieur. Nous sommes interrompus par le bruit qui retentit à la porte. Tout en me gardant dans ses bras, il répond :

— Oui ! Entrez !

Une petite tête pointe le bout de son nez. C'est Élie. Je me détache de Marc et vais à sa rencontre. Elle me prend dans ses bras, au bord des larmes. Quand nous nous détachons, elle se précipite presque sur le lit d'Anna.

— Où est ma petite beauté ? Je peux ?! Oh, pardon ; félicitations Marc.

— Bien sûr.

Il lui répond, amusé par son attitude :

— Merci, Élie.

Elle l'attrape comme une petite tasse en porcelaine.

— Elle est si petite et tellement mignonne.

Franck se penche pour la voir, faut avouer qu'Élie ne lui a pas laissé beaucoup de place.

— Félicitations, les amoureux. Elle est magnifique.

— Merci, Franck !

Alors qu'Élie reste admirative devant notre fille. Franck, Marc et moi nous installons autour de la table pour déguster les chocolats chauds qu'ils ont rapportés. Heureux de nous retrouver, nous perdons vite la notion du temps. Il est déjà l'heure d'aller récupérer les enfants à l'école. Les garçons ne se font pas prier, rassasiés de nos discussions qui ont dévié sur les bébés et leurs exploits à peine visibles pour eux. Nous nous retrouvons seules. L'angoisse que je retenais depuis plusieurs jours explose, je ne peux me retenir. Je me mets à pleurer sans pouvoir me contrôler. Élie qui ne comprend pas ce qui se passe, se rue sur moi.

— Éva ! Qu'est-ce que tu as ?

J'aimerais me livrer, et pourtant, cette boule dans mon estomac m'en empêche. Ne serais-je pas parano ?! J'essuie mon visage trempé, tout en reprenant de la prestance.

— Ça va, t'en fais pas, ce sont les hormones, ça va passer.

Loin d'être dupe, Élie se poste en face de moi, pour me fixer sans céder.

— Éva ! Tu as promis !

Je la dévisage, surprise. Je la questionne :

— De quelle promesse tu parles ?

— Chez toi, après ta visite à l'hôpital.

— Mais y a prescription, Anna est née et elle va bien.

Elle m'envoie une pichenette dans la joue. Je pousse un cri bien plus exagéré que la douleur qu'elle m'a infligée.

— Aïe ! Mais t'es folle !

Elle ne s'offusque pas et répond à ma révolte :

— La promesse n'était pas durant une période donnée, mais pour tout le temps, madame Morgan. Alors maintenant, soit tu parles, soit...

Elle laisse sa menace en suspens, mais je sais très bien où elle veut en venir. Je cède, le besoin de vider mon sac se fait pressant.

— Je me disais que les appels anonymes avaient cessé... Et, sans que je l'explique, j'ai eu une pensée pour cette femme. J'ai eu de la peine pour elle.

— T'es sérieuse ? Mais pourquoi tu penses à elle ? Elle vous a fait du mal.

Je me ressers une tasse de café avant de continuer :

— Tu sais pas tout, Élie.

Elle me regarde, intriguée. Ma cuillère ne cesse de tourner dans le liquide devenu presque froid.

— Elle a été enceinte de Marc...

Le prononcer tout haut me déchire le cœur. Quant à Élie, maintenant elle est bouche bée. Même si elle l'avait voulu, elle ne peut cacher sa stupeur. Je reprends, les yeux dans le vague.

— Leur relation a duré six mois. Au bout de trois mois, elle lui avait certifié qu'elle prenait la pilule, sauf que c'était faux. Elle lui annonçait un mois plus tard qu'elle était enceinte. Tu imagines sa réaction... Il n'était pas amoureux, il pensait même à rompre. Ils ont eu une grosse dispute qui en est presque arrivée aux mains. Ils ne se sont pas vus durant une semaine.

Elle me coupe, ne pouvant plus tenir :

— Donc, Marc a déjà un enfant.

Je relève la tête dans un réflexe nerveux et crie presque :

— Non ! non !

Je me radoucis et poursuis :

— Excuse-moi, je ne voulais pas te crier dessus.

— T'en fais pas, excuse-moi. J'aurais dû te laisser finir.

— Donc au bout d'une semaine de séparation, où il a beaucoup réfléchi, il est retourné la voir, pour lui dire qu'il assumerait cet enfant. Folle de joie, elle lui a donné une clé de chez elle. Ils ont vécu deux mois ensemble, ça a été l'enfer. À la première échographie, les médecins se sont rendu compte qu'il y avait un problème. Le bébé n'était pas viable. Ils ont dû interrompre la grossesse. Tu imagines ! Elle a littéralement pété un câble. Elle est devenue hystérique. Même s'il est resté au début, quelques semaines plus tard, ils se séparaient enfin... Il l'a quittée.

Élie profite de mon silence pour oser s'engouffrer :

— Je n'arrive pas à y croire, et en même temps, tout devient plus clair. Je ne comprenais pas un tel acharnement.

— Oui.

Un peu honteuse de les avoir laissés dans le flou aussi longtemps, je me sens obligée d'aller jusqu'au bout.

— C'est pour cela, que lorsqu'elle a appris pour nous, elle ne l'a pas supporté. Elle n'avait toujours pas fait le deuil de leur relation.

Élie proteste :

— Mais ça faisait à peine six mois... Je comprends sa douleur, mais leur relation n'avait aucun avenir.

— Élie ! Elle le suivait depuis des années, à chaque concert elle était présente. Elle était gentille, bien qu'un peu envahissante.

Perplexe, elle m'interroge :

— Mais pourquoi Marc a succombé à ses avances ? Ce n'est pas du tout son style de femme lorsqu'on voit son ex-femme et toi !

C'est désolée que je l'éclaire :

— Il venait de divorcer, il se sentait seul et abandonné. Elle est arrivée dans ces circonstances, et il s'est jeté dans ses bras, sans même se poser de questions.

— Humm ! Je comprends.

— Et aujourd'hui, je suis en colère et triste. J'aimerais qu'elle nous laisse tranquilles, si du moins, c'est elle derrière ces appels. Et, en même temps, j'ai de la peine pour elle.

Élie se lève et avance vers moi.

— Viens là.

Elle m'ouvre grands les bras. Je ne peux m'empêcher de glousser tout en acceptant son geste réconfortant.

— Écoute, c'est pas le moment de penser à tout ça. Les appels ont cessé et peut-être qu'elle va mieux maintenant, ça fait des mois que tout est terminé. Je ne minimise pas ce qui s'est passé, mais tu as besoin de penser à toi et ta famille. Comme dirait ma mère : « Chaque jour suffit sa peine ». Va te reposer, je reste là. Si Anna se réveille, je te préviendrai.

— Tu as raison. Et ça m'a fait du bien de parler. Je suis épuisée, je te laisse la crevette.

Je me glisse sous la couverture, soulagée d'avoir pu me confier. Apaisée, je m'endors presque aussitôt.

22

Élie

Lorsque la porte s'ouvre sur les enfants accompagnés de leur père, je leur fais signe de rester silencieux. Ils entrent sur la pointe des pieds ne pouvant s'empêcher de glousser, ce qui finit par réveiller Éva. Heureuse de les voir, elle ne se formalise pas et leur ordonne de se nettoyer les mains.

— Mes amours ! Allez vous laver les mains et venez voir votre petite sœur.

Ils se dépêchent tous d'obéir et viennent s'agglutiner autour de son berceau.

— Elle est belle !

— Elle est toute petite !

— Elle ne pleure pas ?

— Vous rentrez quand ?

Amusée par les questions qui défilent, sans vraiment attendre de réponses, Éva comprend qu'elles souhaitent juste être rassurées.

— Dans deux jours, ma chérie, mamie et papi arrivent ce soir pour vous garder. Soyez bien sages, d'accord ?

Même si elles préféreraient que leur mère rentre ce soir avec elles, elles approuvent sans rechigner :

— D'accord !...

Éva les autorise à prendre Anna, chacune leur tour. Elles sont ravies. Malheureusement, ils ne peuvent pas rester plus d'une heure, les enfants sont tolérés s'ils ne s'attardent pas.

C'est le cœur lourd qu'Éva embrasse ses filles ; elle les serre fort contre sa poitrine. Triste, Lily se met à verser quelques larmes tandis que Milla la rabroue, la traitant de bébé comme Anna. Marc lui rappelle gentiment que sa sœur était, hier encore, la plus jeune de la famille. Elle fait mine de bouder, mais quand sa mère la tire par le col pour lui donner un gros bisou sur la joue, elle se radoucit, elle lui rend son câlin, heureuse d'être encore, elle aussi, le grand bébé à sa maman. Elle lui souffle à l'oreille ce qu'elle ressent, vérifiant que personne ne l'ait entendue.

— Rentre vite, maman, je t'aime.

— Promis, mon bébé, je t'aime.

Quand son regard croise le mien, je fais mine de ne pas avoir entendu, profitant que Théo soit près de moi pour le serrer dans mes bras. La réaction est totalement différente, il se plaint et me crie presque de le lâcher, écœuré de devoir supporter ça devant tout le monde. Je ne peux m'empêcher d'en rajouter.

— Viens là, mon petit chou à la crème ! Viens faire un bisou à ta mère...

Il grimace de dégoût. Tandis que le reste de son auditoire se met à rire, se moquant de sa réaction excessive. Alors que Franck sonne l'heure du départ, Mona attrape la main de Lily en signe de compassion. Elles échangent un sourire rempli d'amour et s'en vont avec le reste de la troupe. J'étreins une dernière fois mon amie et lui chuchote toute mon affection :

— Encore félicitations, ma sœur.

— Merci à toi, à vous.

Nous les quittons la seconde d'après.

Je ne peux m'empêcher de penser à ce qu'Éva m'a confié. Cette femme est complètement dérangée. Il n'y a plus aucun doute de mon côté, elle doit sûrement être l'auteur des appels anonymes. Je suis tirée de mes pensées par Franck qui, je pense, m'interpelle depuis déjà un petit moment :

— Oui, tu disais ?

— Tu étais partie où ? Ça fait deux minutes que je parle tout seul.

— Excuse-moi, j'étais perdue dans mes pensées...

Il ne relève pas et se contente de répéter ce qu'il me racontait.

— Je me disais qu'on pourrait inviter les parents d'Éva ce soir, ils n'auront pas le temps d'aller faire les courses pour le dîner. Qu'en penses-tu ?

Je ne réfléchis pas et accepte sans hésiter.

— Oui, d'accord, si ça te fait plaisir, ça me va.

— Vendu.

J'entends les enfants, heureux de ne pas se quitter. Je souris à Franck le gratifiant de cette idée qui comble tout le monde. Je suis rattrapée par mon cerveau qui a décidé de résoudre cette énigme. Que veut cette femme ? Quel était son nom, déjà ? Aude !... Non ! Auriane ! Je sens que je l'ai au bout de la langue, mais impossible de m'en rappeler.

Cette fois-ci, je suis interrompue par la voiture qui s'arrête, bien trop brusquement à mon goût, devant la porte du garage. Je récupère mes affaires et demande aux enfants de me suivre, tandis que Franck se dirige vers la maison de nos amis, pour inviter les grands-parents des filles.

— Les enfants, dès que vous aurez franchi la porte de cette demeure, vous vous dirigerez directement vers la salle de bains pour vous décrasser.

Ma petite me dévisage complètement perdue.

— Mais maman, pourquoi tu parles comme ça ?!

— Pour rigoler, ma chérie, en attendant : douche, et pas dix ans sous l'eau !

Je suis toujours la tête dans mon sac à main où mes clés ont décidé de jouer à cache-cache. Ça y est ! Je ne réfléchis pas, me déchausse et file bien trop vite jusqu'au bureau.

— Mais, maman ! Où tu vas ?

Elle tente de me stopper, mais je ne m'arrête pas et continue vers mon objectif.

— Va te laver, Naya, je vais être occupée...

— Mais, maman !!!

Je suis obligée de hausser le ton pour me faire obéir.

— Naya ! Obéis !

Je l'entends chouiner tout en prenant la direction de la salle de bains. Arrivée dans la pièce, j'allume la lumière et m'installe dans le fauteuil qui fait face à l'ordinateur encore en marche.

Je me mets à pianoter comme une geek.

« Groupe pop rock », je tombe sur plusieurs pages, quand voilà une photo de Marc avec sa troupe. Bingo ! Je clique sur la page et fais défiler les commentaires. Il y en a de toutes sortes, du fan complètement amoureux, à celui qui déteste, mais l'un d'eux m'interpelle. « Heureuse de t'avoir vu, hier. Marc, t'es le meilleur. » La notification date d'il y a cinq ans. C'est elle : Aurore Bernard. Je clique sur son profil, je pousse un petit cri au moment où je découvre la couverture de sa page ! Une photo d'elle et de Marc, bras dessus, bras dessous. Son compte est toujours actif. Il m'est impossible de parcourir le reste de ses données, elles sont limitées à ses contacts. Zut !

J'essaie de faire une autre recherche, via un autre réseau. Elle y est, je n'y crois pas, je suis obligée de m'y reprendre à deux fois. Elle a noté : « en couple avec Marc Morgan ». Bien entendu, il n'est pas tagué mais son nom y est.

Je fais un bon d'un mètre sur ma chaise lorsque la porte s'ouvre sur Franck. Il éclate de rire, vu la tête que je dois faire.

— Mais t'es malade, j'ai failli avoir une crise cardiaque.

Il ne s'arrête pas, tout en se dirigeant vers moi.

— Je ne vois pas ce qu'il y a de drôle.

Il reprend son souffle.

— Ah, si. Je t'assure que si. Tu aurais dû voir ta tête. Dis-moi, je t'ai pris la main dans le sac ! Sur quel type de site tu traînes ?

— Idiot.

Il m'aide à me lever pour m'enlacer. Même si je fais mine de bouder, je me laisse faire.

— Je voulais pas te faire peur. Je t'ai appelée, mais tu n'as pas répondu.

— Tu n'as pas dû appeler assez fort !

— Effectivement, je n'allais pas hurler.

— Humm !

— Sinon, pourquoi étais-tu aussi absorbée ?

Je me détache de lui bien trop vite et lui mets ma main dans le visage. Il se plaint aussitôt :

— Oh, excuse-moi, mais viens voir, tu ne vas pas y croire.

Il s'offusque de mon mépris pour son nez douloureux.

— Tu m'as presque cassé le nez !

— N'exagère pas et viens voir.

Il s'assoit dans le fauteuil et me prend sur ses genoux. Les yeux fixés sur l'écran, il ne réagit pas.

— Quoi ?!

Je m'agace :

— Quoi ?! Quoi ?! Mais tu vois pas ? Aurore Bernard ! Ça te parle pas ! Et, regarde avec qui elle est en couple !

Il attrape ses lunettes posées près du clavier pour mieux lire. Il les repose dans un silence pesant. Je craque.

— Mais parle !

Il se relève tout en me poussant vers la sortie.

— Je suppose qu'elle a fait de Marc son idole, elle est obsédée par lui.

Je me retourne brusquement.

— Tu veux dire qu'elle est complètement barge. Elle a écrit qu'elle était en couple avec Marc, notre ami. Et, tu as vu la photo sur l'autre page ?

— C'est le risque du métier, ma chérie. Marc savait et sait que ça peut arriver.

— Et les appels anonymes, c'est elle, j'en suis certaine.

— Tu n'as pas de preuve, et ça n'est peut-être pas le cas.

Je ne peux m'empêcher de m'énerver.

— Franck !

Il s'arrête aussitôt.

— Soit tu te mens à toi-même, soit tu es aveugle.

Son ton est calme et rassurant :

— Ma chérie, soit tu te fais du souci pour rien, soit tu as une solution.

Il me cloue sur place, je n'ai rien à rétorquer. Ne voulant en aucun cas me contrarier, il rajoute :

— N'inquiétons pas nos amis, mais gardons ça de côté, au cas où. Ça te va ?

Résignée à lui faire confiance, et n'ayant surtout aucun autre choix, j'abdique.

— C'est d'accord. Mais si ça recommence, on va montrer tout ça à la police.

— Promis. Allez, viens, nos invités nous attendent.

23

Éva

Déjà quatre mois ont passé, je nage dans le bonheur ! La petite fait ses nuits depuis deux semaines, un vrai régal pour les miennes qui commençaient à être bien trop courtes. Ce week-end, Marc et les filles ont décidé de partir trois jours en camping, ma mère garde Anna, et moi je suis libre comme l'air. Entre travail et sorties, je risque de ne pas m'ennuyer.

Ce matin, dans la maison, tout le monde est surexcité. Alors que tout était censé être prêt hier soir, les filles courent dans tous les sens en hurlant le nom des affaires qui leur manquent, tandis que Marc, lui, leur crie que le départ est dans cinq minutes. J'en profite pour m'échapper et donner le bain à Anna. Tout ça devient cacophonique, à en devenir sourd. Malgré ma transparence, la voix de Milla résonne du rez-de-chaussée :

— Maman, tu sais où est ma lampe de poche ?

— Dans le panier vert, dans ton placard.

Celle de Lyli ne tarde pas :

— Maman, tu sais où est mon duvet ?

— Dans la buanderie, en haut de l'étagère, à droite.

Ils défilent l'un après l'autre.

— Chérie ! Tu sais où est le réchaud ?

— Dans le garage sur l'étagère avec l'étiquette camping.

— Merci. Qu'est-ce qu'on ferait sans toi ?!

Je ris franchement en lui répondant, taquine :

— Je me le demande bien !

Je les revois me dire : « T'inquiète, on gère ! » Quand je redescends avec Anna, toute propre dans les bras, je vois Marc tourner en rond dans la cuisine.

— Allumettes : dans le tiroir de gauche.

Il jette un œil, surpris, ouvre le tiroir et prend son trésor. Au lieu de retourner à sa quête, il vient vers moi déposer un baiser sur ma joue.

— T'es géniale. Je t'aime.

— Moi aussi, je t'aime. Vous allez presque me manquer.

Il rit et repart à sa tâche.

Au bout de quinze minutes, au lieu des cinq prévues, je les vois arriver tous les trois dans le salon, me demandant ce qu'il leur manque encore. Marc prend Anna dans ses bras. Je les regarde dubitative.

— Ben, quoi ?

— On y va, on est prêts.

Je ne pourrais l'expliquer, mais mon cœur se serre. J'en ai presque les larmes aux yeux, je les retiens de toutes mes forces, ne voulant pas encore passer pour une chialeuse. Nous nous étreignons tous les cinq plus qu'il ne le faudrait. C'est la première fois que nous allons être séparés. Même si je sais qu'ils vont s'amuser, les laisser partir m'est difficile.

— Un dernier bisou, les filles !

Je les serre toutes les deux fort contre moi, comme si c'était la dernière fois. Elles s'en plaignent gentiment :

— Maman, c'est bon, on part que trois jours et tu nous étouffes.

— Pardon ! Faites bien attention à vous et écoutez bien Marc. Lavez-vous les dents et brosser vous les cheveux...

— Promis.

— On sait, maman ! On est plus des bébés...

— Vous serez toujours mes bébés.

Marc interrompt ce moment bien trop long à son goût.

— Allez, fini les jérémiades, en voiture. Les filles laissez-moi deux minutes, je vous rejoins.

Elles attrapent leurs sacs à dos et me saluent une dernière fois sans se retourner.

— Bisous, maman, on t'aime.

— Moi aussi, je vous aime.

Je ne peux retenir une petite larme. Marc pose Anna sur son coussin en lui recommandant de rester bien sage en son absence. Je pouffe. Il se retourne, surpris de me voir m'essuyer les yeux encore dégoulinants.

— Ben, pourquoi tu pleures ?

Il me prend dans ses bras, amusé par ma réaction.

— Tu voulais qu'on reste dans tes jambes ?

— Non, non, bien sûr ; ça nous fera du bien à tous les quatre, juste un petit pincement au cœur. Mais t'en fais pas, ça va passer, j'ai un programme bien rempli. Vous allez me manquer. Faites bien attention.

— Tu vas nous manquer aussi...

Il me prend par la taille et me soulève du sol. Mes bras autour de son cou, je l'embrasse tendrement avant qu'il ne me repose et me glisse un dernier mot tendre à l'oreille :

— Envoie-moi un message quand vous êtes arrivés.

— Promis...

Il embrasse à nouveau Anna et s'en va. Je souffle un grand coup lorsque la porte claque derrière eux. Je les suis du regard jusqu'à ce que la voiture disparaisse au coin de la rue.

Anna s'est endormie, j'en profite pour manger un bout. J'ouvre le frigo sans réel enthousiasme, la tranche de jambon et la tomate d'hier feront l'affaire. Je m'installe sur le canapé quand mon téléphone se met à vibrer. Mince ! je n'ai aucune idée de l'endroit où il se trouve. Je me concentre afin de détecter d'où provient le bruit sourd qu'émet l'appareil.

J'avance jusqu'à l'entrée où trône mon sac laissé par terre hier soir, en rentrant des courses. Je l'attrape et mets directement la conversation en haut-parleur.

— Oui, c'est moi ! Je peux venir ?

— Bien sûr. Anna s'est endormie, j'allais manger un bout. Tu te joins à moi ?

— O.K.

Il ne se passe pas cinq minutes, que la porte s'ouvre sur Élie.

— Entre, c'est ouvert.

— Ça va ? ! Comment s'est passé ton rendez-vous ?

— Ça a été, merci.

— Où est ma petite princesse ?

Elle arpente la maison, se mettant à la recherche de son trésor, jubilant lorsqu'elle découvre sa petite bouille endormie.

— Oh, elle est si mignonne.

Je la rejoins, attendrie par sa réaction.

— Oui, elle s'est assoupie juste après le départ de Marc. Ma mère va venir la chercher pour que je puisse avancer et me reposer. J'ai aussi rendez-vous avec Lydie cet après-midi.

— Génial, tu l'embrasseras de ma part.

Nous parlons dans un premier temps du prochain livre d'Élie, puis nous nous retrouvons bientôt à trois lorsque ma mère arrive pour récupérer Anna. Heureuses d'être ensemble, nous n'en finissons pas de refaire le monde, à rire et débattre de sujets aussi divers que variés. Nous nous quittons après trois cafés et le goûter de la petite. La maison retombée dans le silence, je finis de ranger la vaisselle, attrape mes clés et claque la porte derrière moi pour rejoindre la voiture. Lorsque j'arrive en bas de chez Lydie, elle m'attend, assise sur le banc blanc qui contraste avec la robe rouge qu'elle porte. Les yeux dans le vague, le coup de klaxon qu'émet la voiture l'a fait sursauter, je pouffe et lui fais signe de me rejoindre. Elle se glisse dans l'habitacle et me gratifie d'une pichenette sur la joue.

— Salut ! Alors comme ça, ça te fait rire de me faire peur !

Je feins d'être vexée et lui lance un pic bien placé :

— Comment vas-tu, flipette ?

Elle s'offusque à ma remarque et me remet une pichenette plus retenue.

— Tu vas voir ce qu'elle va te faire la flipette, non, mais oh !

Nous éclatons de rire. Alors que je m'apprête à redémarrer, mon téléphone se met à biper. Je me penche aux pieds de mon amie pour fouiller dans mon sac et attraper l'objet qui ne finit pas de sonner.

Coucou, ma chérie, ça va ? Tu profites ? C'était pour te dire qu'ici tout se passait bien.

Les filles savent allumer un feu de camp et détestent les bestioles. On s'éclate, on part pour le lac.

Anna et toi nous manquez. À dimanche. On vous aime.

Lydie s'impatiente à côté de moi.

— Bon, on y va ! ...

Je lui agite le téléphone sous le nez, ce qui la fait reculer et râler de plus belle. Cette éternelle hyper active ne peut pas rester en place plus de cinq minutes.

— Attends, Marc vient de m'envoyer un message, je lui réponds, et on y va.

Elle me fait une grimace improbable que je lui rends avant qu'elle ne pouffe d'un rire ridicule. Je ne fais plus attention à elle, concentrée à répondre à mon amour.

Vous me manquez aussi, même si je suis contente de pouvoir profiter de ce week-end que pour moi. J'ai hâte que vous me racontiez tout en détail. Je vous aime fort. À demain. <3

Je termine et le glisse à sa place. La première enclenchée, nous nous réinsérons dans la circulation. Elle ne peut s'empêcher de me taquiner.

— Il est pas trop tôt, je pensais que nous allions coucher là.

Je lève les yeux au ciel, dépitée, et change de sujet. Je suis bien décidée à lui rendre la monnaie de sa pièce et la questionne sur un sujet plus croustillant.

— Alors raconte ! Vous en êtes où avec Pierre ?

Elle s'enfonce dans son siège et pose ses pieds sur le tableau de bord.

— Oula ! Tu sais qu'avec lui, il ne faut pas que ça aille trop vite… et pour une impatiente comme moi, tu imagines ! Nous sortons enfin ensemble depuis deux mois, quand je pense que ça a pris trois ans pour que ça se concrétise. Je me dis qu'il me demandera en mariage dans deux ans.

Vu le ton ironique qu'elle a pris, après un regard complice, nous éclatons de rire.

— Non, je blague. En même temps, c'est ce qui me plaît chez lui, il ne me brusque pas, il prend le temps de m'écouter. Avant, je pensais qu'il se fichait de certains sujets mais, non, il prenait juste le temps de réfléchir. La dernière fois, je lui ai dit que je voudrais être sa femme maintenant…

Je quitte la route des yeux et me tourne vers elle brusquement.

— Quoi ?!

Elle me ferme la bouche avec son index et tourne ma tête, comme si j'étais un robot qu'on pouvait manipuler.

— La route, Éva... ! Oui ! Si tu avais vu sa tête, je pense que je l'ai surpris, mais c'est sorti tout seul, j'ai pas réfléchi. Le peu de temps que nous passons ensemble est juste magique. On apprend toujours à se découvrir, et j'aime ce que je vois.

Elle fait une pause, les yeux dans le vague.

— Il met tellement de frein à cause de son âge comme si la vie s'arrêtait lorsqu'on atteignait nos trente ans. Je t'avoue que lorsque nous parlons d'enfants, il blêmit, mais il ne dit pas non. On verra bien, pour le moment, on n'en est pas là... Y a une semaine, alors qu'il m'avait invitée au restaurant et que je lui parlais de nos futures vacances d'été, il m'a interrompue avec un « je t'aime ». J'en suis restée la bouche ouverte, il m'a prise de court, je ne savais pas quoi répondre ; enfin, si, je sais que je l'aime aussi, mais il m'a balancé ça, comme ça...

Je crie presque, elle joue avec mes émotions, passant de la compassion à l'euphorie.

— Quoi ?!... Et tu ne lui as donc toujours pas dit !

— Ben non, je n'ai pas trouvé le bon moment !

— Ben, dis-lui maintenant !

— Non, mais t'es folle... !

— Pourquoi pas ? Tu vas le surprendre et il n'aura pas ce côté « mal à l'aise » que peut entraîner un face-à-face.

Elle lève les yeux au ciel, comme si elle attendait une révélation du soleil, et se décide. Je ne sais pas ce qui s'est dit entre elle et cette lumière éblouissante, mais elle est surexcitée.

— O.K., je lui envoie un message... Tu me fais toujours accomplir des trucs qui me dépassent, t'es complètement folle.

C'est vrai qu'elle a toujours été réservée, mais elle est aussi une femme surprenante, prête à foncer si elle a confiance. Je la vois pianoter sur son téléphone.

— Voilà, c'est parti. Je lui ai écrit : *Tu me manques, je t'aime.*

Il se passe à peine cinq secondes avant que son téléphone se mette à sonner. Elle lit d'abord sans aucune expression, puis se tourne vers moi avec un grand sourire, les yeux brillants.

J'essaie de jongler entre la route et elle.

— Quoi ?!

— Il a écrit : *Moi aussi, merci d'être dans ma vie.*

Sincèrement heureuse pour elle, je lui confie le fond de ma pensée :

— Je suis heureuse pour toi, tu mérites le bonheur. J'ai hâte de recevoir le faire-part.

Elle prend ma main et la presse tendrement.

— J'ai hâte de te l'envoyer.

Arrivées au centre commercial, nous nous engouffrons dans chaque magasin que nous croisons sans rien acheter. Mais lorsque nous rentrons dans la seule librairie qui se situe au milieu de toutes ces boutiques, je ressors les bras remplis de livres, tous genres confondus. Des coups de cœur découverts sur Internet, et que je rêvais d'avoir. Lydie ne peut s'empêcher de faire une remarque :

— Mais quand vas-tu lire tout ça ?!

Je lui réponds, espiègle :

— T'en fais pas pour moi.

Nous décidons de faire une pause dans un café cosy, Lydie ne se lasse de me raconter ce qu'elle ressent pour l'homme de sa vie, tandis que je l'écoute sans relâche. Passionnée d'histoires d'amour, je ne peux qu'être attentive à chaque détail qu'elle me livre.

24

Élie

Je ne sais pas si c'est l'après-midi que j'ai passée hier, mais aujourd'hui, je me sens vraiment en forme. J'ai bien dormi et je suis prête à recevoir toute réponse de mon comité. Je leur ai exposé tous mes arguments et mes souhaits pour ce projet, la décision finale est entre leurs mains. Je me lève de bonne humeur. Franck dort toujours, nous avons encore du temps, je ne vais pas le réveiller, le pauvre est rentré tard hier à cause de cette histoire de climatisation. Heureusement, ils en sont venus à bout. Je sors du lit aussi discrètement que possible et descends à la cuisine boire un café, mais le temps est déjà magnifique, je décide plutôt d'aller le déguster sur la terrasse. Le soleil encore bas me réchauffe déjà. Allongée sur mon transat, la sensation est agréable. Je suis arrêtée dans mes pensées par un bruit qui vient de la cuisine. Je me redresse tant bien que mal, mais ne vois rien, alors je me risque à appeler :

— Franck ?... Franck !

Aucune réponse, ce qui ne me rassure pas vraiment, je pose ma tasse sur le sol pour inspecter les lieux, quand soudain une silhouette apparaît en me sautant dessus.

— Bouh !

Je sursaute d'un mètre, avant de me rendre compte que c'est cette folle d'Éva.

— Non, mais t'es cinglée ! J'ai failli avoir une crise cardiaque. Tu sais que je déteste ça.

Elle éclate de rire et ne fait même pas attention aux moindres mots que je lui balance. Au contraire, elle s'approche de moi avec son air malicieux. Je sais déjà ce qu'elle s'apprête à entreprendre.

— Ah, non ! Tu m'as déjà fait peur, tu me laisses tranquille !

— Allez ! Arrête, rabat-joie.

— Je ne fais pas ma rabat-joie, je ne veux réveiller personne. Alors, tais-toi et viens t'asseoir.

Elle se calme enfin et fait demi-tour vers la cuisine.

— C'est bon, tu as gagné ; j'attrape une tasse de café, j'arrive.

Je me demande tout à coup : mais qu'est-ce qu'elle fait là, d'abord ?

— Tu n'es pas censée travailler ?

Elle ne répond pas, mais revient au bout de quelques minutes avec son mug et des gâteaux déposés sur un plateau. Je lui répète :

— Tu as terminé de lire ton manuscrit ?

La bouche encore pleine, elle me marmonne des mots à moitié compréhensibles :

— Si... mais j'avais besoin d'une pause, j'y suis depuis déjà deux heures, alors je me suis dit que j'allais venir embêter mes voisins préférés.

Elle est au pied de ma chaise et me dévisage comme pour lire les pensées enfouies dans une partie de mon cerveau. Je déteste quand elle a ce regard, j'ai l'impression d'être scannée.

— Alors, tu as eu une réponse ?

Je la regarde dubitative avant de comprendre.

— Non, pas encore. J'espère, aujourd'hui.

Nous sommes là, toutes les deux couchées, nous dorant au soleil, perdues dans nos pensées ; un bruit de pas lourds dans l'escalier nous tire de notre rêverie et nous fait nous redresser. On se retourne machinalement, la tête dépassant du transat, les lunettes sur le bout du nez... on attend. Encore à moitié endormi, Franck apparaît. Il sursaute presque en nous apercevant.

— Mais qu'est-ce que vous faites là ?

Je lui réponds, malicieuse :

— Moi ? J'habite ici... !

Éva rentre dans mon jeu.

— Et moi, je viens voir ma copine...

Il est dépité par nos réponses, mais ne cherche pas à en savoir plus.

— Enfin, de toute manière, je ne veux pas savoir, mon café m'attend.

On se regarde et on pouffe, compatissantes de son état. Le pauvre... Éva saute de sa chaise.

— Bon, allez ! J'y vais, je dois terminer ma lecture.

— Il est quelle heure ?

Elle vérifie à sa montre.

— Attends !... Dix heures !

Le temps passe vraiment trop vite, j'ai l'impression d'être allongée depuis seulement cinq minutes.

— Quoi !? Non, mais je dois être à onze heures à l'association !

— Ça va, c'est dans une heure...

Son insouciance m'a toujours exaspérée. Je ne l'écoute plus et récapitule à haute voix les tâches que je dois accomplir en un temps record.

— Oui, mais le temps de me préparer... et de...

Elle me coupe :

— Quoi ? Coquine !...

C'est plus fort qu'elle, elle ne peut pas s'empêcher d'oser une allusion hors contexte.

— Non, mais arrête... et de me laver les cheveux...

— Ouais, c'est ça !

Elle éclate de rire, j'ai juste le temps d'attraper le coussin derrière mon dos et de lui lancer en pleine tête. En voyant sa surprise, j'éclate aussi de rire, ce qui ne l'arrête pas ; c'est même le contraire, elle continue tout en s'éloignant :

— Coquine... coquine...

— Allez, va-t'en... On se voit tout à l'heure.

— O.K., bon courage, à tout à l'heure.

— Merci.

Avançant vers la porte sous le regard perplexe de Franck, elle lève la main en l'air et le salue s'en s'arrêter :

— Bye, Franck.

— Bye, Éva.

Il me rejoint sur la terrasse, au moment où je m'apprête à me lever, il me regarde avec un air d'enfant abandonné.

— Tu t'en vas quand j'arrive ?

— Oh, pardon, mais faut que je me lave les... O.K., je reste, mais seulement deux minutes.

Je me réinstalle sur mon transat où le soleil termine de me réchauffer. Le regard plongé dans sa tasse, il me questionne :

— Ça va, tu n'es pas trop stressée ?

— Non, ça va.

Il me sourit, rassuré.

— Tant mieux. En tout cas, tu es resplendissante.

— Ah, bon ? Resplendissante, comment ?!

Les mots sont sortis tout seuls... Je ne sais pas si c'est la chaleur ou si c'est le fait qu'il soit torse nu avec juste un bas de pyjama, mais ça lui donne un côté sexy qui me fait juste... craquer. Il me regarde avec des yeux remplis de malice, il se pince les lèvres avant de répondre :

— ... Comme une femme à qui on a envie de faire l'amour...

Je sens mes joues s'empourprer, mais je rentre volontairement dans son jeu.

— Ah, bon ! Et, comment tu t'y prendrais ?

Il pose son café par terre et rejoint le bas de mon transat. Il prend mon pied et commence à m'embrasser la cheville. J'en ai déjà des frissons jusqu'aux cheveux, mais je ne bronche pas, provoquant son inefficacité. Son regard est espiègle, et il continue de glisser ses lèvres sur ma jambe et remonte jusqu'à mon ventre. Il pose ses mains sur mes hanches et me fait descendre de dix centimètres vers lui. Je suis obligée de me tenir au haut de mon repose-tête pour ne pas bouger. Il continue à remonter le long de mon corps qui brûle intérieurement. Quand il arrive enfin à ma hauteur, je veux passer mes bras autour de son cou, mais il me fait signe que non et les remet là où ils étaient. Il commence à m'embrasser dans le cou, je jubile de plaisir. Il emprisonne mon regard dans le sien, nos lèvres se rejoignent et nos corps s'entremêlent pour ne former plus qu'un. Nous passons un moment de plaisir complètement improvisé. Lorsque nos corps se détachent, j'ai du mal à récupérer mon souffle, les battements de mon cœur essayent de recouvrer un rythme normal, alors que mes oreilles entendent encore des mots doux :

— Je t'aime.

Je suis incapable de lui répondre, mais je sais qu'il sait. Il me caresse la joue et repart dans la maison, son café à la main. Je savoure encore ce délicieux moment. Alors qu'il est déjà dans l'escalier, il me crie :

— Il est dix heures trente...

— Quoi ?!

C'est pas vrai ! Je ne peux pas être en retard. Bon, ben, tant pis, les cheveux attendront la prochaine douche. Je me précipite à l'étage et fonce à la salle de bains.

Franck me voit débouler et s'écarte de quelques centimètres pour m'éviter. Il ne tarde pas à râler :

— Eh, mais ça va pas, et moi alors ?

— Je ne serai pas longue, promis.

Comme promis, je ressors cinq minutes plus tard, dégoulinante de mousse. Franck en profite pour se glisser sous l'eau qui coule encore. Je suis devant ma garde-robe, me posant l'éternelle question : « Qu'est-ce que je vais ben pouvoir porter ? »

— La robe portefeuille noire ?...

Je n'avais même pas vu qu'il était déjà ressorti et qu'il m'observait. Je le fixe ne sachant ce qu'il veut dire et l'interroge :

— Quoi ?!

Il enroule une serviette autour de sa taille et me rejoint dans notre dressing.

— Mets ta robe portefeuille noire.

Il me dépose un baiser dans le cou et continue jusqu'à notre chambre. Je reste interloquée, il m'étonnera toujours. Moi qui ai l'impression qu'il ne remarque jamais rien entre mes anciens et nouveaux vêtements... C'est réglé, j'opte pour cette tenue. Je m'attache les cheveux en chignon pour cacher le plus possible le désastre.

— T'es resplendissante.

— Ah, non ! Arrête avec ce mot.

Il me sourit malicieusement et passe devant moi comme si de rien n'était, feignant l'indifférence.

— De toute manière, il faut partir ou on va être en retard.

Je lui pince les fesses au passage pour son insolence, ce qui le fait réagir aussitôt.

— Hé, pas touche ! C'est privé, ma chère.

J'éclate de rire tout en me pressant.

— Je suis prête.

J'attrape mes escarpins noirs et les enfilent juste avant de descendre. Franck est dans la voiture, un dernier coup d'œil dans le miroir de l'entrée et je file...

Quand nous arrivons, une partie de l'équipe est déjà là, Mickaël et Éric travaillent sur un nouveau dossier ; Lydia est plongée dans la préparation du prochain évènement.

— Bonjour, tout le monde...

Les autres ne mettent pas longtemps à nous rejoindre. Nous commençons dans une atmosphère plutôt tendue et, au bout d'une heure de réunion, nous ressortons tous avec le sourire. Je suis heureuse, ils ont tous dit oui. Je suis ravie, tout ce travail accompli n'a pas été en vain. J'ai envie de fêter ça avec mon chéri.

— Tu m'invites au restaurant, mon amour ?

Détendu, il accepte sans hésiter et passe me prendre à l'association.

— Vous avez envie de manger un plat en particulier, ma chère ?

Je l'attrape par le bras comme une adolescente, l'entraînant vers le parking.

— Hum... Une côte de bœuf !

— Va pour une côte de bœuf.

Nous allons dans notre restaurant préféré. Le repas est délicieux, nous discutons de notre projet, puis de sujets plus légers pendant plus de deux heures. Quand je regarde ma montre, il est déjà quinze heures dix.

— Il faut que j'y aille, mon chéri !

Il vérifie et acquiesce :

— Oui, on y va, j'ai aussi pas mal de travail.

— Je suis si fière de toi.

Il me caresse la joue, je me blottis littéralement dans sa main et l'embrasse avant qu'il la retire.

— Tu es mon ancre, je ne pourrais pas avancer sans ton soutien. Tu as fait basculer la situation. Si tu ne m'avais pas aidée à monter ce business plan, ils n'auraient jamais accepté.

— Il faut dire que tu es passée dans la cour des grands maintenant, cinq cent mille euros.

— Arrête, j'en ai encore des frissons.

— J'ai confiance en toi, tu vas y arriver, vous êtes une équipe de choc, et tu as recruté la meilleure des metteurs en scène.

Le regard qu'il pose sur moi m'électrise. Nous quittons le restaurant plus soudés, plus forts. Chaque projet, chaque discussion, chaque épreuve nous a toujours rapproché par ses difficultés et sa réussite. Dans la voiture une atmosphère de bien-être plane, notre vie est comme ça, faite de hauts et de bas. Nous devons tenir bon durant les coups durs et profiter des bons moments.

À peine garée, je saute de la voiture, j'ouvre la porte et grimpe quatre à quatre les marches, je jette ma robe, j'enfile un short et un débardeur. Je redescends aussi vite.

— J'y vais !

Il n'a pas le temps de répondre que la porte claque.

25

Éva

Je suis complètement immergée dans le manuscrit que j'ai commencé, il y a deux heures, et suis déjà à la moitié du roman. Il n'y a pas de doute, c'est notre prochain livre à succès. Cette auteure est une réelle pépite, je n'avais pas lu un tel talent depuis longtemps. Ce passage vient m'interpeller, remuer ce qu'il y a au fond de mon cœur et les raisons qui me poussent à faire ce que je fais.

— Elle n'a que dix-sept ans, mais a déjà tout d'une grande dame.

Nouveaux applaudissements. Il me tend un micro que je saisis fermement. Je reste concentrée au maximum, sans fuir du regard un seul instant. Il se tourne vers moi, joyeux, et me questionne :

— Vous êtes la plus jeune de la compétition, tout comme vos équipiers. Comment un groupe de lycéens peut-il réussir à se démarquer parmi les plus grands ?

— Vous voulez la version édulcorée ou la vérité ?

Je me tourne vers lui, feignant une assurance que je n'ai pas, m'appuyant sur les précieux enseignements de Sam. Il rit, je l'imite en me découvrant un don pour la comédie, et je tranche :

— La vérité, pardi ! Je lui souris, joyeuse, et le préviens, malicieuse.

— C'est vous qui l'aurez voulu ! Il s'amuse de mon jeu qu'il ne sait pas être une tentative de séduction pour rallier le public à mon discours d'outsider.

Pourtant, je le sens réceptif à mon numéro de gamine délurée. Je me lance de toutes mes tripes en me tournant vers le public et la caméra :

— Ce soir, nous ne sommes pas venus participer à un concours, mais vous raconter comment la danse est venue à moi afin d'éprouver les blessures qui m'empêchaient de me regarder dans un miroir.

Je sens l'émotion me gagner mais poursuis, au paroxysme de mon besoin d'authenticité :

— Nous sommes venus vous montrer combien elle forme un langage puissant, capable de réconcilier la conscience et le corps, l'âme et son créateur.

Je les pointe du doigt, déterminée.

— Ce soir, si vous voulez parler notre langue, laissez-vous renaître à tous vos sens, laissez-vous gagner par notre âme de danseurs.

Je m'avance, habitée par ce que je leur livre.

— Nous sommes des rêveurs et fiers de l'être. Nous dansons pour décrocher le ciel et le touchons chaque fois que nous osons laisser parler notre corps. Alors, comme les enfants que nous sommes encore...

Je conclus, en haranguant presque la foule :

— ... Entrons, entrez dans la danse !

Il n'y a pas de doute, nous publierons cette auteure. Satisfaite, je pose mon ordinateur pour m'étirer de tout mon long. Je balance ma tête de droite à gauche, faisant craquer les os de ma nuque. J'attrape machinalement mon téléphone afin de vérifier mes messages. Une photo de Marc et des filles, tenant des cannes à pêche d'une main, et de l'autre des poissons. Apparemment, la pêche a été bonne. Je leur envoie un pouce accompagné d'un cœur. Un deuxième message, celui-ci de ma mère qui m'a aussi envoyé une photo : « *Anna dans son bain* ». Je ne réponds rien et passe au suivant. Tiens, un numéro que je ne connais pas. Bizarrement, lorsque je l'ouvre, rien n'y est noté. Il est vide. Curieuse, je renvoie une réponse à mon interlocuteur inconnu : *« Bonjour ! Qui est-ce ? »*

26

Élie

Ça fait un mois que les enfants sont en vacances. Aujourd'hui, ils partent pour deux semaines chez mes parents après avoir passé deux semaines en colo ; nous allons encore pouvoir profiter en amoureux. Franck les conduit en voiture, et ce sera l'occasion, de mon côté, de passer à l'association. Naya me sort de mes réflexions.

— On y va, maman !

J'attrape le sac posé sur la table et le lui tend, accompagné de mes dernières recommandations :

— Venez là ! Amusez-vous bien, profitez de chaque moment, et surtout, écoutez bien papi et mamie. Dans le sac, je vous ai mis des sandwichs pour la route.

— Merci, maman !

— Promis !

— Les grands, prenez bien soin de votre petite sœur. Je compte sur vous, et Naya n'en profite pas.

Elle lève ses grands yeux vers moi en signe de « je ne sais pas du tout de quoi tu parles »...

— Oui, regarde-moi bien, tu ne fais pas ta chouineuse.

Elle se résigne, démasquée.

— Oui, maman.

— Je vous aime fort, passez de bonnes vacances.

Je les étreins une dernière fois et les laisse rejoindre leur père dans la voiture. Un ultime au revoir jusqu'à ce qu'ils tournent à l'angle, je reprends mon agenda et récapitule à haute voix :

— Allez, je prends ça, ça et ça, et c'est bon !

Attendue au bureau, je ne traîne pas plus longtemps, j'attrape mes dossiers et file. Quand je gare la voiture devant l'entrée, j'aperçois Charlotte qui est déjà là. Elle m'attend, appuyée contre le mur de l'entrée, pianotant sur son smartphone. Le bruit du moteur l'oblige à lever la tête, elle me gratifie d'un timide sourire, ne me quittant plus des yeux jusqu'à notre tête-à-tête. Je la saisis par les épaules, l'attirant vers moi, contente de la retrouver. Elle me rend les bises que je lui dépose sur les joues, accompagnées d'une formule de politesse à peine audible.

— Bonjour Élie, merci pour le temps que tu m'accordes.

— Salut, Charlotte ! C'est un réel plaisir ! Allez, viens... Allons dans mon bureau... Un café ?

— Oui, merci.

— Comment s'est passée ta répétition ?

— Très bien, j'y retourne tout à l'heure.

Le rendez-vous dure plus d'une heure. Elle est broyée, il n'a pas fallu longtemps avant qu'elle ne s'effondre dans mes bras. Son histoire me fait penser à celle d'Éva. Je ne sais pas si elle va accepter, mais elle est la mieux placée pour cette situation. Charlotte est d'accord avec moi pour lui en parler, nous avons pu trouver un créneau cet après-midi en espérant qu'Éva sera aussi disponible... Je décide de lui envoyer un message.

— Salut, tu es libre aujourd'hui ? Je peux venir boire un café ? J'ai un service à te demander.

— Tu n'arrêteras jamais avec toutes tes questions !!! Oui, je suis libre ! Oui, tu peux passer déguster un bon café ! Je t'attends...

— Super, à tout à l'heure.

— Bise.

Je quitte Charlotte avec regret, mais lui promets de ne pas la laisser tomber. Elle me remercie et retourne à son cours qui commence dans dix minutes. C'est une merveilleuse danseuse qui a un bel avenir devant elle.

Je vais rejoindre Françoise qui m'attend au premier étage. À ma surprise, elle n'est pas seule, un jeune est avec elle, assis sur une chaise, la tête baissée.

— Salut !

— Bonjour, Élie, comment vas-tu ?

— Ça va, et toi ?

— Bien, je te remercie.

Le jeune homme ne daigne même pas me saluer. Muré dans son silence, il tortille dans tous les sens un bout de papier qui ressemble désormais à un chiffon. J'insiste :

— Bonjour, jeune homme !

Il relève la tête avec un air arrogant. Je le reconnais, c'est un jeune qui traîne par-ci, par-là. Un jour, Franck, se rendant à l'association à pied, avait entendu un son de guitare dans la rue perpendiculaire à la nôtre. C'est là qu'il avait croisé ce garçon qui jouait dans la rue et qu'il l'avait invité. Il était sûr qu'il avait du talent. Le problème c'est qu'il avait eu un parcours difficile et qu'il se droguait. Franck a été beaucoup présent pour lui, mais j'avoue que je n'ai jamais pris le temps de discuter avec ce jeune, je me souviens à peine de ses traits, et encore moins de son prénom. Je ne sais même pas s'il est majeur. Françoise décide de faire les présentations, agacée par son insolence.

— Voici Antoine ! Alors que j'étais occupée à nettoyer les sanitaires, il en a profité pour venir fouiller dans la caisse. Je l'ai surpris à mon retour. La seule phrase à laquelle j'ai eu droit, c'est une insulte.

Je l'entends seulement ricaner à cette déclaration. J'interviens, excédée par ce comportement irrespectueux. J'essaie la façon douce, essayant de garder mon calme tout en ayant un ton ferme.

— Antoine !... Enchantée, moi, c'est Élie, la femme de Franck. Je crois que tu le connais, n'est-ce pas ?... Pourquoi as-tu fait ça ? As-tu besoin d'aide ?

Il se met à me fixer d'un regard noir. Son ton est dur. Il m'aboie presque dessus :

— Laissez-moi tranquille, j'ai reposé l'argent ! Je n'ai rien à vous dire, laissez-moi partir !

Je suis embêtée, je ne veux pas appeler la police, cependant je ne peux pas le laisser filer comme ça.

— Pourquoi as-tu pris cet argent, pour t'acheter de la drogue ?

Ma phrase le met hors de lui. Il se lève tellement violement, qu'il en fait tomber sa chaise. Il s'avance vers moi, mais il est obligé de reculer d'un pas, car je le dépasse d'une tête ; il a dû être surpris.

— Allez vous faire voir, vous et votre assoc. débile ! Appelez la police si ça vous fait plaisir. Moi, je me casse !

Il me bouscule au passage et s'en va en courant. Françoise se met à lui crier dessus :

— Viens là, petit insolent...

— Laisse-le, Françoise, il doit déjà être loin. Je vais appeler Franck, il saura comment agir.

Malgré son comportement ignoble, je sais que sa réaction est signe de souffrance. Malgré le calme revenu, Françoise continue de bougonner en s'installant sur sa chaise. Je fais du café et vais la rejoindre.

— Je ne comprends pas pourquoi ils ne prennent pas la main qu'on leur tend.

— Tu sais, une grande partie de ces jeunes sont tellement brisés. Ils ont besoin de plus de temps, besoin d'apprendre à refaire confiance. On est là pour les entourer au mieux, mais ce n'est pas toujours évident... Je viens aussi de sortir d'un rendez-vous tellement compliqué.

— Tu as la patience que je n'ai pas, ma petite Élie.

Je pouffe à sa remarque, ne me sentant pas toujours à la hauteur. Je la rassure tout de même :

— Tu donnes déjà beaucoup et je peux admettre qu'à des moments, on puisse ne plus en pouvoir.

— C'est vrai... S'il repasse par-là, je te passe un coup de fil.

— O.K., merci. As-tu du temps ce midi pour que l'on déjeune ensemble ? Autant allier plaisir et travail.

Elle me sourit, ravie, et accepte sans hésiter. Elle me propose un petit resto pas loin d'ici. Effectivement, nous y arrivons en cinq minutes. Je ne l'avais jamais vu. Il est dans une petite impasse ; c'est un endroit charmant décoré à l'anglaise, sa devanture est parsemée de lierres magnifiques. À l'intérieur, le cadre est tout aussi convivial, de petites tables rondes assez espacées les unes des autres nous permettent de garder une certaine intimité ; l'atmosphère est tamisée grâce à de petites lampes posées sur chacune d'elles. Ça sent la bonne cuisine, faite maison. Nous sommes accueillies chaleureusement.

— Bonjour, mesdames. Ce sera pour deux ?

— Oui, merci.

La serveuse qui doit à peine avoir une vingtaine d'années, nous emmène à une table au fond de la pièce.

— Ici, ça ira ?

— Oui, parfait. Ça te va, Élie ?

— Oui, bien. Merci.

Nous nous installons avant qu'elle revienne avec les menus.

— Ça te dit une bouteille de vin ? J'ai envie de manger des moules !

— D'accord, mais une petite, je reprends la route après.

Nous commandons le meilleur cru qui se marie parfaitement avec le plat que j'ai choisi. Françoise reste sur les moules qu'elle convoitait dès le début. Après un verre bien entamé, je me risque à ouvrir la discussion sur un sujet délicat.

— Comment va Charles ?

Elle ne réfléchit pas et crache presque ses mots :

— Je pense qu'il est sur la fin.

Sa déclaration me fait presque recracher la gorgée de vin de ma bouche, je toussote.

— Excuse-moi ! Mais je ne m'attendais pas à cette réponse. D'autant plus que tu m'as l'air tellement paisible.

Elle me sourit, son visage est détendu, je dirai presque lumineux. Son ton s'est adouci, comme dans un souffle, sa réponse vient caresser mon cœur.

— Tu sais, ma petite Élie, à des moments de nos vies, nous avons la grâce de vivre des temps extraordinaires ici-bas. Comme si le ciel venait toucher la terre.

Je la regarde complètement absorbée par ce qu'elle me dévoile.

— Il y a dix ans, comme tu le sais, nous apprenions que Charles avait un cancer. Durant cette période compliquée, nous avons vécu, je crois qu'on peut le dire, un réel miracle.

— Comment ça ?! Euh, pardon !

Mes mots ont dépassé ma pensée.

— Non, ne t'excuse pas, j'ai toujours eu à cœur de t'en parler, mais je n'ai pas trouvé le bon moment. Aujourd'hui, je pense qu'on y est.

Elle plante ses yeux dans les miens et se met à me raconter un pan de leur vie que j'ignorais totalement.

— Lorsque nous avons appris cette nouvelle, nous avons été dévastés, nous avons beaucoup pleuré. Tu sais que Laure venait d'avoir son bébé. Charles ne pouvait se résigner à ne pas connaître son petit-fils. Alors, nous avons prié et supplié Dieu d'avoir pitié de nous, comme il l'avait eu pour le roi Ézéchias... Au bout de deux heures de supplications et de lamentations, j'ai reçu une parole tellement claire dans mon cœur.

Elle fait une pause, je respire en même temps qu'elle, attendant la suite avec impatience. Elle boit une gorgée de vin et continue :

— La parole disait : « Je vous donne encore dix ans... » Aujourd'hui, nous sommes dans la dixième année.

Je ne sais pas quoi dire, je suis bouleversée par cette confidence qui fait naître en moi un sentiment d'euphorie et de tristesse. Cette révélation, malgré son caractère miraculeux arrive à sa fin ; le temps est venu. Je ne trouve pas les mots. Que dire après une telle déclaration ? Gênée, je ne peux que lui prendre la main. Elle me rassure :

— Ne sois pas triste ma petite Élie, nous avons eu dix ans où nous avons profité de nos enfants, de nos amis et de nos petits-enfants. Aujourd'hui, pour cette dernière année que nous avons à passer ensemble, Dieu nous demande de témoigner de ce qu'il a fait dans nos vies. Et tu es la première.

Je resserre un peu plus mon étreinte sur ses doigts, touchée par ses mots.

— Merci, Françoise. Merci pour ce partage, je me sens tellement honorée, vous êtes une bénédiction pour nous. Et nous vous soutiendrons jusqu'au bout.

— Je le sais, tu es comme ma fille et je voulais que tu saches. Dieu peut changer ses plans. Il cherche seulement notre confiance.

Je suis émue par ses paroles qui viennent me percuter en plein cœur. Nous finissons notre repas, détendues, parlant de nos futurs projets pour l'association.

27

Éva

La porte s'ouvre sur Éli

— Le café est prêt ?

Elle essaie d'arborer un air détaché, mais je la connais trop bien et vais droit au but.

— Bon qu'est-ce qu'il se passe, tu vas me demander de cambrioler une banque ? C'est quoi, cette tête ?

Elle ne se formalise pas et me parle sans détour :

— J'ai besoin de toi.

— Oui, si ce n'est pas illégal, tout ce que tu veux !

— C'est un sujet confidentiel.

Son ton m'inquiète presque.

— D'accord ! Mais tu commences à me stresser.

— Ce matin, j'ai eu un entretien avec une jeune femme, qui plus est, sera notre rôle principal pour notre prochaine représentation...

Je la coupe en lui rappelant le contexte de son nouveau projet, essayant de détendre l'atmosphère plus que tendue.

— Ah, oui ! Le spectacle à plus d'un demi-million d'euros.

Elle ne peut s'empêcher de m'envoyer une pichenette sur la joue avant de continuer sur sa lancée. Je me frotte frénétiquement, car ça commence à me piquer. Je ne me risque plus à la couper et l'écoute attentivement.

— Elle est danseuse. Sauf qu'émotionnellement, elle est complètement détruite. Il y a quelques mois, elle a appris que l'homme avec qui elle partageait sa vie depuis cinq ans, l'avait trompée depuis le début. J'étais installée au Coffee Grace pour travailler quand je l'ai aperçue à la table d'à côté.

Elle pleurait. Tu me connais, je n'ai pas pu m'empêcher d'aller voir ce qui se passait. Nous avons discuté durant une demi-heure et échangé nos numéros avant de nous quitter. Par la suite, j'ai appris qu'elle était artiste et je l'ai invitée à l'association.

— D'accord, je comprends. Mais qu'attends-tu de moi ?

Elle se tortille mal à l'aise et se lance :

— Je sais que c'est loin et que je n'ai pas le droit de te demander ça, mais tu connais ce sentiment de rejet et de trahison. Tu as une meilleure expérience que moi sur le sujet. Et je...

J'hésite, mais je sens l'importance de mon implication dans cette situation qui me rappelle bien des souvenirs.

— D'accord, je viendrai.

Elle souffle de soulagement.

— Merci, t'es la meilleure.

— Attends, ce n'est pas gagné ; elle doit être dans une souffrance terrible.

Elle baisse la tête en approuvant mes propos.

— Je sais...

Je me rappelle encore ce que j'avais ressenti quand il m'avait annoncé qu'il me quittait et qu'il ne reviendrait pas. J'avais eu l'impression qu'un immeuble me tombait sur la tête. Mille questions se bousculaient dans ma tête ; j'étais assaillie. Mes émotions se mélangeaient : colère, amour, haine. Parfois, je me rendais compte de ce qui m'arrivait et, d'autres fois, je n'y parvenais pas. Pourquoi ? Comment ? Quand ? Qui ? C'était le début de la fin.

— Je te promets de faire au mieux.

— C'est déjà important pour elle et moi que tu acceptes de la rencontrer. Je suis désolée, mais nous devons partir, elle ne va pas tarder.

— Oui, pas de souci, j'attrape mon sac et on y va.

Quand nous nous garons, la jeune femme est déjà là, je suis scotchée par sa beauté. Comment une personne aurait envie de lui faire du mal ! Elle est grande, fine et musclée, une chevelure rousse bouclée et de grands yeux verts. Malgré sa mine défaite, elle n'a rien perdu de sa délicatesse. Mais pourquoi est-il parti ?

— Charlotte.

Je comprends qu'Élie me chuchote son prénom avant que nous la rejoignions. Elle me sourit avant de me tendre la main que j'accepte en me présentant :

— Bonjour, Charlotte ! Enchantée. Moi, c'est Éva.

— Bonjour, Éva !

Élie sent sa gêne et nous invite à la suivre sans tarder :

— Allez, venez, nous allons boire un thé dans mon bureau.

Nous lui emboîtons le pas, un silence pesant s'est installé. Au moins l'ambiance cosy de la pièce rend l'entretien moins conventionnel. Nous nous installons dans les fauteuils moelleux, attendant le thé qu'Élie nous a promis. Après quelques minutes, je décide de briser la glace en lançant la conversation :

— Je vais être honnête avec vous, Charlotte. J'ai hésité à venir cet après-midi, car je ne savais pas si j'étais capable d'affronter à nouveau le récit de mon histoire ; et pourtant, je m'étais refusée d'avoir vécu cette épreuve pour rien. Dieu m'avait répondu : « Je cherche un homme pour se tenir à la brèche », alors j'ai dit oui. Et aujourd'hui, me voilà devant toi afin de te témoigner qu'il peut changer les circonstances et qu'il veut le meilleur pour ta vie.

Dès mes premiers mots, les larmes commencent à couler sur ses joues. Élie lui prend la main en signe de soutien et lui tend un mouchoir. Je continue :

— Je sais, ce que tu vis te paraît insurmontable, je l'ai vécu... J'ai été abandonnée avec deux enfants. J'ai eu des idées noires, je pensais plus à la mort qu'à la vie. Je ne croyais plus en rien... Le but n'est pas de te raconter les détails de cette terrible épreuve qui, aujourd'hui, touche beaucoup de personnes, mais de te dire que ce n'est pas fini. J'ai été littéralement sauvée. Christ est venu et je l'ai rencontré en tant que Sauveur, ensuite, je l'ai accepté en tant que Seigneur, et ma vie a changé. Il a commencé à guérir mes blessures. Je me suis plongée corps et âme dans de ce qu'il m'avait laissé : sa Parole. J'ai eu de longues conversations avec lui. Il m'a montré ce qu'il attendait de moi. Pour le monde, la bible est folie mais pour toi, est-elle vérité ?

Je suis obligée de m'arrêter, elle est effondrée, le visage enfoui dans ses mains dégoulinantes. Élie lui apporte un verre d'eau, tout en lui caressant le dos, la réconfortant comme elle le peut. J'ai besoin d'une pause et elle aussi. Je m'excuse et m'éclipse rapidement :

— Je te laisse souffler, je reviens.

Arrivée aux toilettes, je craque, cramponner au lavabo, je me laisse glisser sur le sol en pleurant lamentablement ma peine. Sa douleur me donne comme un coup de poignard dans le cœur. J'ai envie de vomir. Je ressens ce qu'elle ressent. J'aimerais la sauver d'un coup de baguette magique ; l'empêcher de tomber dans cette dépression qui frappe à la porte de sa vie. Je pleure en criant ma peine à Dieu :

— Seigneur tu ne peux pas la laisser comme ça, aide-la, je t'en supplie. Ne la laisse pas endurer ce que j'ai traversé. Je t'implore d'agir dans sa vie. Donne-moi une perspective pour elle...

Je n'ai pas terminé ma prière qu'une paix, accompagnée d'une conviction qui me dépasse, vient m'envahir : *« J'ai de grands projets pour elle. »*

Je me lève, passe de l'eau sur mon visage et retourne les rejoindre au bureau d'Élie, plus convaincue que jamais. J'avance déterminée, m'agenouille devant elle. Ses yeux brillent toujours. Je pose mes mains sur les siennes et déclare avec assurance :

— Charlotte, Dieu a de grands projets pour ta vie, comme il en a eu pour la mienne. Sèche tes larmes et prends cette joie qu'il veut t'offrir. Celle qui surpasse toute intelligence. Tu rencontreras un homme merveilleux quand ce sera le temps, c'est ce qui s'est passé pour moi.

Élie me jette un regard entendu sur ces paroles prononcées.

— On ne te laissera pas tomber. Quand tu veux, où tu veux.

Je sens qu'elle reçoit entièrement ce que je lui dis. Je jette un coup d'œil à Élie qui retient ses larmes. Elle me rejoint au sol pour me serrer dans ses bras.

— Merci à vous deux. Je me battrai et me relèverai de cette épreuve.

Elle se redresse pour se tourner vers Élie, plus forte que jamais.

— Élie, je serai présente au casting. Vous pouvez compter sur moi.

Élie l'attire pour la serrer contre elle.

— Ça va aller, j'ai confiance en toi ! À bientôt, Charlotte.

Je laisse Élie la raccompagner, alors que je m'affale dans son fauteuil. Je suis épuisée.

Mon amie revient et me sourit.

— Merci ! Je pense qu'on a fait un grand pas aujourd'hui, et c'est grâce à toi.

— Et à toi.

— On rentre ?

— Oui, on rentre !

Dans la voiture, je somnole presque. Quand nous arrivons devant le garage d'Élie et qu'elle arrête le véhicule, j'ai envie plus que tout d'aller retrouver ma famille. Je la quitte en la remerciant pour sa confiance. Je trottine pour rejoindre la maison. J'ai envie de me blottir contre mon homme. Son vélo est là, il est rentré, la fenêtre de la cuisine est ouverte et une odeur de poulet rôti vient embaumer la rue. J'ouvre la porte, euphorique. À peine à l'intérieur, j'entends les gazouillis d'Anna. Je me dirige vers le salon, elles sont là toutes les trois, je me jette presque sur elles, les bombardant de bisous.

— Oh, mes bébés, je vous aime tellement !

Elles éclatent de rire et ne mettent pas plus d'une minute avant de rentrer dans mon jeu en me sautant dessus. Après mon entrée fracassante, je les laisse se calmer et leur donne quelques recommandations avant de rejoindre mon homme à la cuisine :

— Continuez à dessiner, et attention qu'Anna n'attrape pas un stylo.

— Oui, maman.

Je me poste dans l'embrasure de la porte, l'observant à la tâche, dans son jean hyper sexy qui lui tombe sur les hanches. Il reste concentré sur les légumes qu'il découpe en rondelles. Je me mets à le siffler, il relève la tête en pouffant à ma bêtise. Je ne me formalise pas et continue mon petit jeu en levant mes sourcils de haut en bas. Je passe mes mains autour de sa taille et me hisse sur la pointe des pieds pour atteindre ses lèvres. Il me susurre quelques mots entre deux baisers :

— Ça va, mon amour ?

— Oui, super bien. Je suis fière que tu sois mon mari, je t'aime tellement.

— Moi aussi, je t'aime... Qu'est ce qui te rend autant de bonne humeur ?

Je le regarde intensément.

— Je pense avoir aidé une jeune femme aujourd'hui.

— Alors, c'est moi qui suis fier de toi.

— Tu en es où dans l'écriture de ton livre ?

Je ne m'attendais pas à cette question.

— Euh... Je sais pas trop, ça fait des semaines que je ne me suis pas penchée dessus. J'ai pas mal de boulot et n'ai pas pris le temps d'écrire.

— Alors, tu n'as qu'à t'y remettre, il va aider beaucoup de personnes, j'en suis sûr. Tu m'avais demandé si je voulais bien intervenir, et ma réponse est oui. Je répondrai à tes questions et tu les reformuleras. Je suis prêt aujourd'hui. Tu es mon écrivain préféré, ne l'oublie jamais.

Les battements de mon cœur se sont accélérés, je suis touchée par ce qu'il me livre. Nos lèvres se rejoignent sans vouloir se détacher. Sans s'arrêter, il me murmure :

— Les filles sont à côté...

Je reprends mes esprits et me détache de lui.

— Tu as raison.

Je lui dépose un dernier baiser du bout des lèvres et prends les assiettes posées sur le plan de travail.

— Tu me rends folle, monsieur Morgan... Je vais dresser la table.

Il me sourit, fier de lui, et reprend la préparation du dîner.

28

Élie

C'est la rentrée et, chez nous, ce jour est folklorique, tout le monde court après ses affaires. Alors que tout devait être prêt la veille, la maison n'est que folie…

Après le chaos du départ pour l'école, je m'arrête enfin pour boire mon café. J'ai mille et une choses à accomplir aujourd'hui, mais je décide de m'affairer à tout autre chose. Je pose ma tasse sur le bar et monte quatre à quatre les marches de l'escalier. Postée dans l'encadrement de la porte de la chambre, je réfléchis à l'endroit où il se cacherait ! Rien dans le placard du bas, ni dans le placard du haut. Je regarde sous le lit, bingo ! J'attrape mon sac à dos et en sors mon appareil photo. Je redescends aussi vite, récupérer mon mug et m'installe sur le canapé où se trouve mon ordinateur.

Je connecte les deux appareils l'un à l'autre, l'image apparaît aussitôt à l'écran. J'éclate de rire. J'y vois Naya endormie durant le trajet des vacances. Elle bave, et je me souviens encore de ses ronflements hilarants. Je n'ai pas pu m'empêcher de prendre un cliché.

Je continue à faire défiler les photos les unes après les autres. Chacune d'elles me ramène à l'été passé. Lorsque j'arrive à celles prises pendant les trois jours que nous avons passés en compagnie de Marc et d'Éva, je suis attendrie par la bouille d'Anna qui sourit à l'objectif. Je continue à faire défiler les photos et tombe sur une où Marc et Éva sont enlacés. Ils sont beaux à voir, amoureux, ils respirent la joie de vivre. Je suis soudain interpelée par ce qu'il y a à l'arrière-plan. Je n'avais pas fait attention, mais une femme, à environ cinquante mètres de nous, est en train de nous photographier. Je fais un zoom sur son visage, sans grand résultat, car il est flou à cause de la taille de l'ouverture de l'objectif. C'est étrange ! Qui s'amuserait à prendre des inconnus en photo ? D'autant plus que nous ne faisions rien de spécial et le paysage n'était pas plus époustouflant que ça, contrairement à celui qui se trouvait derrière elle. Mes yeux reviennent sur mes amis heureux, je souris et passe à la suivante.

29

Éva

La semaine de la rentrée s'est bien passée pour tout le monde. Même Anna a été ravie de sa première journée à la crèche, où elle ira une fois par semaine. La directrice m'a fait un retour satisfaisant ; la qualifiant de petit « amour ». Je ne peux cacher ma fierté lorsque je l'ai récupérée.

— Chérie ! Chérie !

Je réponds à Marc qui m'interpelle de l'entrée :

— Je suis là, mon amour !

La cuillère encore dans la bouche, je me retourne attendant son entrée dans la cuisine où je m'affère pour le dîner de ce soir. Lorsque nos regards se croisent, l'étincelle que j'y vois me rend curieuse. Je l'interroge :

— Tu m'as l'air bien euphorique, que t'arrive-t-il ? Tu rentres bien tôt.

Il pose son sac sur la chaise et se dirige vers moi. Il m'attrape par la taille en me dévorant du regard.

— Karl m'a appelé ce matin !

— Ah, tiens ! Ça faisait un petit moment ! Et ?

Même si j'ai une petite idée de l'objet de cet appel, je fais mine de ne pas savoir et le questionne :

— Il voulait quoi ?

Il me soulève du sol pour me poser sur le bar. Je ne peux m'empêcher de pousser un léger cri.

— Il a un concert ce soir et il leur manque un bassiste, le sien est malade. Il m'a demandé si j'étais dispo ! Je lui ai dit que je t'en parlerais et que je le contacterais dans l'heure.

— C'est super. Oui, vas-y, on n'avait rien de prévu. C'est où ?

Il se détache pour attraper son téléphone qui se met à vibrer au même moment.

— Ah, ben ! quand on parle du loup. C'est Karl, il veut une réponse. Le concert sera à une heure d'ici. Dommage qu'on n'ait personne pour Anna, tu aurais pu venir me voir.

Alors qu'il écrit son message, je m'essuie les mains et viens me coller à lui. Les bras autour de son cou, je lui réponds, culpabilisant de ne pouvoir être là pour lui :

— Je suis désolée, j'aurais voulu venir te voir.

— T'en fais pas, une prochaine fois.

— Ah, parce qu'il y aura une prochaine fois ?!

Mon ton ironique, me vaut des chatouilles qui m'obligent à me tortiller. Je me débats en lui commandant de me laisser :

— Arrête ! Arrête, ou je hurle.

Il se calme enfin. Son téléphone s'est remis à vibrer, ma respiration s'apaise, je souffle un grand coup. Et commence à échafauder un plan dans ma tête... Au final, plusieurs solutions s'offrent à moi. Ma mère, Élie, une baby-sitter...

— Il veut une photo !

— Pour quelle utilité ?

— L'affiche de ce soir, il doit la poster sur Internet.

— Envoie-lui celle avec tes lunettes de soleil, t'es trop sexy dessus.

— Oui, mais ça veut dire groupies...

Je lui envoie une pichenette dans l'épaule tout en le prévenant de se tenir à carreaux, ou il le regrettera à son retour. Je continue à réfléchir et lui demande de changer Anna. Lorsqu'il tourne les talons, j'en profite pour sauter sur mon portable pour envoyer un message à la personne la plus proche.

— Salut, Élie.

Ouf, elle répond tout de suite :

— Salut.

— Tu peux me garder les filles ce soir, stp ? Marc va jouer à une heure d'ici, c'était pas prévu, mais j'aimerais m'y rendre pour le voir. C'est une surprise. Si tu ne peux pas, je comprendrai, pas de souci.

Après quelques secondes qui me paraissent interminables, je reçois sa réponse qui me réjouit.

— Pas de problème, nous n'avions rien prévu. Je t'attends.

— Merci, t'es la meilleure !

Il court dans tous les sens.

— Tu as tout ?

— Oui, je crois. En tout cas, j'ai le plus important, ma basse et mon ampli.

— Parfait !

Il vient me serrer une dernière fois dans ses bras, j'en profite pour lui glisser deux mots :

— Je suis fière de toi, je t'aime, amuse-toi.

Je glisse une pointe d'humour pour le détendre :

— Et, attention aux groupies.

Il ne peut s'empêcher de lever les yeux au ciel, ce qui me fait pouffer. Même si je ne laisse rien paraître, je dois m'avouer que les dernières fois où il a joué, ces filles qui le regardaient, comme si c'était le dernier homme sur terre, m'avaient agacée. Je le relâche enfin.

— Allez, vas-y ou tu vas être en retard. Envoie-moi un message quand tu arrives.

— Bien, chef !

Je lui fais une grimace en guise de réponse et l'accompagne jusqu'à la voiture, l'aidant à porter ses affaires.

Il me quitte la minute d'après.

Quand il tourne à l'angle, je me rue dans la maison, appelle les filles qui descendent aussitôt.

— Qu'est-ce qu'il y a ?

— Préparez un sac, vous dormez chez Élie ce soir.

Elles sont surprises mais pas mécontentes. Ça ne les empêche pas de me poser mille questions à la seconde :

— Hein ? Cool ! Mais pourquoi ?

— Je veux organiser une surprise à Marc, je vais le rejoindre au concert.

Lily s'engouffre aussitôt :

— Et pourquoi pas nous, je veux le voir, moi aussi !

— Pas possible, chérie, ce n'est pas un spectacle pour les enfants.

— C'est pas juste !

Tout en enfilant ma chaussure d'une main et en récupérant mon sac de l'autre, je la console.

— Je te promets de vous y emmener une autre fois. Milla, prends Anna, s'il te plaît.

Quand nous arrivons chez Élie, je prends à peine le temps de lui dire bonjour, lui jette ma tribu et m'enfuis presque.

— Je suis désolée, je ne veux pas être en retard.

— Pas de souci. Moi aussi, ça m'a fait plaisir de te voir.

Je sais qu'elle me taquine, pourtant je culpabilise de partir comme une voleuse.

— Je te paie un café demain, promis.

Je retourne à la maison pour enfiler un jean plus confortable, mes Converse et mon perfecto préféré. Je me refais une beauté et file sans plus tarder. Sur la route, je me fais mille et un scénarios... Est-ce que je me mets dans la foule, le plus près possible pour qu'il puisse me voir ? Est-ce que je vais le surprendre dans les coulisses. Je suis tout excitée à l'idée de le voir sur scène. Ça faisait un bout de temps qu'il n'avait pas joué. Je sais que pour lui, ça n'est pas toujours facile de parler de ses anciens concerts. C'est là-bas qu'il avait rencontré cette femme qui nous a harcelés quelques mois après notre rencontre. Marc est plutôt un homme tendre et serviable. Il a été élevé parmi trois sœurs qui ont plutôt du caractère, il a dû jouer des coudes pour mériter sa place de coq. Protecteur, il peut démarrer au quart de tour, si on s'en prend à ses proches.

La voix du GPS m'indique que je suis bientôt arrivée. Je fais attention de ne pas me faire voir sur le parking et me gare assez loin de la gigantesque salle en face de moi. Karl n'avait pas dit que c'était une aussi grosse représentation ! Je décide de lui envoyer un message pour être sûre de le trouver, décrétant que j'irai le rejoindre dans sa loge.

— Coucou, tu es bien arrivé ?

— Oui, excuse-moi ma chérie, je n'ai pas eu le temps de t'envoyer un message, tout est allé très vite, j'ai dû faire les balances.

— Pas de souci. J'espère que tu n'es pas trop stressé ?

— Non, ça va. Je suis dans ma loge, j'ai encore une bonne demi-heure devant moi. Nous avons chacun la nôtre. La grande classe !

— Super ! Profite bien. À demain. Je t'aime.

— Merci. Je t'aime aussi.

Maintenant que je sais où il se trouve, je vais pouvoir m'y rendre. J'aperçois de l'autre côté de la route une épicerie. Une idée me vient à l'esprit…

30

Marc

Mon téléphone vibre sous mes fesses. Alors que l'écran s'illumine, je peux voir le prénom d'Éva. Et m... ! Je ne lui ai pas envoyé de message.

— Coucou, tu es bien arrivé ?

— Oui. Excuse-moi ma, chérie, je n'ai pas eu le temps de t'envoyer un message, tout est allé très vite, j'ai dû faire les balances.

— Pas de souci. J'espère que tu n'es pas trop stressé ?

— Non, ça va je suis dans ma loge, j'ai encore une bonne demi-heure devant moi. Nous avons chacun la nôtre. La grande classe !

— Super ! Profite bien. À demain. Je t'aime.

— Merci. Je t'aime aussi.

C'est indéniable, je suis fou de cette femme. Dommage qu'elle n'ait pas pu venir. Je suis sorti de mes pensées, car on frappe à la porte. Surpris, je me lève pour ouvrir. Apparemment, pas assez rapide, les coups persistent.

— J'arrive, j'arrive... une seconde.

Lorsque j'ouvre la porte, mes yeux s'écarquillent, je recule d'un pas et manque de basculer sur l'ampli posé au sol. Elle est là, devant moi. Je ne peux en croire mes yeux. Mais que fait-elle ici ? Comment a-t-elle osé ? Je ne peux m'empêcher de hausser le ton. Un sentiment de colère vient m'envahir sans que je puisse le contrôler.

— Mais qu'est-ce que tu fous là ? Et qui t'a dit que je jouais là ?

Sans que je l'en aie invitée, elle rentre dans la pièce et referme la porte. Elle fait glisser son manteau par terre.

— Salut, Marc, heureuse de te voir ! Lorsqu'on est bien élevé, on dit bonjour !

Je ne peux me contenir et son arrogance me donne envie de lui cracher dessus. Elle porte une jupe, comme c'est pas permis, et un haut presque inexistant.

— Dégage d'ici ! Je t'ai dit que je ne voulais plus jamais te revoir, Aurore.

— C'est ce que tu crois, mais je suis persuadée que tu regrettes.

— Jamais. Comment as-tu su pour ce soir ?!

Je suis hors de moi, comment a-t-elle osé se pointer ici !

— Je dois dire que je dois remercier ton ami Karl, que je suis sur les réseaux. Lorsqu'il a posté ce concert en fin d'après-midi avec ta photo, j'ai su que c'était un signe. Rappelle-toi, c'était dans cette salle que tu m'as parlé la première fois.

J'en crois pas mes oreilles, elle est encore plus tarée que je ne le pensais. Alors que je m'apprête à la jeter dehors. Elle s'approche de moi et s'accroche à mon cou sans que je m'y attende. Elle me balance des mots que je comprends à peine tant la rage m'envahit.

— Je t'aime, Marc, et je sais que toi aussi, c'est juste que cette bonne femme t'a piégé...

Au moment où je m'apprête à la repousser de dégoût. La porte s'ouvre.

— Surprise !

Je ne peux le croire, c'est Éva. Aurore est toujours accrochée à mon cou, tandis que les larmes viennent remplir les yeux d'Éva. Je la repousse d'un coup sec.

— Éva, ma chérie, c'est pas ce que tu crois.

Elle s'est déjà enfuie. Je me mets à courir pour la rattraper, tandis que j'entends les cris d'Aurore m'interpeler. Une rancœur me remplit. Si je m'écoutais, je ferais demi-tour pour lui arracher le cœur. Quand j'arrive à la porte de secours qui est encore entrouverte, je me précipite dessus, je dois la rejoindre avant qu'elle n'arrive à la voiture. Je regarde à gauche, à part des musiciens, je ne la vois pas ; je me tourne à droite, je l'aperçois, cette fois-ci, marchant d'un pas rapide. Je me remets à courir pour enfin arriver à sa hauteur.

— Éva, je t'en supplie, écoute-moi.

Elle ne me regarde pas et répond d'un ton que je ne lui connais pas :

— Lâche-moi, t'es qu'une ordure.

— Éva ! Mon amour ! Écoute-moi, je t'en supplie.

Je suis obligé de lui barrer la route pour qu'elle puisse enfin s'arrêter. Elle essaie de m'esquiver, mais je l'empêche de passer.

— Je t'en prie Éva, écoute-moi et après, je te jure que je te laisserai partir si tu le souhaites.

Elle se plante devant moi et me fixe d'un regard noir. Je comprends qu'elle accepte d'entendre mes explications.

— Je ne savais pas qu'elle allait venir et quand j'ai ouvert, j'ai été surpris de la voir. Je lui ai dit de dégager, mais elle a presque forcé la porte pour me balancer des trucs que je n'ai même pas retenus.

Les larmes coulent sur son visage, je ne peux le supporter.

— Éva, je t'en prie, crois-moi. Elle n'est rien pour moi, et tu le sais.

Je veux lui essuyer la joue, mais avec une violence que je ne lui connais pas, elle repousse ma main.

— Ne me touche pas.

Je suis désemparé, Seigneur aide-moi.

— Éva, tu sais que je t'aime, et jamais je ne voudrais que tu souffres. Cette folle a vu ma photo du concert sur les réseaux sociaux et elle s'est ramenée. Je te jure que je n'ai rien à voir là-dedans.

Elle me regarde plus, elle continue de pleurer. Je me risque à lui attraper la main. Elle me laisse agir.

— Viens là.

Je l'attire à moi, elle se jette sur mon torse, je la serre plus fort que je ne le devrais, mais je ne peux m'en empêcher. Je préfèrerais mourir que de la perdre.

— Je t'aime, Éva... pour la vie.

Elle ne répond rien et renifle dans mon t-shirt. Puis je l'entends me dire :

— J'ai cru mourir quand je l'ai vue accrocher à ton cou...

Mon cœur se broie.

— Je sais, pardonne-moi, j'allais la jeter dehors.

Je la recule par les épaules et cherche son regard.

— Éva, regarde-moi. Jamais, je te ferai ça, encore moins avec cette garce...

— Hum...

— Tu me crois ?

Je le répète plus fort :

— Tu me crois, mon amour ?

— Oui.

Elle vient se lover dans mon cou, je la réconforte, essayant de lui transmettre tout l'amour que j'ai pour elle. Après de longues minutes, elle est enfin calmée. Au même moment, j'entends derrière moi Karl m'interpeller :

— Marc, enfin où étais-tu passé ? Ça fait un moment que je te cherche ?! Je suis allé dans ta loge, mais il n'y avait personne.

Cette traînée a dû partir, je me décale d'Éva pour qu'il puisse la voir et comprendre la raison de mon absence.

— Oh, Éva ! Désolé, je ne t'avais pas vue. Je ne savais pas que tu allais venir.

Elle essaie de se donner de la contenance.

— Salut Karl, c'était pas prévu, je voulais surprendre Marc. Ce que j'ai réussi à faire, je crois !

Son ironie me poignarde le cœur. Tandis que Karl sent le malaise.

— O.K. ! Mais ça va, vous deux ?

— Oui, oui, t'en fais pas.

— Karl, je suis désolé mais...

Éva me coupe avant même que je ne puisse finir ma phrase :

— Marc voulait savoir si ça ne gênait pas que j'assiste au concert sans avoir de place.

Elle me prend par la main et me la serre, tandis que mon ami me donne un gros coup sur l'épaule.

— Mais bien sûr que tu peux assister au concert, y aura toujours une place pour toi, jolie Éva.

J'en profite pour essayer de détendre l'atmosphère.

— Eh ! Du calme, beau parleur, elle est à moi...

— Oui, je sais, et c'est bien dommage.

Tout en retournant à la salle, je glisse un mot dans l'oreille d'Éva qui s'est plongée dans ses pensées :

— Je t'aime. J'aurais pu rentrer avec toi.

Elle ne me répond pas, mais me sourit malgré un regard rempli de tristesse. Je n'insiste pas et la conduis à sa place.

— Le concert va commencer dans quelques minutes, à la fin, rejoins-moi dans les loges, je récupère mes instruments et on rentrera.

— D'accord. Bon concert, à tout à l'heure.

Sa voix est mélancolique, je n'ai pas envie de la quitter, mais je n'ai pas le choix. Je souffle un grand coup et la laisse après un baiser sur le front.

Le public est au rendez-vous, la salle est pleine, je sonde l'auditoire de peur qu'Aurore soit toujours là, mais elle a disparu…

Lorsque nous terminons la dernière musique, je file dire au revoir à l'équipe qui regrette mon départ soudain, mais qui me remercie d'avoir été dispo pour eux. Je rejoins Éva dans ma loge. Elle m'attend, assise dans le fauteuil.

— Je suis là, ma belle.

Elle se lève aussitôt et me félicite :

— Bravo, c'était super.

— Merci. Comment te sens-tu ?

— Ça va. Beaucoup mieux.

Je ne suis pas convaincu mais n'insiste pas. Malheureux de la situation, je récupère ma basse et la devance jusqu'à la voiture.

— Veux-tu que je conduise ?

— Et ta voiture ?

— T'en fais pas, j'ai vu avec les gars, ils vont me la ramener devant la maison. Ils laisseront les clés dans la boîte aux lettres ?

Elle ne relève pas, écœurée par cette situation, et me tend les clés que je récupère.

Le retour se fait en silence.

Lorsque nous arrivons, je ne peux m'empêcher de la retenir par le bras.

— Éva !

Elle se retourne, surprise.

— Oui.

— Je t'aime.

— Je sais.

— Je te demande encore pardon.
— D’accord.
— Éva.
— Oui.
J’aimerais lui hurler que je mourrais pour elle, qu’elle est ma vie mais je m’abstiens, ne voulant pas envenimer la situation. Je la connais, elle doit digérer.
— Rien. Rentrons.

31

Éva

Quelle nuit pourrie !... Impossible de fermer l'œil durant des heures et, quand j'ai enfin réussi à trouver le sommeil, Anna s'est réveillée sans doute à cause d'un cauchemar. Je l'ai retrouvée en pleurs dans son lit. J'ai mis au moins une heure avant de parvenir à la calmer...

Ce matin, c'est la cata, j'ai l'impression d'avoir une tête de déterrée. Le week-end a été horrible, même si Marc et moi n'avons pas reparlé de la soirée de vendredi, l'ambiance est restée tendue. Je marche tel un zombie errant dans la maison.

— Thé, ma puce ?

— Non, donne-moi plutôt un café, s'il te plaît.

— Pourquoi tu ne retournes pas te coucher ? J'emmènerai les filles à l'école avant de déposer Anna à la crèche.

— Je ne peux pas, j'ai rendez-vous avec un auteur à onze heures et je n'ai pas fini d'étudier un dossier de financement. Tu dis ça parce que j'ai une sale tête ?

Il vient me serrer dans ses bras, ma tête tombe sur son torse.

— Non, parce que je t'ai sentie gigoter une bonne partie de la nuit, puis te lever pour Anna.

Presque irritée, je lui réponds sur un ton que je n'aurais pas voulu aussi dur :

— Et, ça t'as gêné !

Il ne relève pas et me rassure :

— Non, ma chérie.

— Humm !... Tu as raison je vais me recoucher une petite heure ou je ne vais pas tenir. Excuse-moi, j'ai parlé trop fort. Merci, mon amour.

Il ne se formalise pas, je n'attends même pas sa réponse et reprends la direction de ma chambre. Anna est dans son parc dans le salon, déjà prête... En montant, je croise Milla dans l'escalier.

— Bye, mon amour. Bonne journée !

— Tu ne nous emmènes pas ?

— Non, faut que je dorme. Marc va vous emmener. Je t'aime.

— Moi aussi.

Elle m'étreint et continue son chemin.

J'intercepte Lily qui sort de la douche.

— Bonne journée, ma chérie. Je vais me coucher, Marc va vous emmener.

Elle me prend dans ses bras, ses cheveux encore mouillés viennent tremper mon pyjama.

— O.K., bisous, maman. Je t'aime.

Je retire mon haut humide et me jette dans mon lit. Le dernier son que j'entends, c'est celui de la porte qui claque...

J'entends au loin mon téléphone sonner, il s'arrête puis recommence. Ça doit être la troisième fois, il faut que j'ouvre les yeux. Je tends le bras pour l'attraper, j'essaie de déchiffrer le numéro qui apparaît en appel manqué, mais le reconnaissant pas, j'en conclus que ce doit être des démar-cheurs... Alors que je m'apprête à le reposer, il sonne de nouveau, toujours le même numéro ; ça m'intrigue. Je m'assois sur le bord de mon lit et décroche :

— Allô !

— Madame Morgan ?

La voix m'est inconnue.

— Oui, c'est moi.

— Je me présente, je suis le commissaire Lebon.

Mon sang se glace, la fatigue disparaît pour laisser place au stress.

— Il s'est passé un terrible incident ce matin...

Je le coupe sans pouvoir le laisser terminer :

— Quoi ? Que s'est-il passé ? Mes enfants ? Mon mari ?

Je peux sentir son hésitation, ce qui m'angoisse d'autant plus. Je le presse :

— Dites-moi ce qu'il se passe ?

— Votre mari a été victime d'un *car-jaking*. Il a été...

— Un quoi ? Mais de quoi parlez-vous ?

Je ne tiens plus, je panique ; je ne parviens plus à me contrôler. Il est obligé de hausser le ton pour qu'on puisse l'entendre.

— On lui a volé sa voiture, et il a été retrouvé par un riverain, inconscient.

C'en est trop ! Je hurle dans le téléphone, les larmes coulent sur mon visage. Je suis prise de nausées.

— Quoi ?! Mais c'est impossible, il est au travail à cette heure-ci et pourquoi on l'aurait frappé ? Il est où ? Comment savez-vous que c'est bien lui ?

— Votre mari est bien Marc Morgan ? Il se trouve...

Le téléphone tombe de mes mains, je n'entends plus rien, je me précipite aux toilettes pour vomir. Une voix m'appelle en bas de l'escalier, puis se rapproche de plus en plus. Je suis assise par terre, appuyée contre le mur, mon cerveau s'est déconnecté.

— Éva ! Éva !

Je sens un liquide froid me transpercer la peau. Élie est là. Les mots ne sortent pas. Je suis sous le choc.

— Éva, tu m'entends ?

Je retrouve mes esprits.

— Élie, je viens d'avoir la police, Marc a eu un accident et...

— Je sais ! Écoute-moi. Prépare-toi, on file à l'hôpital.

Je mets quelques secondes avant de me rendre compte que je suis habillée sous le jet d'eau. Je retire mes vêtements et prends une douche en deux minutes. Soudain, je suis interpelée par la présence d'Élie.

— Mais qu'est-ce que tu fais là ?

— Franck a voulu appeler Marc, mais c'est la police qui a répondu en lui expliquant ce qui s'était passé. Il m'a tout de suite prévenue et je suis venue aussi vite que j'ai pu.

J'attrape la première barrette qui me tombe sous la main, attache mes cheveux en chignon, et on file.

Dans la voiture un silence de plomb fait place. Je suis incapable de sortir le moindre mot. Des films horribles traversent mon esprit. C'est Élie qui brise la glace en premier.

— Je suis sûre que ça va bien se passer...

Elle prend ma main et la serre en signe de soutien. Nous arrivons au bout de dix minutes. Je me précipite à l'accueil et demande où est mon mari.

— Son nom, s'il vous plaît ?

— Marc, Marc Morgan.

— Chambre 102, au premier étage à droite.

— Merci, madame.

Suivie d'Élie qui ne me lâche pas d'une semelle, nous prenons l'ascenseur que je trouve bien trop lent. Quand les portes s'ouvrent, nous arrivons dans un long couloir blanc, il est possible d'aller soit à droite, soit à gauche.

— La dame avait dit à droite.

Je remercie mon amie d'avoir écouté à ma place. Nous avançons tout en regardant les numéros de chambre. Mon attention est attirée par la présence de la police au fond du couloir, mais je ne m'y attarde pas. Plus nous avançons et plus nous nous rapprochons d'eux. Il se trouve que la chambre 102 est celle où se tiennent les policiers, l'un d'eux s'avance vers moi, l'air grave.

— Madame Morgan ? Je suis le commissaire Lebon. Nous nous sommes parlé au tél...

Je n'ai pas envie de l'écouter. Je le coupe avant même qu'il ait pu finir :

— Où est mon mari ?

— Avant d'entrer, il faut que je vous dise... les coups qu'il a reçus ont été violents. Il est boursoufflé.

Ma gorge se serre. Il continue :

— Il a des hématomes sur le visage, le nez cassé et des c...

Je ne peux pas en entendre davantage, la nausée me reprend.

— Arrêtez ! Je veux le voir.

Au même moment, le médecin sort de la chambre. Nos yeux se croisent et sans se détacher de moi, il me dit :

— Madame Morgan, je suppose ?

J'acquiesce de la tête.

— Votre mari a besoin de se reposer, je lui ai donné un sédatif car il souffrait beaucoup. Vous pouvez lui rendre visite, mais pas longtemps pour aujourd'hui.

J'en ai assez entendu, je pousse la porte sans plus attendre. Je reçois un coup de poignard dans le cœur, mon estomac est tout retourné et je dois lutter pour ne pas vomir. J'ai la gorge serrée et aucun son ne parvient à sortir. Inondée par les larmes, j'avance vers son lit. Je suis horrifiée par ce que je découvre, il est bleui par les coups reçus.

— Mon amour, tu m'entends, s'il te plaît, ouvre les yeux.

Je l'embrasse, mais il ne réagit pas. Je suis désemparée. Je sens une main sur mon épaule, je me retourne, c'est Élie. Je me jette dans ses bras. Qui peut agir comme ça ? Quelle cruauté ! Nous sommes rejoints par le commissaire.

— Madame Morgan, je suis désolée, mais j'ai quelques questions à vous poser...

J'aimerais l'aider pour arrêter ceux qui ont fait ça, mais je ne trouve pas la force de lui répondre. Je dois garder mon sang froid pour mes enfants, il faut que je sois courageuse... Élie intervient :

— Est-ce possible de passer dans une heure ? Elle est sous le choc ; elle a besoin de reprendre ses esprits.

Je la coupe :

— Non, ça va... c'est d'accord, je viens...

Je sens le malaise de cet homme qui voit ma douleur, mais qui n'a pas d'autre choix que de m'interroger le plus vite possible. Tout est important. Chaque détail compte.

— Nous pouvons rester ici, l'hôpital a mis une petite pièce à notre disposition. Suivez-moi.

Je me tourne vers mon mari encore inconscient, me penche vers lui et lui murmure :

— Je reviens, mon amour, je t'aime.

Je retiens mes larmes de peur de ne pouvoir les arrêter. Je prends mon sac et suis les policiers. Avant même qu'on ait commencé, les questions fusent dans ma tête : qui a pu ? Pourquoi ? Ça ne peut pas être que pour la voiture... Je suis interrompue dans mes raisonnements par la voix d'un policier qui nous escorte :

— C'est par ici, madame. Installez-vous. Voulez-vous un café ?

— Oui, merci.

Nous sommes assises là avec Élie dans cette petite pièce, j'ai cru voir sur l'écriteau accroché à la porte : docteur en psychologie... Silencieuses, ne sachant quoi nous dire, Élie prend juste ma main pour me montrer qu'elle est à mes côtés, qu'elle me soutient.

32

Élie

Je me réveille comme si j'avais combattu toute la nuit… Cela me paraissait si réel. C'était une bête qui devait mesurer trois mètres. Elle me regardait de toute sa hauteur en ricanant, un son horrible. Malgré ça, je restais positionnée, attendant le signal… Plus elle se rapprochait, plus je pouvais distinguer autour d'elle des hommes à ses pieds aussi hideux qu'elle. Tout à coup, un gong de je ne sais où a retenti, il fallait avancer et non reculer. Alors que la peur allait s'emparer de moi, une main s'est posée sur mon épaule ce qui m'a fait me retourner. Il y avait derrière moi une armée d'hommes aussi beaux les uns que les autres, vêtus d'armures d'or et armés d'épées en argent. Leurs regards étaient fixés sur leur objectif, la bête. L'homme qui avait posé sa main sur moi, me souriait et m'a dit : « Je suis avec toi, je te montrerai… » Je ne comprenais pas. Au moment où j'ai voulu lui poser la question, mon réveil a sonné…

— Bien dormi ?

La question de Franck me fait émerger.

— Hum, nuit bizarre…

— Et toi ?

— Vu le coup de poing que tu m'as balancé pendant la nuit, je peux dire que je m'en remettrai.

— Quoi ?!

Je me lève d'un bon cherchant où il y aurait une marque. Ce n'est pas possible, il a un bleu qui s'est formé sur la pommette. Je ne me souviens de rien. Je me sens honteuse de l'avoir frappé.

— Je suis vraiment désolée, mon chéri… Je ne…

Il me coupe :

— Je sais, tu avais l'air en pleine bataille.

Il plaisante, mais s'il savait.

— C'est le moins qu'on puisse dire…

— Comment ça ?

— Rien. Je te raconterai ce soir, il faut que j'aille lever les enfants.

Je lui donne un baiser rapide et sors du lit. Pour une fois, mon emploi du temps ne déborde pas dans tous les sens. Je dois déposer les enfants à l'école, revenir travailler à la maison avant de déjeuner avec Éva. C'est sa journée sans Anna aujourd'hui. Je descends préparer le petit déjeuner après avoir aperçu les filles déjà dans la salle de bains. Tandis que mon ado ronchon, encore endormi, descend sans un mot, s'assoit et déjeune tel un robot.

Les filles nous rejoignent dix minutes plus tard, Mona prononce sa phrase préférée :

— Maman, je n'ai pas envie d'aller à l'école.

— Moi aussi, j'accomplis des tâches que je n'aime pas exécuter, mais on n'a pas le choix si on rêve de projets plus grands.

Ma réponse ne la satisfait pas plus que ça, elle replonge la tête dans son bol et ne se plaint plus.

— Les enfants, n'oubliez pas vos clefs, je ne sais pas à quelle heure je vais rentrer.

— Hum…

— Allez ! On s'active, ou on va être en retard.

Vingt minutes plus tard, tout le monde est prêt à partir. Franck nous embrasse et part presque en oubliant son téléphone.

— Allez, on bouge !

— Maman, je peux monter devant ? La dernière fois c'était Théo.

— O.K. !

Le chemin de l'école se passe sans complications, ça roule assez bien comparé à d'habitude. Je croise Marc sur le retour qui va déposer Anna à la crèche. Il me fait un signe de la main avant de tourner au feu.

Arrivée à la maison, je ne perds pas de temps, je me refais un café et m'installe au bureau. Je suis absorbée dans mon scénario quand le téléphone sonne. Dérangée au bout de dix minutes de concentration, c'est dépitée que j'attrape l'appareil. Le nom de Franck y est affiché. Qu'est-ce qu'il a encore oublié ?...

— Allô, mon chéri, qu'as-tu oublié ?!

Je glousse au téléphone.

— Élie !

Il ne m'appelle jamais Élie et sa voix est tremblante.

— Oui, ça ne va pas ?!

— Écoute-moi, y a eu un accident.

— Quoi ? Mais qu'est ce qui s'est passé ? Tu vas bien ? T'es où ?

— Je vais bien, ma chérie, écoute-moi.

Son ton est ferme. Il faut que je prenne sur moi pour ne pas l'interrompe.

— D'accord, je t'écoute. Pardon.

Je ne peux m'empêcher de tourner en rond dans la pièce, impatiente de savoir s'il va bien.

— Ce matin, j'ai voulu appeler Marc pour lui demander de passer me voir ce soir en rentrant du boulot ; ce n'est pas lui qui a répondu au téléphone mais un homme.

Je m'arrête, surprise et ne peux m'empêcher de le couper :

— Mais quel homme ?... Pardon, continue.

— C'était un commissaire. Marc a été retrouvé inconscient près de la crèche d'Anna sans sa voiture. Il a été roué de coup. Un témoin a vu la scène, il a dit qu'ils étaient trois... Écoute, ils vont appeler Éva pour la prévenir, va voir si elle est encore chez elle, elle aura besoin de toi.

— Éva...

Mon cœur se serre en imaginant la douleur qu'elle ressentira quand elle l'apprendra.

— Il faut que j'y aille Franck, elle ne va pas le supporter.

— Je ne peux pas me libérer pour le moment, mais ils m'ont dit qu'il avait été transporté à l'hôpital. Tiens-moi au courant quand vous l'aurez vu.

— D'accord, je te le promets.

— Bon courage, ma chérie.

Je raccroche et reste encore assise dix secondes sans savoir par où commencer. Est-ce que je dois l'appeler ou m'y rendre ? Je tranche. J'attrape mon sac, mon téléphone et file.

Ça fait deux minutes que je frappe à la porte, mais personne ne répond, alors que sa voiture est encore là. Je décide d'utiliser le double des clefs que je possède... Quand je rentre un grand silence m'accueille, il est de courte durée. Le cri d'effroi que j'entends de l'étage est comme un choc électrique. Je lâche mon sac et monte les marches quatre à quatre en criant son nom :

— Éva ! Éva !

Aucune réponse. Lorsque je rentre dans la chambre, elle est effondrée, accroupie aux toilettes en train de renvoyer le peu qu'elle a dû déjeuner. Je me précipite sur elle.

— Éva ! Éva ! Regarde-moi !

Elle ne m'entend pas, je la sens partir ; elle fait un malaise. Je la secoue, mais elle ne réagit toujours pas. Je décide de la glisser sous la douche, j'ouvre le mitigeur et la porte jusqu'au bac. Elle se réanime presque aussitôt. Elle est livide, les larmes coulent sur son visage, j'ai l'impression qu'elle ne me reconnaît pas. Je continue à l'appeler par son prénom, au bout de quelques secondes, elle émet enfin un son... Je la prends dans mes bras et la serre fort.

— Éva, tu m'entends ?

Elle reprend ses esprits.

— Élie, je viens d'avoir la police, Marc a eu un accident et...

— Je sais ! Écoute-moi. Prépare-toi, on file à l'hôpital.

Je suis déchirée par ce que je vois. J'aurais voulu que Franck soit là. Elle est désorientée, la voir chercher ce qu'elle doit faire me brise le coeur. Je me retourne lorsqu'elle entreprend de retirer ses habits. Je comprends qu'elle a terminé quand l'eau est coupée. Je la laisse se vêtir en silence avant qu'elle se rende vraiment compte de ma présence.

33

Éva

Les policiers reviennent avec du café. L'un d'eux m'en tend un, que je n'accepte pas, alors il le pose sur la table. Mes yeux ne se détachent pas de la tasse fumante, je suis tirée de mes pensées par la voix qui m'a parlé au téléphone.

— Madame Morgan, votre mari a été retrouvé inconscient sur le trottoir, rue de la Délivrance. Un témoin a vu trois hommes s'acharner sur lui, et quand il a crié pour donner l'alerte, ils sont montés dans la voiture et ont décampé. Nous recherchons votre voiture sans relâche.

J'écoute sans toutefois réussir à saisir complètement ce qu'il me dit.

— Madame Morgan, avez-vous une idée de qui pourrait en vouloir à votre mari ?

De quoi parle-t-il ? Personne n'en voudrait à Marc au point de vouloir sa mort... Je réponds, sur la défensive :

— Non.

Il ne se formalise pas par ma réaction et continue :

— Nous aurions pu croire à un *car-jaking* — en tout cas c'est ce que les agresseurs aimeraient que nous croyions —, mais le fait qu'ils perdent du temps pour votre mari change la donne. Il se pourrait...

Mon téléphone sonne, je le prends dans un réflexe. L'écran affiche CRÈCHE ANNA. Mon bébé doit être malade, pauvre bout de chou, elle a mal dormi une bonne partie de la nuit.

— Excusez-moi, il faut que je décroche.

— Je vous en prie.

Je fais un quart de tour sur ma chaise, tout en décrochant.

— Allô !

— Allô, Madame Morgan ?

— Oui. Anna est malade ?

Cinq secondes se passent avant que je n'entende de nouveau la voix plus fébrile de mon interlocutrice.

— Euh !

Elle bégaie. Je m'impatiente et la devance.

— Elle a eu une très mauvaise nuit, vous voulez que je vienne la récupérer ?

Elle laisse une nouvelle fois un silence.

— En fait, nous voulions savoir si Anna allait venir cet après-midi, car nous devons coucher les...

Je me lève, faisant basculer ma chaise, en pensant qu'elle doit se tromper. Mon cœur bat plus vite, mais je l'empêche de paniquer pour rien. C'est impossible.

— Anna est déjà à la crèche, vous devez commettre une erreur, son papa l'a déposée ce matin...

Un silence qui me paraît interminable est interrompu par une autre voix.

— Allô, Madame Morgan, c'est la directrice au téléphone. Je connais Anna et je vous assure qu'elle n'est pas ici. Personne ne l'a emmenée ce matin.

Le téléphone tombe de ma main... Je ne veux pas y croire, je ne peux pas y croire ; c'est impossible ! Ma respiration se coupe, je perds l'équilibre, ma vue se brouille et mes oreilles bourdonnent. Élie m'appelle, j'essaie d'articuler, mais je n'y parviens pas. Le seul mot qui sort de ma bouche est :

— Anna...

— Quoi, Anna ? Parle, Éva.

Plus rien...

— Appelez un médecin...

— Écartez-vous, elle est en détresse respiratoire.

Je lutte pour ouvrir les yeux. Je vois une personne en blouse blanche qui me met un masque sur le nez. Ça m'aide, je respire... Quand je retrouve mes esprits, je l'arrache et me relève.

— Anna... elle n'est pas à la crèche... Mon Dieu, mon bébé.

Je tourne dans tous les sens, je me sens comme un lion en cage. Le commissaire me prend par les épaules.

— Madame Morgan, qui est Anna ?

Je me mets à crier :

— Ma fille, notre fille ! Marc devait la déposer à la crèche ce matin, mais... mais ils viennent de m'appeler et elle n'y est pas.

J'entends Élie pousser un cri étouffé, je me tourne vers elle et commence à pleurer. Mon Dieu, où est mon bébé ?

Le commissaire prend tout de suite le relais, voyant mon état plus que limite :

— Écoutez ! J'appelle tout de suite une équipe, je peux vous promettre que nous ferons tout pour la retrouver au plus vite. Les agresseurs n'ont pas dû s'apercevoir de la présence de l'enfant en volant le véhicule. On va la retrouver, je vous le promets.

Mais comment pouvait-il savoir ? Était-il Dieu ? Je suis rattrapée par le souvenir du garçon retrouvé mort et j'explose :

— Comme le petit Nicolas ? Vous mentez... Il est mort.

Je suis hystérique, je hurle :

— Je vais retrouver ma fille, lâchez-moi !

La dernière parole que j'entends est celle du docteur :

— Donnez-lui un milligramme d'Hypnovel.

Je hurle que je veux retrouver ma fille, puis la voix d'Élie souffle dans mon oreille :

— Calme-toi, on va la trouver.

Puis plus rien...

J'ai la bouche pâteuse, j'ai du mal à ouvrir les yeux. J'essaie de regarder autour de moi, mais je ne vois que du blanc. J'ai mal au bras, j'essaie de toucher la partie douloureuse ; je sens quelque chose accroché à ma peau. Je lève les yeux, c'est une perfusion. Je tourne la tête et vois Élie, assise dans un fauteuil, elle pianote sur son téléphone. Je ne peux faire autrement que chuchoter :

— Élie.

Elle sursaute et me rejoint avec un air que je ne lui ai jamais vu. Je suis désemparée, la suppliant presque :

— Élie, où est mon bébé ?

Elle retient ses larmes. Sa voix est tremblante, mais elle garde son sang-froid :

— Ils la cherchent, ma puce.

Je m'apprête à me lever, mais elle m'en empêche.

— S'il te plaît, repose-toi, le commissaire a dit qu'il nous donnerait des nouvelles quand il en aurait.

Les larmes coulent sur mon visage, j'ai l'impression que mon monde s'est effondré.

— Il faut que j'y aille, Élie. Et Marc ?...

Elle ne me regarde plus et essaie d'articuler le plus possible :

— Il n'est toujours pas réveillé, Franck est avec lui. J'ai appelé ta mère, tes parents sont en route, ils vont garder tes enfants.

Je suis anéantie, mon mari est entre la vie et la mort et j'ai perdu mon bébé. Au même moment, la porte s'ouvre ;

c'est le commissaire suivi du docteur. Le médecin commence :

— Madame Morgan, vous avez fait une crise de panique, on vous a administré une dose de sédatif pour vous calmer. Je vais vous enlever la perfusion, mais pas de gestes brusques. Je vous ai fait une ordonnance pour des calmants.

Il me tend la feuille sans attendre de réponse particulière. Il s'occupe de retirer ma perfusion et repart en n'ajoutant qu'un « bonne chance ». Ce qui me ramène sans ménagement à mon malheur. Je me tourne tout de suite vers Monsieur Lebon.

— Avez-vous des nouvelles de ma fille ?

— Nous avons retrouvé votre voiture, mais, à notre grand regret, il n'y avait pas de bébé à l'intérieur.

Ses mots me font l'effet d'un uppercut, j'essaie de contrôler ma respiration pour ne pas repartir, hors de question qu'ils plantent une nouvelle fois leur fichue piqûre dans mon corps. Il poursuit :

— Mais nous avons retrouvé ça près de la voiture, est-ce à votre fille ?

Mes yeux se lèvent sur l'objet qu'il me tend, un cri sourd sort de ma gorge ; je lutte, mais je ne peux retenir mes larmes. Je prends ce qu'il me tend, c'est sa couverture, celle avec laquelle elle s'endort. Je l'apporte à mon visage et sens l'odeur qui s'en dégage : un mélange de lait et de crème pour le corps. La partie près de mon visage est mouillée par mes larmes. Je reste là un moment, avant d'être interrompue par le policier.

— Je suis obligé de garder la couverture pour la brigade canine, les chiens sentiront l'odeur de l'enfant et pourront repérer sa trace. Écoutez-moi, nous n'arrêterons pas les recherches tant que nous ne l'aurons pas retrouvée. Je vous donne ma parole, madame.

Je suis touchée par son engagement, mais ma douleur est trop grande, je suis rongée par la peur. Je ne réponds rien et me contente de hocher la tête.

— Je reviens vers vous au plus vite, madame Morgan.

— Éva !

Je relève la tête pour capter son regard.

— Pardon ?!

— Appelez-moi, Éva.

Il me fait signe qu'il a compris avant de tourner les talons, suivi de près par son collègue. Élie me rejoint, passe son bras autour de mon épaule avant de me demander ce que je désire :

— Tu souhaites te reposer ou voir Marc ?

Un duel se forme au fond de moi. Je ne sais pas, je ne suis pas assez forte, je ne peux pas supporter de le voir dans cet état, c'est trop. Mais comme percée à jour, Élie m'interrompt dans mes pensées :

— Éva, il a besoin de toi.

Je lui fais un oui de la tête. Elle prend nos sacs et nous y allons. Nous traversons le couloir et arrivons près de sa chambre. Je m'arrête, essoufflée par la situation, comment vais-je pouvoir affronter son regard quand il se réveillera ?

34

Élie

Son téléphone sonne, j'ai envie de lui dire : « Laisse ! Ils rappelleront plus tard » ou de lui arracher son appareil pour lui éviter d'être ennuyée, mais je me retiens. Elle décroche, prétextant un appel important… D'après les mots échangés, je comprends que c'est la crèche d'Anna. Éva pâlit, elle se lève en faisant tomber sa chaise. Je lui demande ce qui se passe, mais elle ne me répond pas. J'ai envie de lui arracher le combiné pour savoir qui est-ce et, surtout, ce qui est en train de se dire au bout du fil. Elle lâche le smartphone qui s'éclate par terre, la batterie glisse jusqu'aux pieds du commissaire et l'écran se brise en mille morceaux, l'appareil est cassé. Mes yeux passent du téléphone à Éva. Elle suffoque. Je l'appelle, mais elle ne répond plus. Tout s'accélère, elle me crie « Anna », je ne comprends pas. Des médecins se précipitent sur elle avec un masque à oxygène. Ils me poussent dans un coin, je me sens si impuissante. Elle me cherche, je me fraie un chemin et lui prend la main, elle arrache son masque et crie :

— Anna… elle n'est pas à la crèche… Mon Dieu, mon bébé !

Le commissaire me pousse une nouvelle fois et la prend par les épaules.

— Madame Morgan, qui est Anna ?

— Ma fille, notre fille, Marc devait la déposer à la crèche ce matin, mais… mais ils viennent de m'appeler et elle n'y est pas.

Je ne peux pas le croire, je pousse un cri étouffé. Je me tourne vers elle et commence à pleurer. Mon Dieu, où est son bébé ? Éva devient hystérique, elle hurle et cherche à s'enfuir. Je suis figée, incapable d'aider mon amie. J'entends le médecin. Je ne peux que bouger la tête de droite à gauche, comme un match de tennis interminable. La scène se joue sous mes yeux, mais je ne peux intervenir.

— Donnez-lui un milligramme d'Hypnovel.

Dans un cri douloureux et déchirant, elle s'écroule dans les bras du médecin. Je ne peux pas la laisser comme ça. Une force m'envahit, je m'agenouille près d'elle et lui caresse les cheveux. Le corps médical me laisse faire, malgré le peu de place dans la pièce mise à disposition. Il ne m'empêche pas de rester.

— Calme-toi, on va la retrouver...

Elle s'endort la seconde d'après. Je rassemble les morceaux de son téléphone et les remets en place. Mes mains tremblent, j'essaie de me calmer, je souffle un grand coup en essuyant frénétiquement mes yeux dont les larmes trempent encore mon visage.

— Madame ?...

L'air interrogateur, le policier laisse sa question en suspens, me faisant comprendre qu'il ne sait pas qui je suis. Je ne le fais pas attendre plus longtemps.

— Aupert... Élie Aupert. Je suis son amie.

Il me tend la main que je serre fermement.

— Nous n'avons pas eu le temps de nous présenter. Il va falloir que vous restiez avec elle. Pourriez-vous nous prévenir quand elle se réveillera ? Nous allons nous mettre au travail rapidement et vous tiendrons au courant de l'avancée de nos recherches.

J'ai l'impression que c'est irréel, est-ce bien à moi qu'il s'adresse ?

— Madame Aupert ?

Je récapitule tel un robot :

— Oui pardon, j'ai compris, je reste avec elle... Je vous appelle.

Il s'en va sans se retourner. Je n'arrive pas à savoir s'il est concentré, ou juste froid et distant. La sonnerie de mon smartphone me rappelle à la réalité. Franck !

— Allô, mon chéri ! C'est terrible, il faut que tu viennes tout de suite !

— Comment va Marc ?

— Il est toujours inconscient, mais il y a bien pire. Rejoins-moi sans tarder, s'il te plaît.

Je me remets à pleurer. Il comprend que la situation est bien plus grave qu'il ne le pense.

— J'arrive, ma chérie, tiens le coup.

Je lui réponds entre deux sanglots :

— Je t'attends. Fais vite, je t'en prie.

Il raccroche la seconde d'après.

Je décide de prévenir les parents d'Éva et de Marc... Mon Dieu, comment vais-je pouvoir leur annoncer ça ? Je laisse mon amie qui est encore endormie et vais dans le grand hall pour pouvoir appeler sans qu'elle m'entende. Je cherche dans mon répertoire... Marie. Je souffle un grand coup et appuie sur « Appeler ». Au bout de trois sonneries, elle décroche :

— Allô, Élie ! Ça me fait plaisir de t'entendre, comment vas-tu ?

Une boule dans ma gorge se forme. Je déglutis avant de lui annoncer :

— Marie, il y a un problème...

Un lourd silence vient plomber la conversation. Je n'ai plus le choix, je continue :

— Marc s'est fait agresser ce matin... quand il emmenait Anna à la crèche...

Il faut que je prenne sur moi pour ne pas craquer. Ma voix se met à trembler sans que je puisse la contrôler.

— Et Anna a disparu...

— Non ! mon Dieu ! Mais où est Éva ? Je ne comprends rien, Élie...

Elle ne parle plus mais crie, les mots de Marie sont mêlés de sanglots. J'entends son mari la rejoindre et la questionner sans lui laisser de répit.

— Les médecins ont dû donner des calmants à Éva, la police recherche Anna, et Marc est toujours à l'hôpital, inconscient. J'ai besoin que vous alliez récupérer les enfants ce soir, à l'école. Je vous promets de vous tenir informés. Je dois vous laisser, Marie. Pourriez-vous appeler Paula ? Je dois retourner près d'Éva... Marie ?

— Oui, je suis là. Excuse-moi, je récupère les enfants et préviens Paula. Tiens-nous au courant.

— Promis. Au revoir, Marie.

Ce coup de téléphone me ronge de l'intérieur. Je ne lâche pas l'écran comme s'il allait m'annoncer une bonne nouvelle. Des gens parlent, marchent autour de moi, mais je suis incapable de lever la tête jusqu'à ce qu'une voix familière m'interpelle :

— Élie !

C'est Franck, je m'effondre sans force dans ses bras. Nous n'échangeons aucun mot, ses bras se resserrent sur moi ; toute la tension accumulée durant ces heures explose. Il m'emmène jusqu'à un banc. On s'assoit ; je reste blottie contre lui. Il me caresse les cheveux tout en me rassurant. Sa présence m'apaise, je réussis à me calmer. Il en profite pour me questionner :

— Où est Éva ?

Je me mouche avant de lui répondre :

— Elle est dans une chambre, ils ont dû lui administrer un sédatif.

— Oui, j'imagine que la vue de son mari passé à tabac a dû lui donner un sacré coup.

Je me redresse et me rend compte qu'il n'est pas au courant. Les larmes remontent.

— Franck !

— Quoi ?!

— Anna a disparu.

Il se lève d'un bond, puis se ressaisit. Il se rassoit et cherche à avoir plus de détails.

— Comment ça, Anna a disparu ?

Je lui fais le récit de la matinée tout en lui rapportant les propos du commissaire. Sa tension est montée d'un cran, son calme habituel a été troublé, il lutte pour prendre sur lui et ne pas laisser place à la colère. Je lui suis reconnaissante d'accepter ce rôle de pilier. Il réfléchit et tranche :

— Allons voir Marc, on ira voir Éva après...

— O.K. !

— Attends, il faut que tu manges. On passe à la brasserie.

— J'ai pas faim...

Je ne peux rien ingurgiter, mon estomac m'a déjà assez menacée de tout renvoyer. Mais en même temps, je me sens de plus en plus faible. Comme je le pensais, il ne me laisse pas le choix tout en faisant un compromis.

— Juste une soupe, facile à digérer et ça te tiendra l'estomac.

— D'accord.

Nous nous mettons dans la file, les visages qui s'y trouvent ont l'air meurtris, inquiets, tourmentés. Je déteste les hôpitaux, remplis de mauvaises nouvelles, de pleurs et de cris. Nous y voyons des atrocités. Mon regard croise celui d'une femme, elle me fait un petit sourire que je lui rends. La bouche pâteuse, je demande à Franck de rajouter une boisson :

— J'aimerais une bouteille d'eau, s'il te plaît ?

Il me fait signe qu'il a entendu, il se retourne pour s'adresser à l'employé qui attend de prendre sa commande :

— Une soupe, une bouteille d'eau et un sandwich jambon-fromage. Merci.

Après avoir récupéré notre commande, nous montons voir Marc.

35

Éva

Des sons de voix se font entendre dans la chambre. Je peux reconnaître celle de Franck, mais l'autre est trop faible pour que je puisse la distinguer. Elle est mêlée de plaintes et de sanglots.

En quelques secondes, je comprends que c'est Marc. Des brides de conversation parviennent jusqu'à nous. Mon cœur se serre, je suis figée à l'angle de la porte quand Franck prononce cette phrase :

— On est avec vous !

La voix d'Élie me sort de ma paralysie :

— Allez, ma belle.

Sa main derrière mon dos me pousse, comme pour me donner de l'élan.

J'avance d'un pas lourd et hésitant... À ma vue, Marc se met à pleurer dans des sanglots incontrôlables. Franck se lève et s'avance vers moi. Les larmes coulent sur mes joues, il m'attrape par la nuque et dépose un baiser sur mon front. Il me murmure à l'oreille des mots qui ne me rassurent pas. J'aurais envie de lui crier de rester avec nous.

— On vous laisse, on n'est pas loin si besoin.

Il sort et prend Élie avec lui.

Je fais un pas. Je suis bousculée par plusieurs sentiments, la peur et la peine prennent le dessus. Il réussit peu à peu à se calmer, il me tend la main pour que je le rejoigne avant d'ouvrir la bouche :

— Pardonne-moi, mon amour… Je vais la retrouver, je te le promets.

Franck a dû lui dire, ou peut-être la police… Je ne sais pas. La seule chose que je puisse faire est de me jeter presque sur lui en pleurant. Je mets quelques minutes avant de pouvoir le rassurer :

— Chut… je sais qu'on va la retrouver… Il faut que tu guérisses…

Comme s'il ne m'entendait pas, il persiste à répéter en boucle sa culpabilité.

— Je m'en veux, j'aurais dû plus me battre…

— Arrête, s'il te plaît, ils étaient trois et…

Je suis incapable de poursuivre, la boule dans ma gorge m'empêche de prononcer la suite. Je reste accrochée à lui sans rien dire. Nous sommes interrompus par le médecin, suivi d'Élie et de Franck. Je me relève, mais Marc garde ma main dans la sienne. Le praticien a l'air gêné par la situation, il s'adresse à nous avec un professionnalisme compatissant.

— Bonjour, monsieur Morgan, comment vous sentez-vous ? Je parle bien entendu de vos douleurs corporelles… Je suis désolé pour votre bébé, mais ne perdez pas espoir.

Je sens ses phrases sincères et remplies de compassion. Marc est au bord des larmes, il a les mâchoires crispées… Il resserre son étreinte sur ma main, la douleur me saisit mais je ne dis rien, consciente de son mal-être. D'un ton décidé, il lui répond aussitôt :

— Je peux sortir ce soir, docteur ?

Sa question nous surprend tous. Mon regard fait un va-et-vient entre Marc et son interlocuteur.

— Je suis désolé, monsieur Morgan, mais vous devez rester avec nous. Vous avez des côtes cassées, un traumatisme crânien et il faut que les hématomes sur votre visage et vos jambes se résorbent.

— Mais...

Il lève le stylo qu'il tient dans sa main pour l'arrêter.

— Je sais, vous avez envie de partir à la recherche de votre fille mais, pour cela, il va falloir que vous récupériez des forces, ou vous n'irez pas bien loin.

Je peux sentir sa frustration, cependant le médecin a raison. Je me tourne vers lui pour le rassurer :

— Mon amour, la police... le commissaire Lebon prend les recherches au sérieux. Je suis convaincue qu'Anna sera avec nous ce soir...

Il ne me regarde pas, il est fixé sur nos mains. À quoi pense-t-il ?... Il se mure dans un silence durant toute l'auscultation. Le médecin nous quitte sans un mot, juste un signe de la tête en guise d'au revoir. Cette pause est de courte durée, malgré la porte restée ouverte, le commissaire qui apparaît dans l'embrasure frappe, annonçant sa présence. Nous nous relevons tous dans un réflexe, prêts à entendre des nouvelles d'Anna. Il se tourne vers Marc et moi.

— Pourrais-je vous parler en privé, madame et monsieur Morgan ?

Élie s'empresse de répondre :

— Oui, pardon. Nous vous laissons.

Je la coupe dans son élan :

— Non ! Ils restent, c'est la famille... Ils restent.

Mon ton a été plus intransigeant que je ne l'aurais voulu mais, tant pis, je reste ferme. Il a l'air embêté puis se résout.

— C'est comme vous voulez... Nous n'avons toujours pas retrouvé Anna mais...

Je ne veux pas l'entendre. Je le coupe avant même qu'il ne puisse finir sa phrase :

— Quoi ?! Mais ça fait déjà cinq heures, vous avez fait quoi ?! Et vos chiens ?! Mais pourquoi vous ne cherchez pas mieux ?!

Je ne me contrôle plus. Les mots fusent plus cassants les uns que les autres. Son calme m'énerve d'autant plus.

— Vous êtes des incapables… bons qu'à remplir des documents et poser des questions inutiles ! Je…

— Éva !… ÉVA !

Je me tourne vers Marc, son regard est dur.

— Arrête, ça suffit !

Je m'en vais en courant, c'en est trop. Je cours jusqu'à la sortie, il faut que je prenne l'air.

— Éva, attends-moi !

Élie m'interpelle. Il faut que je sorte, j'ai besoin d'évacuer. Je bouscule un homme dans ma course, j'ai droit à une belle insulte, mais je ne m'arrête pas. Les portes automatiques s'ouvrent à mon arrivée, l'air frais m'accueille volontiers. Je m'arrête enfin, à bout de souffle. Je suis sur le point de vomir, j'ai la tête qui tourne, je n'ai rien mangé. Je suis obligée de m'asseoir par terre pour ne pas perdre le peu d'équilibre qu'il me reste. Élie me rejoint.

— Mais ça va pas de courir comme ça… J'ai cru perdre un poumon ! On n'a plus vingt ans !

Elle est aussi essoufflée que moi et aussi rouge qu'une écrevisse.

— Je peux pas, Élie, je peux pas supporter son absence, je préfère mourir.

Elle vient se poster à genoux en face de moi.

— Écoute-moi, ils vont la retrouver, j'en suis convaincue. Et n'oublie pas que tu as deux autres princesses qui ont besoin de toi.

Sa déclaration me fait comme un électrochoc.

— Oh, mon Dieu ! Milla et Lily… mais comment je vais leur dire. Il faut que j'aille les récupérer…

Mon estomac se tord. Les larmes recommencent à couler sur mes joues.

— Ne t'en fais pas pour ça, j'ai appelé tes parents, ils ont prévenu ceux de Marc. D'ailleurs, j'ai eu un message de Paula et ils vont passer voir Marc en fin d'après-midi.

— Merci, Élie. Tu es une sœur pour moi.

— Tu aurais fait pareil pour nous. On est une famille.

Elle me prend dans ses bras, nous restons là encore quelques minutes avant de remonter.

— Attends !

— Quoi ?

Elle me montre du doigt le petit snack qui fait l'angle.

— Il faut que tu manges.

Je ne me fais pas prier, mon estomac crie famine, je n'ai bu qu'un café depuis hier soir. Nous passons acheter une salade à la brasserie qui m'a l'air dégoûtante, mais ça fera bien l'affaire. À notre arrivée dans la chambre, le commissaire n'est plus là. Franck et Marc discutent et interrompent leur conservation dès qu'ils nous voient. Franck se lève et prend Élie par la main sans que nous ayons le temps d'ouvrir la bouche.

— Nous allons boire un café. À tout à l'heure.

Je les suis du regard, incapable de soutenir celui de Marc. Il rompt le silence le premier :

— Pardonne-moi ! Je ne voulais pas être aussi dur tout à l'heure.

— Non, c'est moi, je suis allée trop loin.

Je ne pense pas ce que je dis, je lui mens, je lui en veux. Pourquoi il n'a pas pris ma défense ? Je suis incapable de lui ouvrir mon cœur et garde tout ça pour moi. Je vais m'asseoir sur la chaise près de la fenêtre, il me suit du regard, triste. Mais je ne peux pas rester près de lui. Il ne relève pas et continue :

— Il m'a interrogé… Je me souviens de quelques détails.

Ses mots ont le mérite de m'arracher de ces pensées de rancune qui m'envahissent. Je me lève et m'empresse de le rejoindre pour savoir. Une seule idée m'obsède, retrouver ma fille. Je l'interroge :

— Et, de quoi te souviens-tu ?

J'essaie au maximum de ne pas m'énerver et de faire en sorte qu'il parle plus vite.

— Comment te sens-tu, toi ?

Mais de quoi il parle ?... On s'en contrefout de comment je vais. Pourquoi il esquive ? Je hausse le ton sans pouvoir me contrôler :

— Dis-moi de quoi tu te souviens ?

Je ne peux canaliser mon agressivité. Il essaie de m'attraper la main, mais je la retire dans un mouvement de réflexe. Je m'en veux de réagir de cette façon. C'est plus fort que moi. Il décide de parler :

— Ils étaient trois et m'ont sauté dessus au feu rouge à l'angle de la rue. Ils m'ont sorti de la voiture, Anna s'est mise à pleurer.

Il fait une pause, mon cœur est prêt à exploser. Pourtant, je l'écoute sans aucune réaction. Il poursuit :

— Il y en a deux qui me tenaient pendant que le troisième me frappait. Quand je me suis écroulé, j'ai entendu une femme crier, ils sont partis avec la voiture alors qu'...

— Arrête ! Je connais la suite...

Je l'interromps, impatiente, agacée par ce qu'il me décrit.

— C'est tout ! Aucun autre détail ?

Il prend mon menton entre ses doigts et soulève mon visage.

— Qu'est ce qui se passe, ma puce ?

Je me dégage en m'excusant.

— Rien ! Excuse-moi. Il faut que j'y aille, je suis épuisée et je dois ranger la maison avant que les filles ne rentrent. Je ne pense pas pouvoir repasser ce soir. On se voit demain.

Je m'en veux, je lui brise le cœur, mais c'est comme si le mien avait disparu, il est à vif. Des larmes coulent sur son visage, je ne peux pas en supporter davantage et lui tourne le dos pour partir. Je croise Franck et Élie dans l'entrebâillement de la porte. Élie m'interpelle, surprise par mon départ précipité.

— Tu vas où ?

Je lui réponds sans aucun regard :

— Je rentre...

36

Élie

La douleur de mon amie me transperce le cœur. J'aimerais accomplir plus pour elle. Je la serre fort dans mes bras, juste pour lui dire que je suis là. J'arrive à la convaincre de manger et de remonter avec moi. Nous arrivons dans la chambre, mon regard croise celui de Franck qui me renvoie un sentiment inconfortable. Je n'ose poser aucune question de peur qu'éclate un nouvel orage. Éva n'est pas bien du tout, elle peut se fermer à la moindre occasion. Je peux sentir la tension dans sa main qui est toujours dans la mienne. Franck me fait signe de les laisser un moment, j'acquiesce.

— Nous allons boire un café. À tout à l'heure.

Je la quitte à contre-cœur. Franck est presque obligé de me tirer pour que je le suive.

— Élie, viens, laissons-les...

— Elle ne va pas bien, je le sais.

— Je sais, mais il faut qu'ils se parlent. Viens, je vais te raconter.

Je le suis, nous nous rendons à la même brasserie que tout à l'heure. Il y a moins de monde, je suis distraite par une maman et sa fille qui porte un foulard sur la tête. Je me doute de quel mal elle est atteinte, pourtant elle est rayonnante et rigole à chaque fois que sa maman lui fait des grimaces. Je souris devant cette scène. Franck me rejoint avec deux cafés.

— Asseyons-nous là.

Nous nous installons à une petite table pour deux, face à face. Il boit une gorgée du café qu'il s'est commandé en me dévisageant. Je l'interroge :

— Qu'est-ce qu'il y a ?

Il repose sa tasse encore fumante.

— Ils vont avoir besoin de nous, ma chérie, plus que tu ne le crois. Nous allons devoir les soutenir, prier pour eux. Ils vont passer par des moments durs qui vont venir exacerber d'anciennes blessures pas encore refermées. Leur amour va être éprouvé.

Je m'engouffre avant qu'il ne puisse continuer :

— Pourquoi tu dis ça ? Ils vont retrouver Anna et tout ira bien.

— Je l'ai vue, ce matin après le coup de téléphone. J'ai prié et j'ai ressenti comme un coup de poing dans le ventre ; je ressentais la douleur que cette épreuve provoquerait chez eux. Élie ! Éva va être dure avec toi, mais sache que c'est sa douleur qui parlera, et pas elle.

À ses déclarations mon cœur se serre. Je ne veux pas qu'elle s'éloigne de moi, je veux être là pour elle.

— Qu'est-ce que je dois faire ? Et pour Anna ?

— Être là... Concernant Anna, il faut continuer à prier.

Je joue avec la cuillère dans ma tasse, je suis abasourdie par ce qu'il partage. Il prend ma main, ce qui m'oblige à le regarder.

— Marc a dit qu'ils étaient trois à l'avoir agressé. Il ne se souvient plus de leur apparence dans le détail. Il se rappelle quelques mots, des voix, une femme qui crie... Quand il s'est effondré sur le trottoir, ils sont partis avec la voiture en sachant que la petite se trouvait à l'intérieur.

— Quoi ? Comment ça ?

— Le commissaire pensait que la petite dormait quand ils ont volé la voiture. Ce sont des choses qui sont déjà arrivées et, en général, les voleurs laissent soit le bébé sur un trottoir, soit la voiture avec l'enfant à l'intérieur. Mais là, Anna s'est apparemment mise à pleurer, et ils ont tout de même pris la voiture. Et le point totalement inhabituel, c'est qu'ils ont roué Marc de coups. Ils ont perdu un temps fou, risquant d'alerter des témoins.

Je suis absorbée par son récit et réfléchis à chaque détail.

— Le témoignage de Marc a aidé la police ?

Il reprend sa tasse et boit une gorgée avant de me répondre.

— Oui et non. Non, car ils n'ont toujours pas d'indice, mais, oui, car ils pensent que c'est un kidnapping prémédité.

Ce qu'il m'annonce me tétanise. Mais qui aurait voulu enlever Anna ? Je répète ses mots à haute voix :

— Un kidnapping prémédité ?!

— Ils ont demandé à Marc s'il avait des ennemis ou si une personne de son entourage pouvait lui en vouloir. Il s'est déjà pris la tête avec quelques-uns, mais de là à ce qu'ils veuillent le tuer. Le témoin a dit qu'elle avait vu deux grands hommes baraqués et un plus petit. Les deux grands étaient chauves tandis que l'autre était brun, les cheveux en bataille. Un style plutôt rockeur. Il avait l'air plus paniqué que les autres, mais il frappait aussi.

Cette description m'interpelle, sans savoir pourquoi. Je me prends au jeu de l'enquête.

— Ils pensent que c'est une personne qui le côtoyait ?

— Les enquêteurs ne savent pas pour le moment mais ils creusent. Ils ont installé une zone de sécurité autour de la scène de l'agression. Comme tu le sais, ils ont retrouvé pas loin la couverture d'Anna, ils s'en sont servis pour aider les chiens dans les recherches, mais ils n'ont rien trouvé. Ils ont mis des barrages à tous les péages et fouillent toutes les voitures.

Je m'insurge :

— Et ceux qui sont passés avant le barrage ? Ils ont eu un temps infini avant qu'on s'aperçoive qu'Anna n'était pas à la crèche...

Il prend un air embêté sans être déstabilisé pour autant.

— Ils savent, mais ils partent déjà sur cette piste... Il faut qu'on rentre, ma chérie.

— Quoi ? Mais on ne peut pas les laisser comme ça !

— Pour le moment, nous ne leur sommes plus d'aucune utilité, et puis il faut s'occuper des enfants, et surtout, leur expliquer. Ce soir, la nouvelle passera aux infos... Nous reviendrons demain.

Il a raison ; je dois être raisonnable, mais les laisser ne me plaît pas. Comment pourrais-je revenir dans mon quotidien, alors que ma sœur est en train de mourir à petit feu ?

— Je sais que tu aurais envie de rester... Allez, viens, on va leur dire au revoir.

Il se lève, attendant devant la table que je l'imite. Mon cerveau me dit qu'il a tort, mais mon cœur accepte sa décision. Nous y retournons en silence. Au moment de rentrer dans la chambre, nous croisons Éva qui s'en va. Je l'interroge, surprise :

— Tu vas où ?

Elle me répond, sans même me regarder :

— Je rentre...

Elle s'en va sans se retourner. Je m'apprête à la rattraper, mais Franck me retient et me fait signe que non. J'ai envie qu'il me lâche, mais je ne bouge pas. Elle disparaît dans l'ascenseur. Je me tourne vers Marc qui est anéanti.

— Mais que s'est-il passé ?!

— Elle m'en veut...

J'essaie de le rassurer, attristée de le voir aussi mal.

— Mais non, je suis sûre que non... Elle est juste triste et désorientée.

Il me fixe, ce qui me met mal à l'aise.

— Arrête, Élie, tu mens mal. Elle a raison, c'est de ma faute, j'aurais dû me battre plus fort.

Je me sens impuissante face à mon ami désespéré, néanmoins, je n'ai pas la force, ni les mots pour l'encourager. Je suis soulagée, Franck vient à mon secours.

— Écoute-moi, Marc, on en a parlé tout à l'heure, et pour le moment, tu dois juste récupérer des forces afin de pouvoir sortir d'ici. Tu vas devoir être fort pour ta famille, et on sera là pour te soutenir.

Il baisse la tête, capitulant.

— Tu as raison.

Des personnes cognent à la porte. Ce sont les parents de Marc. À la vue de son fils, Paula se met à pleurer. Elle nous salue à peine, ce que nous excusons sans rechigner, vu les circonstances. Franck et George, le père de Marc, discutent en aparté. Il lui fait un résumé des évènements. Je me suis réfugiée dans le coin de la chambre, me faisant le plus petite possible. Franck finit sa conversation et le quitte sur une poignée de main compatissante. Il me rejoint, me prend par l'épaule et m'attire contre lui.

— Tu es crevée, on y va. On reviendra demain.

— D'accord, mais je passerai voir Éva ce soir...

37

Éva

J'entends la voix tremblante de mon amie, mais je ne peux me contrôler. En rentrant dans l'ascenseur, je demande à l'homme qui s'y trouve déjà de me prêter son portable. Il accepte sans que je n'aie besoin d'insister. Ce doit être ma tête de déterrée qui le fait céder. Je compose le numéro pour appeler un taxi. Je ne pense plus à rien, sauf à retrouver ma fille. Je quitte l'établissement, remplie de colère. Mon transport est déjà là. Je monte, déterminée à trouver des indices qui permettraient à l'enquête d'évoluer.

— Bonjour, madame ! Quelle adresse ?

— Bonjour. 13, rue de la Délivrance.

Quand nous arrivons, il y a encore trois policiers sur le site. J'aperçois un gendarme parler avec la directrice. Vu la tenue que je porte, je ne pense pas qu'elle me reconnaîtra. Le conducteur ralentit.

— Pourriez-vous m'attendre ?

— Bien entendu, madame.

Je souffle un grand coup et descends fébrile. Je m'avance vers la scène dont l'accès est interdit au public par des banderoles. Je ne m'arrête pas, prête à franchir l'interdiction, je me fais intercepter par un officier. Il me tire par le bras.

— Madame, vous n'avez pas le droit d'avancer plus loin, une enquête policière est en cours.

Je feins de m'excuser et fais demi-tour, c'est pas par ici que je passerai.

— Pardon, je m'en vais.

Je repère que de l'autre côté il n'y a personne qui surveille et, dans un geste discret, je me faufile. Je prends le risque de passer sous la bande jaune, j'ai le cœur qui bat à cent à l'heure, les mains moites, mais je ne me dégonfle pas, je continue. Il y a du sang partout, je manque de tourner de l'œil quand j'imagine la scène. Une rage m'envahit à la seule pensée qu'on ait tabassé mon mari presque à mort. Je les tuerai…

Je m'approche encore d'un pas. Il y a les indices repères qui indiquent : 1, pour la tâche de sang et 2, pour les traces de pneus qu'a laissées la voiture. Mon œil est attiré par un objet brillant, je jette un coup d'œil autour de moi et j'avance, je m'accroupis au sol et le prends, rien ne l'identifie… c'est un anneau pour l'oreille ou le nez avec une croix accrochée dessus.

— Qu'est que vous faites là ?

La voix derrière moi me fait sursauter. Je me retourne et découvre un homme en uniforme. Il s'avance vers moi et m'attrape par le bras.

— Vous êtes sur une scène d'agression. Vous n'avez pas le droit d'être ici.

Je me débats en lui hurlant de me lâcher :

— Vous me faites mal, lâchez-moi !

J'ai envie de lui balancer un coup de pied entre les jambes, mais une seconde voix l'interpelle et l'arrête :

— Officier, arrêtez !

— Oui, commissaire !

Il s'immobilise à l'ordre de son supérieur. Je le reconnais, c'est l'homme de l'hôpital. L'autre m'a lâché le bras, j'en profite pour enfoncer dans ma poche l'objet que je viens de trouver.

— Madame Morgan ! Mais que faites-vous là ?

Je vais avoir droit à un sermon et je n'ai pas du tout besoin de ça.

— Je voulais voir où mon mari avait été agressé...

— Vous savez que vous n'avez pas le droit de passer les barrières de sécurité.

Je mine un air désolé.

— Oui je sais, excusez-moi.

Je ne pense pas l'avoir convaincu, mais, tant pis, il se contentera de cette explication. J'en profite pour lui demander des nouvelles de l'enquête.

— Avez-vous des nouvelles concernant ma fille ?

Mon ton sarcastique le met mal à l'aise, je ne me démonte pas et le fixe, attendant une réponse.

— Pas pour le moment ma...

Je ne le laisse pas finir et le coupe :

— Laissez tomber, je ne sais même pas pourquoi j'ai posé la question... Vous m'aviez dit que vous nous appelleriez, c'est ça ?

— Madame Morgan, je vous assure que...

Je n'écoute plus, je lui ai déjà tourné le dos pour remonter dans le taxi. Je m'affale sur la banquette et m'effondre relâchant la pression qui m'oppresse. Au bout de quelques minutes, une main me tend un mouchoir.

— Tenez !

Je prends le bout de tissu qu'il me donne pour m'essuyer le nez. Il ose me questionner :

— Vous allez bien ?

— Merci ! Non ! Mais vous n'y pouvez rien, alors...

— Je suis sûr que ça va s'arranger, ma p'tite dame.

Je ricane mais ne relève pas.

— Où voulez-vous vous rendre maintenant ?

Je me redresse, honteuse de me laisser dépasser autant par mes émotions.

— Nulle part, je vais descendre ici. Combien je vous dois ?

Je sèche mes larmes et sors mon portefeuille.

— C'est pour moi.

— Quoi ? Non, vraiment, dites-moi !

Il se retourne et avec un sourire chaleureux me répète que c'est bon.

— Je vous assure, c'est pour moi.

Je n'ai pas la force d'insister. Je sors.

— Merci !

— De rien, ma p'tite dame, et bonne chance quoi qu'il vous soit arrivé.

Je me retourne et lui rend son petit sourire, plus aimable que mon ironie de tout à l'heure.

Je marche sur le trottoir, sans direction précise. Il faut que j'appelle à la maison, les filles doivent être rentrées... Je cherche mon téléphone, je fouille dans mon sac, il est au fond, je ne me souviens même plus l'y avoir mis. Je le rallume... Au bout de deux minutes, il sonne dans tous les sens. Toutes les tâches s'affichent : déjeuner avec Élie, courses... Je les efface le cœur amer. Je continue à le parcourir, j'ai vingt messages... Je commence par les plus anciens.

— Ma chérie, c'est maman, Élie nous a appelés, ne t'en fais pas, reste avec ton mari, nous nous occupons des enfants et prions fort pour Anna. Je sais que Dieu veille sur elle.

— Nous vous confirmons l'absence d'Anna ce matin à la crèche.

Mon cœur se serre mais quelles bandes d'idiotes.

— Désolées, madame Morgan, nous venons d'avoir la police.

— Éva, je m'inquiète pour toi, je passe ce soir te voir. On pense fort à vous.

PS : On va la retrouver.

— Mon amour je suis inquiet, ta mère m'a dit que tu n'étais pas rentrée. Où es-tu ? Peux-tu me rappeler. Je t'aime.

— Ma puce, s'il te plaît, réponds-moi. Je suis mort d'inquiètude.

— Éva, ta mère s'inquiète car tu n'es toujours pas rentrée. Appelle-moi, je viens te chercher.

— Je t'aime et je suis désolée que tu subisses cette situation atroce. Appelle-moi.

— Salut Éva, nous avons reçu un colis bizarre. Nous pensions que tu allais venir travailler, mais on ne t'a pas vue. Je pense que tu devrais passer voir ça. Je t'embrasse. Christophe.

— Éva, je t'en supplie, pardonne-moi. Je suis mal, j'ai besoin de toi. Je t'aime et je ne veux pas que tu t'éloignes de moi.

Je balance mon téléphone qui explose en mille morceaux sur le trottoir, mais comment peuvent-ils se préoccuper de moi alors que mon bébé doit être affamé et apeuré ? Elle est entre les mains de ces psychopathes et, eux, ce qui les intéresse, c'est « comment je vais ». Je les déteste tous... Je m'écroule sur le banc près de moi, déversant ma peine et ma colère. Quand soudain, je repense à l'avant dernier message reçu... celui de Christophe. De quoi parlait-il ? Un colis bizarre ? Ils ne sont pas du genre à me déranger pour un sujet banal. Je suis à dix minutes des éditions. Je décide de m'y rendre, j'y verrai plus clair. De toute façon, à cette heure-ci, tout le monde doit être parti ; ça m'évitera les explications et les élans de compassion que je ne pourrai supporter. De toute manière, je n'ai pas envie de rentrer chez moi bien que mes deux filles me manquent. Je marche aussi vite que possible, j'ai un mauvais pressentiment : c'est comme si chaque seconde qui passait était perdue. J'arrive enfin devant l'immeuble, tout est éteint, mais la lumière du jour éclaire encore une partie de la pièce. Le colis est posé sur mon bureau, il a été ouvert et refermé. J'ouvre les deux rabats, il est rempli de polystyrène. Je fouille... Tout à coup, mon souffle est coupé...

38

Élie

Je suis inquiète pour mon amie, elle est partie comme s'il n'y avait plus d'espoir. J'espère qu'elle ne va pas commettre de bêtise, les vibrations dans mon sac m'alertent d'un appel. Après quelques secondes à fouiller dans tout ce bazar, je le trouve enfin. C'est Marie.

— Allô !

— Allô, Élie ! Est-ce qu'Éva est avec toi ? J'essaie de la joindre, mais je n'y parviens pas...

Je resserre ma main sur l'appareil, tout en essayant de garder un ton neutre.

— Nous nous sommes quittées, il y a trente minutes ; je suis sûre qu'elle doit être sur le chemin du retour.

— Merci, Élie !

L'intonation de sa voix me fend le cœur. J'essaie tant bien que mal de la rassurer.

— On se tient au courant... Embrassez bien les enfants de notre part.

— Ça sera fait.

Je raccroche encore plus inquiète que je ne l'étais. Où a-t-elle pu aller sans voiture ? Les lumières allumées dans la maison m'indiquent que les enfants sont bien rentrés. Je descends de la voiture et fais le tour pour rejoindre Franck dans l'allée.

— Je suis inquiète, Marie vient de m'appeler pour me dire qu'Éva n'était toujours pas rentrée.

— Tu as essayé de l'appeler ?

— Non, je vais essayer tout de suite… Elle ne répond pas.

— Laisse-lui un message.

Je m'exécute et lui envoie un texto, espérant avoir une réponse au plus vite.

— Éva, je m'inquiète pour toi, je passe te voir ce soir. On pense fort à vous.

PS : On va la retrouver.

Nous rentrons, ignorants de la situation, les enfants nous sautent dessus.

— Mais vous étiez où ?! Ça fait longtemps qu'on vous attend.

— Désolés, les enfants. Venez, il faut qu'on vous parle.

Je laisse Franck leur expliquer, je suis incapable de les affronter, lui saura garder son sang-froid. Malgré les explications claires de Franck, nous sommes obligés d'expliquer à nouveau à Naya qui a du mal à saisir ce qui s'est passé… Quant à Mona, elle est en pleurs pratiquement depuis le début du récit. Théo s'en va dans sa chambre sans un mot. Je préfère les laisser digérer chacun à leur façon ; je sais que Théo a besoin de s'isoler dans ces moments-là, alors que les filles préfèrent exprimer leur peine. Nous nous contentons d'être là. Les filles n'ont pas souhaité dîner, elles sont allées se coucher, épuisées par cet évènement inattendu. Je me mets à ranger machinalement le salon ; une veste, un sac… avant que Franck m'arrête pour me ramener contre lui. Épuisée, je ne peux retenir mes larmes. Il me laisse déverser ma douleur avant de me proposer une tisane. Nous allons nous isoler dans la cuisine. Je m'installe sur le tabouret et m'affale sur le bar.

— Camomille ?

— Pardon ?

— Ta tisane : camomille ?

— Oui, merci.

J'observe chacun de ses gestes sans vraiment y faire attention.

— Tu as envie d'un bain ? De manger un bout ?

J'en meurs d'envie, mais un sentiment de culpabilité vient m'accabler.

— Je vais pas te laisser tout faire ! Tu as été autant éprouvé que moi. Je vais t'aider, je prendrai un bain plus tard.

— T'en fais pas, je compte appeler le livreur de pizza.

Il me fait un clin d'œil, ce qui finit par me décider.

— D'accord, j'y vais.

Au même moment, mon téléphone sonne. Je suis étonnée, c'est le numéro des éditions. Je décroche me demandant qui est à l'autre bout du fil.

— Allô !

— Allô, Élie, c'est moi !

Je me fige.

— Éva ! Mais qu'est-ce que tu fais au bureau !?

— Élie, il faut que tu viennes me chercher tout de suite. Élie, c'est horrible...

Mes mains se mettent à trembler sans que je ne puisse les contrôler.

— Éva, parle ! Qu'est-ce qui se passe ?

— Viens, s'il te plaît.

— J'arrive, ne bouge pas. Je pars !

Je raccroche, paniquée. Franck n'a pas bronché d'un poil tout le long de la conversation. Il sort de son silence pour m'interroger et me calmer :

— Élie, calme-toi, regarde-moi !

Il m'attrape par les épaules pour capter mon regard. Il est obligé de ramener mon menton vers lui, car je suis incapable de rester en place après cet appel.

— Est-ce que tu veux que j'y aille ?

Je souffle un grand coup.

— Non, ça va ! J'ai paniqué, pardon ! C'est bon, j'y vais.

— O.K. Alors, appelle-moi s'il y a le moindre problème.

— Oui, promis...

Je ne perds plus une seconde, j'attrape mes clefs de voiture et file aussi vite que je peux. Quand j'arrive devant l'immeuble, Éva est déjà en bas. Elle tient une boîte dans les mains et pleure. J'arrête la voiture près d'elle pour qu'elle puisse y monter.

— Qu'est-ce qu'il se passe Éva, c'est quoi cette boîte ?!

Sa voix tremble. Elle esquive ma question, ce que je ne relève pas vu son état.

— Rentrons, je te montrerai à la maison.

— On va chez toi ou chez moi ?

Elle se tourne vers moi avec de grands yeux en me criant sa réponse :

— Chez toi... chez toi.

— O.K., c'est bon. On y va, calme-toi, Éva.

Elle se remet à pleurer en serrant la boîte dans ses bras. J'ai envie de lui poser mille questions, mais je respecte son silence et conduis avec prudence. Nous arrivons enfin... Elle descend de l'Espace et m'attend près de la porte d'entrée.

— Allez, viens. Rentre !

Je la pousse à l'intérieur, tout en annonçant notre présence à Franck :

— Franck, on est là !

La pizza a déjà été livrée. Mon amie s'assoit au bar de la cuisine et commence à fouiller dans le carton. Elle en ressort une petite photo dont je ne distingue pas qui est dessus pour le moment. Elle me la tend. Lorsque je la découvre, je la lâche comme si elle me brûlait les doigts. Une boule se forme dans ma gorge, je ne peux sortir aucun mot... Franck ramasse l'image qui est tombée par terre, la regarde et la pose sur le bar. C'est Anna qui dort. Un malade a barré la photo avec un gros feutre rouge. Éva brise la glace en nous expliquant comment elle a découvert le colis livré à son intention :

— Christophe l'a ouvert pensant que c'était des livres, sinon il ne l'aurait jamais fait. La personne voulait que tout le monde sache... N'étant pas au courant, ils ont trouvé ça bizarre, mais n'ont pas fait le rapprochement... C'est ce qu'elle portait ce matin...

Éva a prononcé cette phrase dans un souffle. Franck prend la parole à son tour :

— Maintenant, on est sûrs que c'est un acte prémédité... J'appelle tout de suite le commissaire Lebon.

— Éva, je te fais une tisane.

— Non ! Il faut que j'aille chez moi.

Elle fuit... Je ne la laisse pas faire, même si elle me déteste.

— Je viens avec toi, et après, on revient pour parler avec la police.

Elle s'apprête à rétorquer.

— Non, Éva, ce n'est pas une question. Je t'accompagne et on revient ensemble.

Elle se résigne, soulagée. J'attrape mon gilet, prête à l'aider à affronter sa famille. Quand nous arrivons, l'atmosphère est plutôt lourde. Éva va tout de suite parler avec ses parents et les enfants. Je ne peux pas en entendre davantage, je sors. Je me sens oppressée, la même sensation lors de la nuit précédente. Ça me rappelle mon cauchemar. Je revois cette bête devant moi, ma respiration s'accélère, une peur m'envahit, comme si elle allait devenir réalité. J'ai l'impression d'être sur le point de faire une crise cardiaque, lorsque mon téléphone se met à sonner. Je me mélange les pinceaux et appuie sur raccrocher. Il se remet à sonner la seconde d'après, je parviens à décrocher.

— Allô, Franck !

— Ça ne va pas, ma chérie ?

— Si, si ! Je suis dehors... C'était trop dur.

— Il faut venir, le commissaire nous rejoint à l'hôpital. Il veut qu'il y ait Marc et Éva.

— D'accord, je vais la chercher.

Je prends une grande respiration et rentre. Je tombe tout de suite sur Richard qui est assis sur les marches de l'escalier, il ne prête pas attention à mon intrusion, son visage est caché dans ses mains, je vois seulement ses épaules qui sont secouées par les sanglots discrets qu'il émet. Les pleurs dans le salon m'indiquent où est le reste de la famille. Mes pas ralentissent au fur et à mesure que j'avance. Marie est sur le canapé, elle console Lily blottie contre elle, tandis que Milla est dans les bras de sa mère, gémissant toute son angoisse. Il faut qu'on parte, mais je n'ose pas les déranger. J'ai l'impression de leur arracher le peu qu'il leur reste. Par chance, Éva croise mon regard. Elle comprend que nous devons partir. Je lui mime que je suis désolée, elle me fait signe qu'elle comprend et qu'elle arrive. Je les laisse et vais rejoindre Franck qui doit nous attendre devant la maison. Avant de sortir, je ne peux m'empêcher de caresser le bras de Richard qui n'a pas bougé. Mon geste le sort de sa triste, il lève vers moi ses yeux rougis par le chagrin. Mon cœur se serre alors que je sens les larmes monter, je baisse la tête et lui fais un petit signe de la main avant de sortir.

— Où est Éva ?

— Elle dit au revoir à ses filles... Franck c'est horrible, je...

D'un geste tendre, il me caresse la joue, je m'y blottis, espérant que le temps s'arrête durant quelques minutes.

— Je sais, mais il faut tenir le coup.

Il se passe cinq minutes avant qu'Éva nous rejoigne, les traits tirés, elle est éteinte. Les yeux gonflés et la gorge serrée, elle nous questionne :

— On va où ?

— Le commissaire veut nous voir à l'hôpital avec Marc.

Elle ne relève pas et s'engouffre dans la voiture. Je la sens se recroqueviller sur la banquette arrière. Nous n'échangeons plus jusqu'à notre arrivée.

39

Éva

Mais pourquoi devons-nous, nous rendre à l'hôpital ? Je n'en ai pas envie, je déteste ce commissaire. J'appréhende la présence de Marc, il ne doit pas avoir envie de me voir, vu mon attitude de tout à l'heure. Je resserre la boîte contre moi et m'enfonce dans mon siège. Je suis reconnaissante à Élie de ne pas vouloir combler ce silence pesant, les mots ne pourraient pas sortir. J'ai juste envie de voir mon bébé... et rien d'autre...

Je suis surprise par l'arrêt de la voiture, j'ai l'impression que nous avons roulé deux minutes au lieu des dix qui séparent les deux positions. Le rythme de mon cœur s'accélère, j'ai chaud... Je dois faire un effort considérable pour garder le contrôle et ne pas refaire une crise d'angoisse.

— Tu viens ?

Élie a ouvert ma portière, attendant patiemment que je descende.

— Oui, oui, pardon.

Comme un poids sur mes épaules, je me sens lourde. Je me hisse à l'extérieur.

— Ça va ?

Quelle question idiote ! J'ai envie de lui répondre : « Oui, tout va bien, Élie. Merci ! »... Mais je m'abstiens. Le sourire forcé que je lui lance la refroidit et a le mérite de la faire taire. Nous montons dans l'ascenseur, la sensation me donne la nausée, ou c'est peut-être mon appréhension. Les larmes me menacent à nouveau. Je renifle, les défiant de ne pas aller plus loin. Les portes s'ouvrent sur Lebon. La porte de service est encore ouverte derrière lui. Courageux, il a emprunté les escaliers. Il est encore essoufflé par l'effort produit, néanmoins, il essaie de reprendre un peu d'allure en nous voyant. Il faut dire qu'il n'est pas maigre, il doit mesurer environ un mètre quatre-vingt-dix pour cent kilos. Une masse à deux pattes. Les traits durs de son visage lui donnent un air de rugbyman apathique. Malgré la chaleur, il porte toujours un foulard autour du cou, comme pour cacher une cicatrice.

— Bonsoir, madame Morgan. J'ai pensé que ce serait mieux si on se voyait en présence de votre mari.

J'aurais envie de rétorquer : « Ben, vous pensez mal », mais je m'abstiens là aussi, et approuve sans rechigner.

— Oui, bien sûr.

Nous marchons tous les quatre jusqu'à la chambre de Marc. Quand nous arrivons, il est assis dans son lit comme s'il nous attendait. Il me le confirme aussitôt :

— Vous avez fait vite.

Je ne peux m'empêcher de faire une remarque :

— Comment as-tu su ?

Il tique au ton que j'emploie mais ne dit rien.

— Franck m'a prévenu. Il faut vraiment que je te parle après.

Je ne relève pas et attends la suite.

— Madame Morgan, d'après ce que votre ami m'a dit en quelques mots au téléphone, vous auriez reçu une boîte suspecte sur votre lieu de travail. Est-ce exact ?

Je serre l'objet contre ma poitrine comme s'il voulait me la voler.

— Oui, mon collègue m'a appelée pour m'informer qu'un colis étrange avait été livré.

Je sens qu'il attend une réaction, mais je ne sais laquelle et reste figée sans comprendre. Il m'éclaire :

— Pourrais-je le voir ?

— Oh ! Pardon, oui.

Je le lui tends à contre-cœur, comme si je lui donnais une autre partie d'Anna. Il fouille, récupère la photo à l'intérieur et l'examine. Je l'aide et lui donne des informations.

— C'est ce qu'elle portait ce matin...

Il est interrompu par Marc qui s'impatiente.

— Je peux la voir ?

Le commissaire la lui tend. Son visage se durcit. Ses doigts se resserrent sur l'image au point de la froisser sur les côtés... Lebon la lui reprend.

— C'est une pièce à conviction, je dois la garder ainsi que la boîte. Nous allons l'analyser pour essayer de trouver une empreinte ou une trace d'A.D.N. C'est une bonne piste.

Je ne comprends pas son enthousiasme, ce n'est pas comme si nous avions la personne et le lieu, mais je garde ma remarque pour moi. Je me risque à sortir ma trouvaille en espérant que cela fasse avancer l'enquête encore plus vite.

— J'ai trouvé ça tout à l'heure sur le lieu de l'agression...

Tous les regards se tournent vers moi, je sens leur stupeur tandis que le policier me jette un regard glacial. Il s'apprête à ouvrir la bouche mais Marc le devance.

— Quoi ?! Mais que faisais-tu là-bas ?

Je ne veux pas riposter, ni le regarder, mais il ne s'arrête pas là. Il en profite pour déballer tout ce qu'il a sur le cœur :

— Je t'ai appelée au moins vingt fois, je t'ai laissé des messages, tu m'as ignorée. Éva ! Je te parle, regarde-moi.

Je lui lance un regard noir, écœurée qu'il puisse étaler nos sentiments devant tout le monde. Il ne se formalise pas et continue :

— Je me suis inquiété, j'ai cru devenir fou… Éva, j'ai perdu ma fille… et je ne veux pas te perdre toi non plus. Je t'aime… Tu entends ? Éva ! Regarde-moi !

Sa phrase me transperce le cœur comme une épée à double tranchant. Je suis rongée par la rancœur. Comment pouvais-je agir ainsi ? Il me témoigne tant d'amour et de regret, et de mon côté, je lui rends du dédain. Un sentiment de colère, accompagné de culpabilité, grandit en moi. Comment peut-il parler de notre fille au passé ? Comme si elle était déjà morte… Je prends le parti de garder tout ça pour moi. Je lui mens.

— Je… je suis désolée, mon téléphone est cassé et…

Les larmes coulent sur mon visage, il retire la couverture et essaie, avec beaucoup de mal, de se lever pour me rejoindre. Son visage grimace, il tient ses côtes. Je suis incapable d'aller vers lui et continue à pleurer. Mes oreilles recommencent à bourdonner, j'entends Élie.

— Marc, reste couché, tu n'es pas encore remis.

Il ne l'écoute pas, il marche vers moi, lorsqu'il m'atteint, il me prend dans ses bras pour me serrer presque trop fort. Je me laisse glisser au sol contre lui. Il suit mes mouvements, nous sommes par terre tous les deux. Je hurle dans son pull comme si la douleur allait disparaître avec mes cris. Il me caresse les cheveux. Je ne sais pas si c'est pire ou mieux. Il n'arrête pas de répéter mon prénom :

— Éva, mon amour ! Éva, je t'en prie ! Je suis là, reste avec moi. Je t'en prie, ne fuis pas. Je ne suis pas ton ennemi.

J'ai envie qu'il se taise, j'ai trop mal.

— Je t'aime, tu m'entends.

Je gémis, il se tait. Nous restons dans cette même position durant des minutes entières, sans bouger, sans plus parler, juste le silence au milieu de mes sanglots. Il me serre contre lui jusqu'à ce qu'ils s'arrêtent. Quand je relève la tête, il ne reste plus que nous deux. Il prend mon visage dans ses mains pour capter mon regard.

— On va se battre, je te le promets. On va la retrouver.

Ses mots viennent réchauffer mon cœur. Il pose ses lèvres sur les miennes, je lui rends son baiser rempli d'espoir... Je l'aide à se relever, il ne peut cacher la douleur qui se réveille.

— Je vais appeler l'infirmière, elle te donnera un comprimé.

— T'en fais pas ça va. Le médecin a dit que je pouvais sortir demain soir. J'ai ordre de me reposer lorsque je serai à la maison et une infirmière passera pour faire les pansements.

— Quoi ? Mais tu n'es pas en état.

Nous sommes interrompus, car on frappe à la porte. Elle s'ouvre sur Élie, Franck et le commissaire qui sont de retour. Je leur suis reconnaissante de leur discrétion. Élie me prend dans ses bras, tandis que Lebon reprend aussitôt son interrogatoire :

— Madame Morgan, vous nous disiez avoir trouvé un objet.

— Oui.

J'ouvre la main encore marquée par la trace de mes ongles qui se sont enfoncés dans ma paume. Le commissaire me le prend sans même faire une remarque.

— On dirait un anneau avec une croix accrochée dessus... Je suis obligé aussi de le récupérer.

Il le met dans un petit sac plastique et le range dans le carton avec la photo.

— Je vous laisse, j'ai du travail. Je vous appelle demain. Madame Morgan, à quel numéro puis je vous joindre ?

Ça me fait penser que mon smartphone est mort. L'air embêté, je lui indique les démarches que je compte entreprendre :

— Mon téléphone est cassé, j'irai en acheter un nouveau chez mon opérateur demain. Ce sera le même numéro que celui que vous avez déjà.

— Alors c'est entendu, à demain. Au revoir, messieurs, dames. Et, pas d'imprudence.

Une partie de la pression retombe après son départ. Nous restons encore un bon moment à discuter de ce que j'ai trouvé et reçu, nous creusant la tête à savoir qui aurait bien pu kidnapper Anna. Je suis épuisée. Marc le voit et interrompt notre réflexion :

— Merci mes amis pour votre aide. Demain, nous éluciderons ce dont nous venons de parler. On se revoit pour faire le point à la maison, je serai rentré. Pour le moment, allez vous reposer.

Il se tourne vers moi et m'implore presque :

— Éva, il faut que tu dormes, ou tu ne vas pas tenir. Prends un cachet ce soir... promets-le-moi.

Je le lui confirme à contre-cœur, même si je sais qu'il a raison. Nous prenons nos manteaux, nous apprêtant à le quitter. Franck et Élie le saluent de la main et s'en vont devant, nous laissant nous quitter en toute intimité.

— À demain, ma puce. Essaie de dormir, dis aux filles que je les aime et qu'elles me manquent.

— Je leur dirai... Je viendrai demain matin.

Il m'embrasse et me caresse la joue.

— Je t'aime.

— Moi aussi.

40

Marc

Je la laisse repartir à la maison malgré moi. J'aurais voulu qu'elle reste, j'aurais voulu sentir son amour. Je m'en veux. Martelé par des pensées affreuses qui ne me lâchent plus, je me mets à prier à haute voix, comme pour les chasser. Il faut que ça cesse.

Père,

Je te supplie de venir à notre aide. Nous avons tant besoin de toi. Protège notre petite fille, prends soin d'elle, là où elle se trouve. Fais qu'il ne lui arrive rien. Je mets toute ma confiance en toi. Prends soin de ma femme et de mes filles restées à la maison.

Je te donne ma vie contre celle d'Anna. Merci, merci pour cette famille que tu m'as donnée, elle t'appartient.

Que ta volonté soit faite…

Apaisé, je m'endors sans penser à quoi que ce soit.

41

Élie

J'arrive pas à y croire. Elle est allée sur la scène de l'agression ! J'ai envie de lui demander si elle a perdu la tête, mais Marc me devance. Dès qu'il ouvre la bouche, il ne s'arrête plus ; il lui livre son âme et ses peurs. J'ai le cœur serré d'entendre sa souffrance sans pouvoir agir. Quand il se lève pour la rejoindre, Franck me fait signe de le suivre. Le commissaire est déjà dans le couloir. Je suis plutôt étonnée de leur réaction, mais j'obéis sans un mot. Les cris étouffés de mon amie me retournent le cœur, il faut que je prenne un café. On décide de descendre à la brasserie. Je vais essayer de soutirer des informations à Lebon. Il est tard, le vestibule est presque vide. Seuls deux clients sont attablés, et une serveuse nettoie les tables salies de l'après-midi. À cette heure-ci, les visites sont terminées, le commissaire est notre laissez-passer. Nous nous asseyons silencieux, une minute passe sans qu'aucun mot ne soit échangé. Nerveuse, je lance la conversation :

— Commissaire, il faut que vous la retrouviez. Elle en mourrait s'il arrivait quoi que ce soit à Anna. Vous comprenez ?

Son regard est intense, presque perçant, c'en est déstabilisant.

— Je sais, madame, comme tous les parents qui ont perdu un enfant.

Sa réponse manifeste pour moi un sentiment d'égoïsme que je n'aime pas. Je baisse la tête et me tais. Il continue et s'adresse à nous deux :

— Écoutez, il faut savoir que depuis trois mois, il y a une série d'enlèvements de bébés... Nous en avons retrouvé trois sur dix.

Mon cœur palpite à l'idée des sept encore disparus, il ne fait pas attention à ma réaction et poursuit sur sa lancée :

— Nous les avons tous les trois retrouvés au bout de vingt-quatre heures, tout au plus, quarante-huit heures après leur kidnapping. En général, après soixante-douze heures, les espoirs sont nuls, sauf un miracle... Mais le rapt d'Anna est différent, nous n'avions jamais encore reçu de photos et...

Je le coupe sans me soucier du regard que Franck me lance :

— Alors, si je comprends bien, après soixante-douze heures, on arrête de chercher, quoi ?!

J'ai haussé la voix. Il dessert son foulard autour de son cou et me répond d'un ton ferme :

— Calmez-vous, madame Aupert.

Mes mots sont accompagnés d'un rire nerveux.

— Ne me demandez pas de me calmer. Nos amis ont perdu leur fille, et vous nous dites qu'il nous reste vingt-quatre heures pour la retrouver. Excusez-moi, monsieur, mais il va falloir que vous mettiez les bouchées doubles.

Franck me prend la main pour me calmer. J'ai des tremblements nerveux. Le commissaire essaie de relancer la discussion, même si je ne lui ai pas fait de cadeaux.

— Rassurez-vous. Avec les nouveaux éléments, l'enquête va avancer, j'en suis sûr. Gardez pour vous ce que je viens de vous dire, les Morgan sont déjà assez éprouvés comme ça.

Franck prend la parole :

— Monsieur, avec ce qu'Éva a trouvé sur le lieu de l'agression, peut-être que ça complétera les indices que vous trouverez sur la photo.

— Oui, peut-être. En même temps, j'ose espérer que mon équipe ne soit pas passée à côté. Dans ce genre d'affaire, il faut tout décortiquer et ne rien négliger. D'ailleurs, nous devrions remonter pour savoir ce que c'est... Au fait, auriez-vous une photo d'Anna dans votre portable ? Je pense que nous la communiquerons à la presse, on ne sait jamais, peut-être qu'un témoin pourrait se manifester. Vous pouvez me l'envoyer sur mon téléphone. Le numéro est le 07 68 94 47 06.

Pendant que Franck s'occupe de lui donner ce dont il a besoin, je décide d'aller me rafraîchir le visage.

— Il faut que je passe aux toilettes avant...

— Nous t'attendons, ma chérie, vas-y.

Le reflet que je découvre dans le miroir me consterne. Mes traits sont tirés et des cernes commencent à se former sous mes yeux. Allez, courage, ma petite Élie, tu dois être forte...

Je les rejoins à la sortie de la brasserie, et nous remontons à la chambre. Discrètement, je passe la tête dans l'embrasure afin de vérifier leur état. Marc est de nouveau dans son lit, et Éva est assise près de lui. Je leur fais signe qu'ils peuvent rentrer. Nous nous annonçons, gênés de les déranger. Éva a les yeux gonflés, tandis que Marc reste silencieux. Le commissaire lui demande de lui montrer le fameux objet... C'est un anneau avec une croix accrochée dessus. J'ai une drôle de sensation... comme si je l'avais déjà vu quelque part, mais rien à faire, je ne sais pas où. Je le scrute mais rien ne vient. Au moment où j'allais demander si je pouvais le voir, le commissaire le glisse dans un plastique en prétextant que son équipe scientifique doit l'analyser. Je suis déçue, cependant, je comprends et n'interviens pas.

Il nous quitte la minute d'après, en nous donnant ses dernières recommandations. Enfin entre nous, je leur fais part de mon sentiment :

— J'ai l'impression d'avoir vu cet anneau, mais je n'arrive pas à savoir où.

— Tu sais que cet anneau pouvait être là avant l'incident, Élie, ou pire, n'importe qui pourrait en porter un.

Marc a raison, toutefois je n'ai pas ce ressenti.

— Qui est assez sadique pour photographier l'enfant qu'il a kidnappé et envoyer le cliché aux parents ?

— Il y a plus de tordus que l'on ne pense. Je me suis questionné par rapport à cette photo...

Nous dévisageons Franck, suspendus à ses lèvres. Il nous éclaire :

— Comment le livreur savait où travaillait Éva ?! Et comment les agresseurs savaient-ils que c'était le mardi que Marc emmenait Anna à la crèche ! Serait-ce vraiment un hasard ? Je ne le crois pas. Ne pensez-vous pas que c'est une personne qui vous a suivis... ? Ce pourrait être un voisin, un collègue...

Son analyse me scotche. Je remets le peu de pièces que nous avons dans l'ordre et abonde dans son sens.

— Tu as raison.

Marc interroge Éva :

— Ma puce as-tu eu l'impression d'avoir été suivie ces derniers temps ?

Je la vois réfléchir puis conclure :

— Non, je ne crois pas ; je ne sais pas, je suis désolée.

Il lui prend la main et la rassure :

— C'est pas grave, mon amour. Pour le moment, nous faisons des suppositions. Il faudrait voir demain avec Christophe, qui lui a apporté ce colis ! Avez-vous remarqué qu'il n'y avait pas de timbres ou tampon postal sur la boîte ?

Je m'en souviens maintenant qu'il le dit, c'est vrai que rien n'y était noté. Franck tranche :

— Ok ! Élie et moi allons le voir demain matin.

— Je viens.

Il la coupe en douceur.

— Non Éva, tu dois te rendre chez ton opérateur pour que le commissaire puisse te joindre, on ne sait jamais s'il trouve une piste, ou même Anna.

Marc nous interrompt, ému :

— Merci mes amis pour votre aide. Demain, nous ferons le point et éluciderons ce dont nous venons de parler. On se revoit à la maison, je serai rentré. Pour le moment, allez vous reposer.

Il se tourne vers sa femme reprenant son rôle de protecteur.

— Éva, il faut que tu dormes ou tu ne vas pas tenir, prends un cachet ce soir... Promets-le-moi.

Elle le lui promet. Franck et moi leur disons au revoir et les laissons se quitter en toute intimité.

— Tu nous rejoins, Éva ?

— O.K., dans cinq minutes.

Sur le trajet du retour, elle s'endort à l'arrière ; la pauvre est épuisée.

— Éva s'est endormie...

— Tout ça a été éprouvant, elle tient sur les nerfs. Il faut à tout prix qu'elle dorme un peu, ou elle va s'effondrer pour de bon.

Je partage ses propos, consciente qu'Éva a été fragilisée par cet évènement. J'essaie de la réveiller en douceur.

— Éva... Éva.... Ma belle.

Elle sursaute, ramenée à la réalité de cet enfer. J'en suis désolée.

— On est arrivés devant chez toi.

Elle émerge le regard vide, tout en s'extirpant de l'habitacle.

— Merci.

Je ne la retiens pas plus longtemps.

— À demain, ma belle.

— À demain. Et, encore merci pour votre aide.

Elle m'étreint une dernière fois et disparaît dans ce lieu rempli de tristesse.

Nous rentrons à notre tour, tout le monde dort déjà. Nous sommes chanceux d'avoir trouvé une baby-sitter libre ce soir, elle a pu venir garder les enfants en urgence. Elle nous quitte sans tarder après avoir reçu son dû. Nous faisons le tour des chambres de nos enfants, reconnaissants qu'ils soient sains et saufs. Nous allons nous coucher dans la foulée. Je tombe d'épuisement.

42

Éva

Il faut que je me lève, le décontractant pris hier m'a assommée. Je sens une présence dans mon lit. J'ouvre les yeux et découvre les filles, endormies près de moi. Elles ont dû me rejoindre dans la nuit. Ça faisait longtemps qu'elles n'étaient pas venues dormir avec moi. Les pauvres, tout ça a dû les perturber, je leur caresse les cheveux. Milla ouvre un œil, encore ensommeillée, elle se blottit contre moi et essaie d'aligner deux mots que je ne comprends pas...

— Chut, mon bébé, repose-toi, il est tôt. Le réveil n'a pas encore sonné.

Elle se rendort aussitôt. Je m'extirpe du lit dans de petits mouvements pour ne pas les déranger. Il faut que je bouge, mes pensées sont déjà assaillies par des tonnes de questions. Je passe sous la douche qui me fait un bien fou, avant d'enfiler le premier jogging qui me tombe sous la main. Quand je rejoins la cuisine, mon père est déjà levé. Assis au bar, les yeux dans le vague, il tressaille à mon arrivée. Je m'excuse, désolée.

— Salut, papa ! Pardon, je ne voulais pas te faire peur. As-tu réussi à dormir ?

J'attrape la cafetière encore brûlante et me verse une pleine tasse. Il repositionne ses lunettes sur son nez et me répond dans un murmure presque inaudible :

— Oui, une heure ou deux heures... Et toi ?

— Oui, en pointillé. J'ai pris un cachet. Maman dort toujours ?

— Oui, elle s'est endormie sur le petit matin.

— O.K., je vous laisse gérer les filles, je dois partir tôt.

— Pas de souci !

Nous sommes interrompus par le téléphone fixe. Surprise, je me rue dessus avant qu'il ne réveille toute la maison endormie. Qui peut bien nous appeler à cette heure-ci ?

— Allô !

— Madame Morgan ? C'est le commissaire Lebon au téléphone.

Il n'avait pas besoin de le préciser, je commence à reconnaître sa voix.

— Oui, je vous écoute.

— Il faut qu'on se voie ce matin, c'est urgent !

Mon pouls s'accélère.

— Vous avez des nouvelles d'Anna ?

— Non, pas tout à fait, mais il faut qu'on parle.

Son ton est sévère et sec. Il me salue et raccroche sans attendre de réponse de ma part.

Il m'a donné rendez-vous dans une heure à l'hôpital. Je prends mon sac et décide de m'y rendre tout de suite...

— Bye, papa. J'y vais, je prendrai un truc à l'hôpital. Embrasse maman et les filles pour moi. N'oubliez pas, elles commencent à huit heures trente. Ce soir, je rentre avec Marc...

Je suis désolée de lui lancer tout ça sans explication mais pas le choix, il faut que je parte. Il ne s'offusque pas, bien au contraire, il me rassure :

— Ne t'en fais pas ma chérie, elles seront à l'heure. On pense à vous. À tout à l'heure.

Prise de remords, je fais demi-tour et vais le serrer dans mes bras.

— Merci, papa... Je t'aime.

Ma déclaration inhabituelle le bouleverse, il me serre plus fort avant de me relâcher après un dernier baiser sur le front.

Alors que j'arrive à l'hôpital, Marc est déjà levé, il a pris sa douche et attend les habits que je devais lui apporter. Malgré ses traits tendus, il a l'air content de me voir.

— Bonjour, mon chéri.

— Salut, ma puce. Comment te sens-tu ?

— Je ne sais pas trop, j'ai l'impression d'être dans un cauchemar. J'ai réussi à dormir, mais le réveil a été plutôt brutal.

— Je sais, viens là.

Je le rejoins au bord du lit, il m'enlace avec tendresse. J'en profite pour l'interroger :

— Tu as réussi à dormir ?

Il hésite pour finalement répondre honnêtement :

— Pas beaucoup mais ça va.

— Le commissaire doit passer dans une demi-heure.

Étonné, il m'interroge :

— Ah bon ?! Il t'a dit pourquoi ?

— Rien, juste que c'était important.

— D'accord, alors en attendant, redonne-moi les grandes lignes de la journée, s'il te plaît.

Nous revoyons notre planning du jour lorsqu'on frappe à la porte. Sans attendre de réaction, Lebon fait son apparition. Il rentre sans un mot avant de nous saluer d'une poignée ferme. Son attitude a changé…

— Madame, monsieur Morgan.

Il s'installe sur une chaise en face de nous et lance :

— Vous n'avez pas oublié de me parler d'une personne, madame et monsieur Morgan ?

On se jauge l'un l'autre, étonnés, sans saisir de qui il parle. Marc prend la parole :

— Je suis désolé, mais je ne vois pas de quoi vous parlez !

J'appuie son affirmation.

— Moi, non plus.

Il se racle la gorge comme agacé par notre obstination.

— N'avez-vous pas reçu des appels anonymes ?

Mon cœur s'arrête. Mais comment ? Et, non ! C'est impossible... Ça fait des mois que nous n'en avons pas reçus... Il me sort de ma réflexion.

— Est-ce vrai ?

Marc me prend la main mais je la retire. C'en est trop, ce nouvel élément me détruit. Ce passé qui vient encore nous hanter... Marc fait face...

— Oui, c'est vrai.

Je le coupe protestant le contraire :

— Non ! Non, c'est impossible, ça fait des mois et c'est du passé.

J'ai envie de lui balancer ma chaise dans la tête. Il ne se formalise pas de mon attitude, tout au contraire, il appuie plus fort sur cette plaie béante.

— Écoutez, ce kidnapping n'est pas comme ceux qu'on peut voir d'habitude. Parlez-moi de ces appels. Sans rien omettre bien entendu.

Je réplique sur le même ton :

— Un canular ! Des ados qui devaient trouver ça drôle ! Un inconnu ! Ça peut être n'importe qui...

Il insiste :

— Et, c'est tout ?

Je m'emporte :

— Oui, et c'est tout ! Mais qui vous a dit ça ?

Son ton monte d'un cran :

— Écoutez-moi, madame Morgan, fini de rigoler vous voulez retrouver votre fille, oui ou non ?

Je suis horrifiée par sa réplique et reste figée, il m'a achevée. Marc prend le relais gardant un sang-froid que je ne lui connais pas d'habitude.

— Le dernier appel date d'avant la naissance d'Anna, nous n'avons jamais su qui c'était... La personne qui appelait avait une voix de femme trafiquée. Elle disait que nous allions le regretter. Mais là, ce sont des hommes qui m'ont agressé.

Je bous littéralement, écœurée de ce qui se joue. Le commissaire me jette un coup d'œil tandis que je reste murée dans mon silence. Il persiste :

— Avez-vous une idée de qui ça pourrait être ?

Je hurle sans pouvoir me contrôler :

— NON !

— Éva !

Marc me dévisage, mes yeux l'implorent de se taire, une bataille se livre en moi. La seconde d'après, il lâche le morceau. Son ton a changé, il est plus lent et silencieux. Je me renferme sur moi-même au premier son qui sort de sa bouche.

— Il y a six ans, j'ai eu une aventure... enfin, j'étais plutôt en couple avec une femme que j'ai rencontrée lors d'un concert... mais ça n'a pas marché. Quand je suis parti, elle m'en a beaucoup voulu. Six mois après, je rencontrais Éva ; elle n'a pas supporté et a tout fait pour détruire notre couple.

Il a du mal à finir mais poursuit :

— Je lui avais dit de ne pas recommencer ou je m'occuperais de son cas, elle a dû le comprendre car les menaces ont cessé... La dernière fois que je l'ai revue, c'était il y a quelques mois à un concert, à peine cinq minutes. Je l'ai envoyée sur les roses, je n'ai plus eu de nouvelles depuis.

Le commissaire ne nous regarde plus, il est occupé à prendre des notes. Sans relever la tête, il s'adresse à nous :

— Donc, si je comprends bien, vous avez rencontré une femme qui n'a pas réussi à vous oublier. Madame, vous avez reçu des appels anonymes et vous n'avez pas fait le lien ! Je veux son nom et prénom.

Il nous prend clairement pour des naïfs. Il nous aurait traités de débiles, ça m'aurait fait le même effet. Marc se sent bête. Il crache quasiment son identité :

— Aurore… Aurore Bernard.

L'homme continue à noter sur son calepin, sans aucune émotion. Il ne fait même plus attention à moi. Emprisonnée dans ma bulle, je ne suis plus que spectatrice de ce qui se joue.

— Bien, je vais entamer des recherches et vous rappelle. Je ne sais pas où ça va nous mener, mais nous ne pouvons pas passer à côté.

Il se lève et nous quitte. Je l'imite à mon tour.

— Je dois acheter un nouveau téléphone…

— Attends… Éva !

Arrêtée dans mon élan, je lui tourne toujours le dos, les larmes coulent sur mon visage, je ne peux l'affronter… pas maintenant.

— Éva ! Regarde-moi.

J'avance d'un pas amorçant mon départ mais au deuxième, il m'attrape le bras, je ne l'avais pas entendu se lever. Il m'oblige à me retourner. La tête baissée, il m'est impossible de lui faire face. Il prend mon menton relevant doucement mon visage vers lui. Ses yeux brillent aussi. Je perçois sa peine, ses regrets mais…

— Pardonne-moi…

— C'est déjà fait.

— Alors, pourquoi tu ne peux pas me regarder ? Pourquoi tu te caches la vérité ?

Il fait une pause, sa voix tremble. Je ne sais pas si c'est la colère ou la tristesse qui le fait hausser le ton.

— Oui, c'est vrai qu'hier, j'y ai pensé durant une minute et je ne voulais pas me l'avouer, et je sais que toi non plus, mais on doit l'envisager...

Je ne peux en entendre davantage.

— Arrête !

Ma voix n'est plus qu'un murmure :

— C'était fini. Cette histoire est derrière nous. Dieu n'aurait pas laissé faire ça.

Il n'arrête pas, au contraire, il appuie où ça fait mal.

— Alors, c'est ça le vrai problème.

— Je dois partir, laisse-moi, je viens te récupérer tout à l'heure.

Je me dégage de son emprise ; il ne me retient pas, comprenant que j'ai besoin d'être seule. Je prends ma voiture sans vraiment savoir où me rendre, je roule sans réfléchir. Au bout de dix minutes, je m'arrête sur le bord d'une chaussée : je craque, à bout de force. Je hurle, frappe sur le volant comme s'il était mon ennemi... Je me sens perdue, seule et abandonnée. Je bondis, un homme tape au carreau. Je sèche mes larmes avec la manche de mon gilet avant de baisser ma fenêtre.

— Ça va madame, vous avez besoin d'aide ?

— Non, ça va merci, je partais. Merci.

Il n'est pas convaincu, néanmoins, il n'insiste pas et retourne à sa voiture. Je repars avant qu'un autre passant ne s'arrête. J'arrive enfin au centre commercial, j'erre dans les allées. Je ne cherche rien en particulier, juste un endroit où m'enfuir, où je pourrais oublier... Je contrôle machinalement l'heure qu'indique ma montre. Je n'ai pas vu la journée passer, il est déjà tard. J'en profite pour récupérer un téléphone chez mon opérateur avant de retourner à l'hôpital pour ramener Marc à la maison. À mon arrivée, Franck et Élie sont là. Ils arrêtent tous les trois de parler quand ils me voient, je n'ai pas la force de relever.

— Salut ! Tu es prêt ?

Élie vient m'étreindre, malgré mon mal-être, son attention me fait du bien. Je la lui rends avec plaisir. Elle profite de cette seconde d'intimité pour me chuchoter sa compassion :

— Éva ! Marc nous a dit... Il s'en veut et il t'aime...

Je ne réplique rien et la relâche.

— Ma puce, Je me suis rappelé un fait nouveau cet après-midi... Mon agresseur avait une lettre tatouée sur chaque doigt, ça formait le mot *DEATH*... Je l'ai dit au commissaire ; il creuse.

— O.K., super.

Mon ironie le stoppe dans son élan. Je m'en veux. Poussée à le rejoindre, je me colle à lui pour lui murmurer ma culpabilité :

— Pardon.

Je lui prends la main en signe de paix, il accepte me donnant un léger baiser, tout en me rassurant :

— Ça va.

Nous sommes interrompus par le médecin qui arrive avec les documents de sortie.

— C'est bon, monsieur Morgan. Voici les papiers. Comme je vous l'ai dit, vous seriez mieux ici, mais je comprends votre empressement. Au moindre problème, n'hésitez pas à revenir. N'oubliez pas les fils sont encore fragiles.

— Entendu, merci docteur.

Il a une attelle et toujours de gros hématomes sur le visage. Ils lui ont donné des calmants qu'il ne prendra qu'une fois sur deux. On quitte nos amis sur le parking en nous promettant de leur donner des nouvelles, s'il y en avait. De retour à la maison, Marc retrouve les filles qui ont séché l'école, vu les circonstances. Elles sont d'abord effrayées par son visage, puis quelques minutes suffisent pour qu'elles se collent à lui sans pouvoir le lâcher. Elles lui posent des tas de questions sur son agression et sur Anna. Quand la discussion avec mes parents commence à rentrer dans les détails de l'affaire, je m'esquive. Je les laisse et vais dans ma chambre, j'ai besoin de sommeil, je suis à bout. Je monte tel un zombie. À peine le pied dans la pièce, mes yeux se posent sur la méridienne où est posée ma bible. Je suis prise d'une rage soudaine qui me dépasse. Je ne me contrôle plus, je l'attrape et la balance à travers la pièce... et m'effondre sur le sol en pleurant ma colère. Des mots viennent percuter mon cœur : « dans le calme et la confiance ». Comment ces paroles peuvent-elles résonner à ce point alors que tout s'agite autour de moi ? Je hurle :

« O.K. Dieu, tu veux que je me calme et que je te fasse confiance, alors dis-moi comment faire... Je reste dans mon lit et j'attends ? Ou mieux, je reste dans celle d'Anna à attendre qu'elle apparaisse ? Tu sais que la rencontre avec cette femme a été dure, tu as permis que notre couple passe par cette épreuve et, aujourd'hui, tu nous laisses traverser celle-ci. Comment ne pas t'en vouloir ? Comment ne pas lui en vouloir ?... Tu as dit que tu m'aimais... »

Je suis étendue sur le sol, mon regard ne perçoit que l'horizon du parquet quand il est arrêté par le livre ouvert, je ne sais pas pourquoi, mais je tends la main et l'attrape, je le tire. Je ne veux pas le lire, pourtant je suis comme attirée, mes yeux sont comme aimantés à cette phrase : « Tu n'as pas à lutter contre la chair ni le sang »... Je repars de plus belle, gémissant et vomissant mon amertume. Un bruit dans le couloir attire mon attention, je sais qu'il est derrière la porte mais je ne veux pas le voir. Je suis consumée par cette rancœur. Je me hisse sur mon lit, vidée par toutes ces émotions.

43

Élie

A mon grand étonnement, Marc est tout seul dans sa chambre ; j'aurais pensé qu'Éva serait là. Son regard vide est fixé sur la fenêtre, il n'entend même pas quand nous rentrons et le saluons :

— Ohé ! Marc…

Dans un petit sursaut, il se tourne vers nous.

— Oh, pardon ! Salut Franck, salut Élie…

— On ne voulait pas t'effrayer, on a frappé mais personne n'a répondu, alors on est rentrés.

Sa gêne est palpable, il essaie de passer à autre chose.

— Oui, vous avez bien fait, asseyez-vous. Voulez-vous un café ? L'infirmière a rapporté un pichet. Nous acceptons à l'unissons :

— Oui, avec plaisir.

Tandis que Franck s'occupe de remplir trois gobelets, curieuse, je ne tiens pas et l'interroge :

— Éva n'est pas là ?

— Elle est partie… acheter son téléphone, enfin…

Il ne termine pas sa phrase, je sens qu'il y a un problème.

— Qu'est-ce qu'il y a ?

— Le commissaire est venu nous voir ce matin et nous a posé des questions suite aux appels anonymes qu'Éva avait reçus il y a quelques mois… Elle a très mal réagi. Je crois qu'elle est en colère contre moi, contre Dieu, contre tous. J'ai essayé de l'aider mais elle refuse, elle me fuit. Je ne sais pas comment m'y prendre, je me sens si impuissant.

Il est sur le point de craquer à son tour, Franck pose sa main sur son épaule.

— Continue à être patient avec elle et sois juste présent. Nous, nous sommes là pour toi. Tu es notre ami et sache que, jamais, nous n'avons cru que c'était de ta faute.

Il acquiesce sans un mot. Sentant son malaise, je détourne volontairement la discussion et reviens sur ce qui nous intéresse. Il souffle un grand coup, soulagé, et me gratifie d'un clin d'œil.

— Marc ! Franck et moi sommes allés voir Christophe aux éditions... Nous les avons informés de la situation. Ils ont été bouleversés ; ils sont là si vous avez besoin de quoi que ce soit.

— Merci.

Je poursuis :

— Christophe nous a appris que c'était un gars qui était venu lui apporter le colis, mais pas un livreur habituel. Il s'en veut, il ne se souvient pas du visage de cet individu, et ne sachant pas ce qu'il se passait, il n'a pas prêté plus d'attention que ça. L'homme portait une casquette et des lunettes de soleil. Il n'a pas traîné, il a vite décampé lorsque Christophe lui a demandé de quelle société venait le colis. D'après ses souvenirs, il était plutôt jeune, de taille moyenne, mince, pas très propre sur lui. Il a aussi remarqué qu'il avait un tatouage sur sa main écorchée et qu'il saignait de l'oreille. Christophe s'en est rappelé, car il lui a demandé s'il voulait se rincer. L'homme a refusé et il est parti presque en courant.

Marc m'interrompt aussitôt :

— Répète ce que tu as dit !

Prise de court, je lui répète à mon sens les mots principaux.

— Quoi ?! Il saignait ?

— Non… il avait un tatouage sur la main… Tout à l'heure alors que je me suis assoupi, j'ai cru avoir un flash de l'agression. Un gars me donnait un coup de poing et je remarquais des lettres écrites sur sa main, en me levant je me suis torturé le cerveau et j'ai revu ce qu'il y avait d'écrit : *DEATH* ; une lettre sur chaque doigt. J'ai pu les lire alors que j'étais à terre.

C'est bizarre, j'ai la même sensation que lorsque j'avais découvert l'anneau avec la croix mais rien à faire, je suis incapable de m'en souvenir.

— Il va falloir que tu le dises aux policiers, ils peuvent peut-être chercher au niveau des bandes de jeunes qui traînent dans le quartier. Il y en a plusieurs près de la maison de jeunesse au nord de la ville. L'un d'entre eux aurait pu voir un phénomène inhabituel !

— Oui, tu as raison. Je lui passerai un coup de fil.

J'ai l'impression que nous sommes près du but comme s'il manquait juste un élément… Mais lequel ? En prononçant mon prénom, Franck me fait sortir de ma réflexion.

— Élie et moi avons envoyé, à la demande du commissaire, une photo d'Anna pour lancer un avis de recherche, ils vont la diffuser au journal télévisé.

Il grimace de douleur. Nos regards se croisent, il me sourit avant de remercier Franck, reconnaissant :

— Merci, merci pour votre aide précieuse.

Je lui prends la main et la serre comme pour le rassurer.

— On sera toujours là, Marc, la famille est faite pour ça…

Au même moment, Éva entre dans la pièce, son arrivée, sans le vouloir, nous fait taire. On la dévisage, surpris par son apparition, ce qui la met mal à l'aise. Elle nous le fait remarquer en lançant un salut bien froid. Je ne sais pas quoi lui répondre sur le moment alors qu'un salut aurait suffi. Je l'étreins, gênée de ma réaction. Elle s'apaise et m'enlace à son tour. Marc tente de lui partager les souvenirs qu'il a eus, mais elle le rembarre d'un ton sec, sa réaction me fait froid dans le dos. J'aurais voulu l'aider à porter ce fardeau si lourd, si seulement elle ne me tenait pas à distance. Elle regrette déjà son geste, je l'aperçois se coller à lui en guise d'excuse. Alors que j'essaie de la questionner sur sa matinée, le médecin entre dans la chambre, nous interrompant sans aucune gêne. Il s'adresse à Marc sans même me jeter un coup d'œil :

— C'est bon, monsieur Morgan, voici les papiers. Comme je vous l'ai dit, vous seriez mieux ici, mais je comprends votre empressement. Au moindre problème n'hésitez pas à revenir.

— Entendu, merci docteur.

Il nous quitte en nous saluant avec moins de dédain. Nous les aidons à descendre les sacs de Marc avant de les laisser sur le parking. Installé au volant, Franck ne démarre pas tout de suite, il a remarqué mon absence et cherche à savoir ce que je mijote.

— Ça va, ma chérie ?

Je ne peux lui cacher mon angoisse.

— Je m'inquiète pour elle.

— Je crois qu'elle a des blessures qui doivent guérir, elle doit régler ça. Tu sais, Dieu nous prépare toujours une porte de sortie, il ne la laissera pas dans cet état. Cependant, elle va devoir lâcher prise...

Je pose ma main sur sa cuisse, il vient la recouvrir de la sienne avant de mettre le contact.

— Tu as raison, mais ça me déchire le cœur de la voir autant souffrir.

Je pose ma tête contre la vitre de la voiture. Le paysage défile aussi vite que mes pensées. Nous continuons de rouler sans échanger, chacun pris par ses réflexions. Je me mets à prier sans pouvoir le contrôler, j'aurais envie que Dieu me donne toutes les réponses, toutes les solutions ; je n'ai rien de tout ça, mais une paix vient m'envahir. Mon rêve me revient : « Va la reprendre »... Mais qu'est-ce que ça veut dire ? Cette pensée me quitte aussitôt le véhicule garé. Je suis exténuée, toutes les lumières de la maison sont éteintes, les enfants doivent être couchés. Nous ne nous sommes pas beaucoup vus ces derniers jours, malgré ça, ils acceptent et ne rechignent pas. Je les aime à en crever, la pensée de les perdre me fait frissonner. Franck ouvre la porte pour me laisser rentrer. Lorsque j'arrive à sa hauteur, il m'attrape par le bras et me glisse ses instructions à l'oreille :

— Va te poser, je prépare le dîner et m'occupe de régler la baby-sitter.

C'est comme un soulagement.

— Tu ne me le dis pas deux fois, merci.

À peine ai-je monté les deux premières marches de l'escalier que le téléphone de la maison se met à sonner. Je n'y prête pas attention et laisse Franck décrocher, trop pressée de me délasser. Il me fait signe d'attendre. Je tends l'oreille pour essayer de suivre la conversation. La seule indication que je pense détenir est que l'interlocuteur est un homme.

— Oui... Oui ... D'accord, je te la passe. Tiens, c'est Marc.

Je suis étonnée. En attrapant le combiné, j'enclenche le haut-parleur.

— Allô, Marc !

— Élie ! J'ai besoin de toi...

Il est affolé, sa voix tremble.

— Oui je suis là, tu veux que je vienne, dis-moi ?!

— Je ne sais pas. Je discutais avec Marie et Richard, quand Éva est partie, je pensais qu'elle prenait une douche alors je suis montée la rejoindre, mais elle gémit depuis quinze minutes, enfermée dans notre chambre. Je ne sais pas si je dois rentrer ou pas... Je ne veux pas envenimer la situation. Je suis perdu, je ne sais pas comment agir. Par chance, les filles sont parties au restaurant avec leurs grands-parents.

Je ne prends pas le temps de réfléchir, les mots sortent de ma bouche plus vite que je le souhaiterais :

— Écoute ! Laisse-la, elle sait que tu es là, mais elle a besoin d'être seule et de lui crier sa peine…

Il me coupe, paniqué :

— J'ai entendu qu'elle lui parlait… Sa douleur me déchire le cœur. J'ai l'impression que tout est de ma faute…

— Non, ne crois pas ça. Je pense qu'elle lui en veut car elle ne comprend pas, mais elle sait aussi qu'il ne l'abandonnera pas. Alors elle doit livrer son combat… Tu comprends. Attends qu'elle se calme et va la rejoindre, mais pas tout de suite. Franck et moi prions pour vous.

Il se passe cinq secondes avant que sa voix ne résonne une dernière fois :

— D'accord. Merci, Élie, pour tes conseils et merci pour vos prières.

Je repose le téléphone au ralenti, mes mains tremblent sur le combiné. Je me tourne vers Franck qui a entendu la conversation.

— Il faut qu'on prie…

Il prend ma main et m'attire contre lui.

— D'accord.

Nous allons dans le salon et commençons à élever la voix pour nos amis. Je me sens emportée de compassion pour eux. Nous finissons dans un silence. Un arrêt dans le temps, où le silence souhaite nous parler. Nous restons là des secondes, des minutes. J'ai l'impression d'avancer dans le noir et, plus j'avance, plus je vois une image qui devient de plus en plus limpide. Je sais, ça y est, je me souviens. Je crie. Je me lève d'un bond.

— Je sais !

Franck sursaute, au son strident que j'émets. Je me confonds en excuses :

— Pardon, mais ça y est. Je sais. Je me rappelle cet anneau et ce tatouage à la main.

Il me scrute, surpris, ne sachant pas où je veux en venir.

— Mais oui, rappelle-toi, c'est Antoine !

Il ouvre de grands yeux, abasourdi par le nom que je prononce. Il répète :

— Antoine... Antoine de l'assoc. ?!

Je secoue la tête de haut en bas dans des mouvements nerveux.

— Oui, oui, celui-là ! Il a un anneau à l'oreille avec une croix, même qu'un jour tu lui avais demandé s'il savait ce que signifiait cette croix et qui avait été cloué dessus.

Il reste perplexe mais atteste mes réponses :

— Oui, je me rappelle, mais pourquoi ferait-il ça !?

Ne tenant plus en place, je commence à arpenter la pièce de long en large.

— Je ne sais pas pourquoi. Mais j'en suis sûre, le tatouage sur ses doigts... c'est lui. J'appelle Éva.

Il me stoppe dans mon élan et se campe devant moi.

— Non, restons prudents ! Appelons d'abord le commissaire pour qu'il fasse des vérifications et on verra. Ne donnons pas de faux espoirs à nos amis.

Il a raison. Je prends le téléphone et appelle Lebond. Je lui raconte tout ce que je viens d'expliquer à Franck. Je réussis à le convaincre, il m'assure qu'il va se renseigner sur ce garçon et le convoquer au commissariat. Je suis satisfaite, je raccroche reconnaissante pour ma mémoire. Lorsque je me tourne vers Franck, je remarque ses yeux inquiets. Nos regards se croisent, il me sourit, crispé, en me partageant sa crainte :

— J'espère que tu as tort...

Je sens la tristesse dans ses mots ; je ne peux lui mentir, vu la certitude que j'ai.

— Je suis désolée, mon chéri, mais on ne peut pas sauver tout le monde, c'est pas nous qui changeons les cœurs.

Il se dirige vers son fauteuil où il aime s'asseoir pour réfléchir.

— Je sais...

Je lui dépose un baiser sur les lèvres et file à la douche. Après un long moment de détente, je le rejoins au bar de la cuisine où nos assiettes nous attendent. Nous restons silencieux durant tout le repas.

— Va à la douche, je débarrasse et te rejoins.

— O.K., à tout de suite.

Je suis épuisée. Alors que je mets les dernières assiettes dans le lave-vaisselle, mon téléphone m'indique que j'ai un nouveau message. C'est Elsa.

— Coucou Élie,

Nous avons vu les infos ce midi, je suis avec Aline et Laura. Nous n'arrivons pas à joindre Éva. S'il te plaît, peux-tu nous dire comment elle va, et vous ? C'est terrible ce qui se passe. Nous prions pour Anna.

Les larmes me montent aux yeux.

— Coucou les filles...

Ce n'est pas la grande forme. Éva ne va pas bien du tout, mais nous prions pour eux. Je lui dirai que vous l'avez appelée et vous donnerai des nouvelles... Je vous embrasse. Élie.

— Merci Élie, on pense fort à vous. Beaucoup de monde prie pour eux. Si besoin, n'hésite pas, je peux descendre pour vous aider.

— Mille mercis. Je vous tiens au courant. À bientôt.

Je suis touchée par les attentions de nos amies quittées il y a quelques mois. Malgré la distance qui nous sépare, nos liens n'ont pas changé. Nous sommes toujours aussi soudées. Je range mon téléphone et monte me coucher. Je me glisse sous la couverture. Franck, déjà endormi, me laisse me coller contre lui.

44

Éva

Je suis réveillée par mon téléphone qui n'arrête pas de sonner. Je cherche à le saisir sans y parvenir, il doit être à l'autre bout de la table de chevet. Au final, c'est Marc qui l'attrape et décroche. Je n'entends pas qui est à l'autre bout du fil, mais il raccroche au bout de trente secondes et, tout en me caressant le bras, il m'éclaire :

— Ma puce, c'est le commissaire, il y a des nouvelles.

Dans un réflexe nerveux. Je me retourne vers lui. Il a les yeux brillants.

— Ils l'ont retrouvée ?!

— Je ne sais pas, mais il m'a dit qu'ils avaient du nouveau. Habille-toi…

— Oui, je suis prête dans cinq minutes.

Je m'apprête à sauter dans mes habits, cependant, il me rassure, j'ai encore du temps pour me préparer :

— Tu as le temps de prendre une douche, il nous attend seulement dans trente minutes ; il n'est pas encore arrivé sur place.

Je suis surexcitée, je file à la douche. Le jet qui coule sur moi me fait un bien fou, les nœuds qui s'étaient formés au niveau de ma nuque se dénouent comme par magie. Ça me rappelle la soirée d'hier. Alors que j'étais dans un désarroi total, recroquevillée sur moi-même dans mon lit, Marc est rentré dans la chambre d'un pas hésitant. Il s'est assis près de moi. Il s'est approché de mon visage et, tout en m'embrasant sur la joue, il n'arrêtait pas de prononcer des paroles d'amour qui me bouleversaient. Les larmes coulaient sur mon visage alors que je lui demandais de me pardonner les mots horribles que j'avais eus à son égard. Il ne m'en voulait même pas. Il ne savait pas pourquoi Anna avait disparu, mais Dieu dit qu'il donne et reprend ; nous devions l'accepter et lui faire confiance. Le point final n'avait pas été posé. Il m'avait rappelé comment Dieu m'aimait. Mon cœur s'était apaisé, faisant disparaître cette colère qui me dévorait à petit feu. Nous avions fini la soirée à discuter dans un cœur à cœur comme jamais.

— Éva, dépêche-toi. On y va !

— Oui, j'arrive.

Je sors de la douche et enfile les premiers vêtements qui me tombent sous la main. Je dévale l'escalier, Marc est déjà à la porte avec mon sac et un gilet.

J'enfile mes baskets et attrape le tout.

— Merci !

— Allez, *go* !

Dans la voiture, je ne peux pas m'empêcher de penser tout haut. Je tapote sur le volant.

— J'espère qu'ils l'ont retrouvée... sinon ils ne nous auraient pas fait venir à cette heure-ci... et ils n'auraient pas dit que c'était urgent... et...

— Et calme-toi. On saura quand on arrivera.

— Oui, tu as raison, désolée.

Nous arrivons au poste en peu de temps, ça grouille de flics, ça court dans tous les sens, alors qu'il n'est que sept heures trente du matin. Malgré la cacophonie ambiante, une jeune femme s'adresse à nous. Sa voix est tellement douce que nous ne pensons pas que cela nous concerne avant qu'elle nous fasse un signe de la main.

— Bonjour, puis-je vous aider ?

— Oui, nous souhaiterions voir le commissaire Lebon.

— Premier étage, la deuxième porte sur la droite.

Elle nous donne la direction, ni plus ni moins, et replonge dans le dossier qu'elle traitait.

— Merci.

Je prends la main de Marc, je ne suis pas rassurée. Je le sens s'appuyer sur moi. Le pauvre, il doit encore souffrir le martyre, et moi qui ne l'épargne pas. Je m'en veux. Mon air inquiet a dû l'interpeler car il me rassure :

— Ça va aller...

Je lui souris, tout en le soutenant pour l'aider à monter les trois marches afin de pouvoir prendre l'ascenseur. Arrivés devant la porte indiquée où figure le nom du commissaire, Marc frappe. Il faut bien une minute avant d'entendre un « Entrez ». J'ouvre la porte, monsieur Lebon est là en présence de deux autres collègues.

— Bonjour, madame, monsieur Morgan, asseyez-vous. Laissez-nous, messieurs, et continuez à creuser. On se revoit dans une heure.

— Bien, chef.

Ils nous quittent sans nous lancer un regard, leurs traits sont tirés, aucune expression ne marque leur visage. Le commissaire se rassoit à son bureau, prend un dossier, le consulte sans dire un mot, le referme et s'adresse à nous en nous regardant droit dans les yeux :

— Voici les nouveaux éléments. Je vais commencer par vos agresseurs, monsieur Morgan... Nous les avons identifiés.

Mon cœur se met à battre plus fort. Marc qui ne m'a toujours pas lâché la main, me la serre plus fort.

– C'est madame Aupert qui a fait avancer l'enquête.

— Quoi ?! Élie ?!

Je n'ai pu m'empêcher de crier. Mais quel est le rapport avec elle. Il ne fait pas attention à ma surprise et continue :

— Hier, madame Aupert m'a appelé pour me dire que, suite à ce dont monsieur Morgan et elle se souvenaient, et à ce que lui avait raconté Christophe, votre assistant, elle était sûre que le livreur était un prénommé Antoine, un jeune qui venait de temps à autre à l'association dont elle s'occupe.

Ses révélations me laissent sans voix. Mais pourquoi ne nous a-t-elle rien dit ?... Comme s'il avait lu en moi, Lebon répond à ma question :

— Elle a préféré nous appeler pour être sûre avant de vous en parler. Bref, hier, nous avons donc fait une perquisition chez lui, on l'a mis en garde à vue. Nous avons fait un comparatif d'A.D.N. entre l'anneau trouvé sur les lieux de l'agression et sa salive. La correspondance a été sans appel. Nous l'avons interrogé toute la nuit, il a fallu pas moins d'une heure pour qu'il craque et lâche le morceau.

Je regarde Marc, inquiète, surprise, dans l'attente... Je me concentre de nouveau rapidement sur la voix du commissaire.

— Il nous a dit qu'un jour, il s'était pris la tête avec la responsable de l'association — donc madame Aupert —, il était parti en courant et avait été intercepté par une femme qu'il ne connaissait pas. Elle lui avait demandé s'il voulait gagner de l'argent. Il lui avait d'abord dit d'aller se faire voir ailleurs, mais elle l'avait convaincu d'accepter en lui montrant des liasses de billets.

Il fait une pause, attrape la tasse posée sur le bureau, en boit une gorgée avant de poursuivre :

— La suite se complique. Elle lui a dit qu'elle voulait un bébé...

Mon cœur s'emballe, ma respiration aussi. Je sens la panique m'envahir. Il faut que je respire. Marc réagit immédiatement, il se poste devant moi, en me mimant les bons gestes à suivre.

— Ma puce ! Éva ! Écoute-moi, respire ; oui, comme ça ; continue. Inspire ; expire... Regarde-moi... ça va aller. C'est bien...

Le commissaire se lève.

— On fait une pause ! Il y a une fontaine d'eau dans le couloir.

— Viens, on va boire un coup.

Il m'aide à me lever. À peine sortie, l'air du couloir vient remplir mes poumons en souffrance, j'ai eu l'impression que la pièce se rétrécissait sur moi. Je m'assois sur un banc pendant que Marc va me chercher un verre d'eau.

— Tiens !

— Merci, ça va mieux ! Je veux y retourner.

— Attends deux minutes, la suite ne va pas être facile ; alors respire, prends le temps et on y retourne.

Entre-temps, mon attention est attirée par le gars de tout à l'heure qui rentre à nouveau dans le bureau. Je m'anime, me lève et retourne dans la pièce. Marc me suit sans aucune objection.

— Ça va mieux ?

— Oui, merci. On peut continuer.

Il jette un coup d'œil rapide à Marc qui lui fait signe que c'est bon.

— Donc, je vous disais qu'une femme lui avait proposé de l'argent contre un bébé. Il a hésité mais selon lui, il a eu une brillante idée. Il comptait se rendre à la pouponnière où les bébés étaient abandonnés pour lui en prendre un. Mais il se trouve que l'inconnue voulait un bébé en particulier.

Je prends une grande respiration pour chasser cette peur qui frappe à ma porte. Il poursuit :

— Elle lui a dit qu'elle voulait votre bébé, elle lui a montré des photos, lui a fourni votre emploi du temps et la date de l'attaque. C'était deux semaines avant l'agression. Elle lui a dit qu'elle voulait qu'il vous fasse mal, monsieur.

Je ne peux retenir les larmes qui coulent sur mes joues, je serre la main de Marc en repensant à l'enfer qu'il a vécu. Sans que je m'y attende, il s'emporte :

— Et, où est notre bébé maintenant ?

— On y vient.

Le calme du commissaire en est presque stressant.

— En parallèle, nous avons fait des recherches sur la femme dont vous nous avez parlé : Aurore Bernard... On l'a appelée pour savoir où elle était le matin du kidnapping, elle nous a dit qu'elle était en réunion, ce que nous avons vérifié et qui est vrai. Cependant, nous ne nous en sommes pas arrêtés là... Nous avons continué à fouiller et nous sommes rendu compte que, l'après-midi, elle avait fait un retrait d'argent à la gare Saint-Charles de Marseille, nous avons pu la suivre grâce aux caméras de surveillance, elle s'est rendue dans un supermarché. Mon collègue a interrogé la commerçante, celle-ci nous a affirmé qu'elle avait acheté des couches et des petits pots. Elle s'est rappelé aussi cette cliente qui était tellement nerveuse qu'en cherchant une saveur de compote, en particulier, elle avait fait tomber des petits pots qui s'étaient cassés.

— Je vais la tuer cette...

Je le coupe avant que la rage prenne le dessus :

— Non ! Marc s'il te plaît, arrête. Monsieur, savez-vous où est Anna ?

— Pas encore...

— Comment ça, pas encore ?! Avec tous ces éléments, vous ne l'avez toujours pas retrouvée ?!

— Écoutez, monsieur Morgan, elle n'est pas bête, après qu'on l'ait appelée, elle a détruit sa carte SIM. Sa carte bleue n'est plus utilisée depuis les dernières courses dont je vous ai parlé... On essaie de voir si elle avait des connaissances ici. Mais maintenant que nous connaissons son identité, ce n'est juste qu'une question de temps. On a lancé un avis de recherche, mis sa photo dans toutes les gares, péages et aéroports.

Il doit sentir notre désarroi, car il conclut par cette phrase remplie d'espoir :

— On va la retrouver, je vous ai donné ma parole, Éva.

Je lui souris, espérant que ce soit vrai. Marc se lève, m'attrape par le bras sans que je m'y attende et m'entraîne vers la sortie.

— Nous attendons de vos nouvelles, monsieur Lebon. Au revoir.

Son ton est froid et autoritaire. Je n'ose dire un mot. Quand nous arrivons à la voiture, il ne se contrôle plus, il frappe d'un coup de poing dans la vitre arrière qui se brise en petits morceaux. Le bruit a attiré les regards, il n'y fait pas attention, il appuie ses mains sur le haut de la voiture et fixe le sol. Je reste figée dans un premier temps, ne voulant pas envenimer la situation. Mais quand je vois les larmes tomber sur le sol, je m'approche de lui, pour l'enlacer doucement. Il se laisse faire, ses muscles sont tendus à bloc, je le serre tout en l'apaisant.

— On va la retrouver, mon amour.

— Pardonne-moi, c'est de ma faute tout ça...

— Non, dis pas ça, elle a fait ses choix, elle a décidé seule. Et rappelle-toi, nous ne sommes pas au point final, c'est juste une virgule. Faisons-lui confiance.

Il se calme et se tourne face à moi.

— Merci de ne pas fuir, merci de m'aimer encore. Je t'aime à en mourir.

Il me prend dans ses bras, se jetant sur mes lèvres comme si c'était la dernière fois. Je lui rends son baiser avant de me détacher pour lui confirmer mon amour :

— Je t'aime aussi, n'en doute jamais... Mais maintenant, va falloir se rendre au garage.

Il se rend compte de ce qu'il a fait, gêné, il baisse la tête. Je m'accroche à son cou en lui glissant une parole réconfortante.

— C'est rien, ça se change.

— Je te dépose et file au garage.

— Je te rappelle que tu ne peux pas conduire...

— J'irai avec ton père.

— C'est d'accord.

45

Élie

Je me lève en sursaut, mais qu'est-ce que... Je suis encore sous le choc. Je regarde près de moi, Franck n'est plus là. J'attrape mon téléphone. Il est déjà neuf heures, j'ai l'impression que ma tête est dans un étau... J'ai besoin d'un cachet. Assise au bord du lit, des flashes me reviennent de ma nuit... Les mots sortent tous seuls :

— Anna...

Mon ordi !... Il me faut mon ordinateur. Mais où est Franck, je dévale l'escalier, au bord de la folie.

— Franck ! Franck ! Tu es là ?

Personne ne répond. Frustrée, j'essaie de me calmer, j'attrape la cafetière encore brûlante. Je récupère la boîte de médicaments, j'en ingurgite un sans tarder. Un mot est accroché sur la machine à café. Je le décroche et lis :

Je suis allé courir. Je t'aime.

Au moins, lui a trouvé un bon moyen d'évacuer le stress. Assise au bar, je réfléchis à ce rêve qui me paraissait plus que réel. Des images me reviennent, j'attrape une feuille et un stylo. Je me vois en voiture, rouler sur une route plutôt sombre, il y a un panneau que je n'arrive pas à déchiffrer... un hôtel le *Delicious* et toujours cette même phrase « Va la reprendre. » J'ai une sensation désagréable. J'en ai encore des frissons. Je me rends dans le bureau et commence à surfer sur Internet. J'hallucine ! Cet hôtel existe. Je poursuis mes recherches, incapable de mettre des mots sur ce qui se passe. Il est situé dans une petite ville pas très loin de chez nous. C'est quoi le truc ?! Il faut qu'on y aille, je sais que nous allons découvrir un indice là-bas.

— Salut, tu vas croire que je perds la tête, mais j'ai besoin de toi, tu peux passer ?

— Tu me fais peur, mais oki. Marc me dépose dans deux minutes à la maison, je viens direct.

— O.K. !

Le temps de finir mon café, j'entends déjà frapper à la porte. Éva se tient devant moi, je crois ne jamais l'avoir vue dans cet état. Elle porte un jogging et ses cheveux sont encore en bataille.

— Alors, qu'est ce qui se passe ?

— Je me suis levée il n'y a pas longtemps. J'ai fait un rêve étrange cette nuit. Il avait l'air si réel, je crois que c'était un songe, Éva.

Elle ricane à ma remarque. À moitié vexée qu'elle prenne ça à la légère, je le lui fais remarquer. Elle se ravise et m'écoute.

— Je ne plaisante pas !

— D'accord, excuse-moi. Alors, c'était quoi ce rêve ?! Pardon, ce songe.

— J'étais sur la route, tout était sombre et effrayant, j'ai vu un hôtel. Depuis trois jours, une pensée ne me lâche plus.

J'ai enfin toute son attention.

— Laquelle ?!

— « Va la reprendre »... J'obéis.

— Où ?

— Eh ben, dans cette ville... dans cet hôtel. J'ai un pressentiment.

Elle écarquille les yeux, ne comprenant pas ma décision.

— De quoi ? Mais tu sais où se trouve cet hôtel ?

— J'ai cherché sur Internet et il existe, à vingt kilomètres. Je ne sais pas, mais j'ai une drôle de sensation et je voulais savoir si tu voulais bien venir avec moi.

Je la sens perplexe.

— Je sais pas, il faut que je reste disponible pour la police et s'ils ont des nouvelles...

J'en suis certaine, c'est une piste ; alors j'insiste :

— Je sais, ça paraît fou, mais je te demande de me faire confiance. Nous en avons pour une heure maximum. On vérifie et s'il n'y a rien on rentre. Au fait, où est Marc ?

— Ce matin, nous sommes allés au commissariat et il nous a été confirmé qu'il se peut que ce soit elle qui ait kidnappé Anna avec l'aide du jeune de l'assoc.

Je suis estomaquée par ses révélations. Elle poursuit :

— Je t'épargne les détails. Pour résumer, Marc a craqué et a explosé la vitre arrière de la voiture. Il a dû aller au garage avec mon père pour la faire réparer.

— Je suis désolée, Éva...

Elle boit une gorgée du café que je lui ai servi.

— T'en fais pas, nous avons beaucoup parlé hier soir ; nous sommes convaincus, on va retrouver notre bébé. Je devais régler un passé encore douloureux.

Je l'étreins, heureuse d'apercevoir une lueur désespoir.

— Tant mieux. Au fait, j'ai eu un message d'Elsa et des filles, elles pensent fort à vous.

— Elles sont géniales. Je les appellerai dès que possible.

Je lui caresse l'épaule en signe de soutien.

— Je vais me préparer, fais comme chez toi.

Je monte et passe à la douche. En sortant, j'entends des voix discuter en bas. J'entends des bruits de pas qui se rapprochent dans l'escalier.

— Hey, ma belle !

Il est tout en sueur.

— Ça va ?

— Oui, tu t'es bien dépensé ?

— Oui, ça fait du bien, je vais me doucher...

Je décide de ne pas tout lui dévoiler avant d'être certaine de trouver une piste valable.

— On va se balader Éva et moi, on rentre dans une heure ou deux.

Il est surpris, mais ne pose pas de questions.

— Bonne idée, ça va lui faire du bien. Pas d'imprudence.

— Oui, promis.

Je redescends, prête.

— J'ai envoyé un message à Marc. Il va en profiter pour se reposer, il a beaucoup forcé ce matin.

— Oui, c'est mieux qu'il reste à la maison. Franck va passer le voir en fin d'après-midi.

Nous partons sans trop savoir ce que nous allons trouver là-bas. Malgré le silence qui règne dans la voiture, je me lance :

— Éva, et si ce rêve concernait Anna ?

Elle se retourne dans un réflexe presque trop rapide.

— Quoi ? Pourquoi tu dis ça ?

— Je sais pas une intuition.

J'alterne mon attention entre elle et la route. Avant même que ses pensées aillent dans des suppositions improbables, je précise :

— Éva ! Ce n'est pas sûr, c'est juste un pressentiment, ne l'oublie pas.

Elle me répond à peine :

— Humm...

Je m'en veux presque de l'avoir embarquée dans cette mission. Et s'il n'y avait rien là-bas, quelle idiote, elle sera encore plus mal. Malgré les regrets, un combat se livre en moi, persuadée que nous trouverons un indice. Elle est déjà repartie dans ses pensées.

Nous arrivons en trente minutes à l'adresse que j'ai trouvée sur Internet. Nous sommes à peine garées, qu'Éva pousse un cri étouffé. Elle a les yeux écarquillés, je m'affole.

— Éva ! Quoi ? Parle !

Elle s'apprête à sortir de la voiture, mais je la retiens par la manche si fort qu'elle bascule presque sur moi. Elle me regarde horrifiée.

— Dis-moi ce qu'il y a ?

— Je l'ai vue, elle est là...

— Mais qui est là ?

— Aurore...

— Quoi ! Mais où ?

Elle pointe son doigt en direction d'un magasin.

— Elle vient de rentrer là-bas.

— Tu es sûre ? Tu as dû confondre, vu ton état. C'est impossible.

— Élie ! J'ai perdu ma fille, ni la mémoire, ni mon cerveau. Alors arrête d'être incrédule, tu sais que si on est là ce n'est pas un hasard et qu'il y a une raison. Alors lâche-moi et laisse-moi aller l'appréhender.

Elle s'est métamorphosée, on aurait dit une lionne enragée à qui on a volé son petit. Je la raisonne pour ne pas qu'elle agisse avec précipitation :

— O.K., on va agir mais attends... Éva ! Regarde-moi.

Elle scrute la boutique comme un animal qui guette sa proie.

— On va appeler le commissaire et les garçons, on va la suivre et on verra car, pour l'instant, elle est sans Anna. Si c'est bien elle.

Elle me fixe sans aucune expression. Elle souffle et me répond :

— O.K., je me calme, tu as raison. Envoie un message à Franck, dis-lui qu'il vienne avec Marc. Moi, j'envoie un message à Lebon.

Je me dépêche, je sais que je ne la retiendrai pas longtemps.

— Élie, Élie, regarde, elle ressort.

Je ne l'ai jamais vue en vrai, seulement en photo. Effectivement, on dirait que c'est elle. Sans réfléchir, je tranche :

— O.K., on va la suivre discrétos jusqu'à l'arrivée des autres.

Elle approuve sans même me regarder. J'insiste une nouvelle fois sur le fait de ne pas se faire remarquer avant l'arrivée des secours.

— Éva, discrétos !

Elle est déjà dehors. Je sens qu'il va falloir que je la suive de près pour ne pas qu'elle la tue avant d'avoir retrouvé Anna.

Je la rejoins derrière l'angle où elle s'est mise. Notre suspect doit être à cinquante mètres de nous. Nous ne la lâchons pas d'une semelle. Franck a essayé de m'appeler ; avec la panique, je l'ai basculé sans le faire exprès sur la messagerie vocale. Faut dire qu'on leur a juste dit qu'on avait retrouvé Aurore et transféré l'adresse. Les pauvres, ils doivent être fous d'inquiétude. Je m'arrête tout en attrapant Éva par le col de son t-shirt.

— Éva, arrête-toi, elle rentre dans la pharmacie.

Nous nous arrêtons derrière une fontaine qui attire mon attention, je crois l'avoir vue dans mon rêve. Elle est bizarre, elle est recouverte de mousse. Lorsque la femme ressort du commerce, nous repartons, sauf qu'à hauteur de la pharmacie, Éva s'introduit à l'intérieur.

— Éva, tu vas où ?

Elle ne polémique pas et se faufile jusqu'au comptoir de la préparatrice. Elle s'adresse à elle sans même un bonjour :

— Pourriez-vous me noter les articles achetés par la cliente qui vient de quitter votre magasin ?

Je n'en crois pas mes oreilles. Elle a osé... La dame la regarde sans saisir.

— Je vous demande pardon ?

— Qu'a acheté la femme juste avant nous ?

Aussi estomaquée que moi, la pharmacienne n'hésite pas à remettre Éva en place :

— Madame, ça ne vous regarde pas. Je n'ai absolument pas le droit de vous révéler ce genre d'information.

Éva ne se démonte pas, sans que je puisse l'arrêter, elle insiste :

— Madame, je ne vous demande pas quel genre de culotte elle portait, mais ce qu'elle a acheté.

Je n'en crois pas mes oreilles, même si je la comprends, le sang me monte à la tête, je dois être rouge écarlate.

— Éva !

Elle est au bord de la crise, elle a les poings serrés. Je la tire vers la sortie.

— Allez, viens, on s'en va, on va la perdre.

Ma remarque a le mérite de canaliser sa colère, et nous voilà reparties. Nous la voyons rentrer dans un hôtel, je ne distingue pas encore le nom écrit à cause de la réverbération, cependant, en approchant, je reste sans voix.

— Éva ! C'est impossible...

Sans que je m'y attende, elle me claque une bise sur la joue et se retourne aussitôt. Elle ne me regarde plus, mais son ton est précis et affirmatif. Sans détour, elle réplique :

— Crois et tu verras.

Je ne doute pas qu'on retrouvera Anna, mais je n'aurais jamais pensé que ça pourrait être par mon intermédiaire. Je suis époustouflée par ce que Dieu est capable d'entreprendre.

46

Éva

Elie veut que nous allions à un hôtel dont elle aurait rêvé, elle a un pressentiment, comme une conviction qui l'y pousse. Elle m'a raconté tout en détail et maintenant tout est clair, c'est Anna qu'on doit récupérer. Elle essaie de me sortir de ma réflexion mais je ne peux pas ; j'ai juste hâte que nous y arrivions, je sais que ma fille est là-bas. La voiture est à peine garée que mes yeux se fixent sur une silhouette familière. Je pousse un cri étouffé, je sens des bouffées de chaleur m'envahir. Élie n'arrête pas de me crier dessus, je ne comprends rien alors je décide de sortir de la voiture, il faut que je respire. Je suis tirée par le bras avec une telle force que je m'étale presque sur elle.

— Dis-moi ce qu'il y a ?

— Je l'ai vue, elle est là...

Ma respiration s'est déjà accélérée, j'ai envie qu'elle me lâche pour courir après cette femme.

— Mais qui est là ?

— Aurore...

— Quoi ! Mais où ?

Je pointe mon doigt en direction d'un magasin.

— Elle vient de rentrer là-bas.

— Tu es sûre, tu as dû confondre, vu ton état. C'est impossible.

— Élie ! J'ai perdu ma fille, ni la mémoire, ni mon cerveau.

Alors arrête d'être incrédule, tu sais que si on est là ce n'est pas un hasard et qu'il y a une raison. Alors lâche-moi et laisse-moi la voir.

Je ne veux surtout pas la blesser, par contre, je ne peux plus perdre de temps, je sais que c'est elle qui a Anna. Et je compte bien lui arracher mon bébé. Élie recommence à me parler mais je n'entends pas, elle me secoue :

— O.K., on va agir mais attends… Éva ! Regarde-moi.

Je la dévisage, mes yeux font un va-et-vient entre elle et les portes automatiques du magasin. Il ne faut surtout pas louper sa sortie.

— On va appeler le commissaire et les garçons, on va la suivre et on verra car, pour l'instant, elle est sans Anna. Si c'est bien elle.

Elle a raison mais où est Anna. J'espère qu'il n'est pas trop tard. Je refuse cette pensée aussitôt. On ne serait pas là, si c'était le cas.

— O.K., je me calme, tu as raison. Envoie un message à Franck, dis-lui qu'il vienne avec Marc. Moi, j'envoie un message à Lebon.

Au moment où je finis d'envoyer le message, je la vois ressortir avec une valise. Mon cœur se met à battre plus vite… Mais où va-t-elle ? Que compte-t-elle faire ?… Elle va quitter le pays, j'en suis certaine.

— Élie, Élie, regarde, elle ressort.

— O.K., mais s'il te plaît, sois discrète on va la suivre jusqu'à l'arrivée des autres.

— O.K.

— Éva, discrétos !

Je suis déjà dehors, je ne veux surtout pas la perdre de vue. Elle se balade comme si de rien n'était. J'ai envie de lui sauter dessus et de lui arracher le cœur. Élie, qui est presque sur moi, me surveille comme si elle savait.

Nos téléphones n'arrêtent pas de sonner, nous les mettons en mode silencieux, pour ne pas attirer les regards. Je sais que Marc va m'en vouloir, mais on leur a donné les informations les plus importantes. Élie m'arrête.

— Éva, arrête-toi, elle rentre dans la pharmacie.

Nous sommes cachées par la fontaine. J'essaie de regarder autour de nous s'il n'y a pas un indice mais rien. Nous la voyons ressortir et repartons. Tandis qu'Élie s'ap-prête à continuer, je bifurque. Il faut que je sache à tout prix ce qu'elle a acheté. Je ne réfléchis plus, je rentre, laissant Élie sur le trottoir.

— Éva, tu vas où ?

N'ayant pas de réponse de ma part, elle me suit. Je sens son inquiétude mais, tant pis, je dois la retrouver. Je suis comme une pile, rechargée à bloc, prête à tout pour retrouver Anna. Je saute presque sur la préparatrice alors qu'elle allait retourner dans ses stocks à l'arrière de la boutique. Sans même la saluer, je lance :

— Pourriez-vous me noter les articles achetés par la cliente qui vient de quitter votre magasin ?

Elle me regarde avec un air bizarre.

— Je vous demande pardon ?

— Qu'a acheté la femme juste avant nous ?

— Madame, ça ne vous regarde pas. Je n'ai absolument pas le droit de vous révéler ce genre d'information.

— Madame, je ne vous demande pas quel genre de culotte elle portait, mais ce qu'elle a acheté.

Je m'emporte, elle me met hors de moi. J'ai envie de la gifler, mais Élie est déjà derrière mon dos et me tire vers la sortie.

— Éva ! Allez, viens. On s'en va, on va la perdre.

Je reprends le contrôle et redescends... Anna, il ne faut pas qu'on la perde. Nous faisons à peine quelques pas, que je manque de trébucher sur Élie qui s'est arrêtée net sans prévenir. Je me décale et j'aperçois le nom de l'hôtel.

— Éva ! C'est impossible...

Bingo, je le savais ! Je ne peux m'empêcher de lui claquer une bise sur la joue pour la remercier.

— Crois et tu verras.

Nous continuons. Arrivées dans le hall, nous la voyons monter dans l'ascenseur. À la fermeture des portes, on se précipite pour savoir à quel étage elle va s'arrêter. Les points lumineux continuent de grimper jusqu'au cinquième étage.

— On y va.

Elle me tire par la manche pour m'arrêter.

— Éva, attends.

Je lui réponds d'un ton agacé :

— Quoi ?

— Tu ne penses pas qu'on devrait attendre le commissaire ?

— Non, pourquoi ? Elle a mon bébé Élie.

Toujours aussi calme, elle argumente :

— Je sais, mais si ça se passe mal ?... En plus, elle ne peut se rendre nulle part. On n'a qu'à s'asseoir sur les petits fauteuils là-bas. On ne pourra pas la manquer si elle ressort.

Elle a raison, pourtant je dois faire un effort presque surhumain pour ne pas craquer et me raisonner.

— C'est d'accord, on attend. Je vais appeler Marc pour savoir où ils sont.

La tonalité n'a pas retenti une seule fois que j'entends déjà sa voix à l'autre bout du fil. Mes mots tremblent, saisie par l'angoisse.

— Éva ! Tu es où ? J'ai failli devenir fou... Pourquoi tu ne répondais pas ? Et Élie ?

— Pardonne-moi, je suis dans le hall de l'hôtel...

Je ne peux retenir mes larmes. Une partie de la pression redescend.

— Mais quel hôtel ? C'est quoi cette histoire ? Parle. Ça va ?

— Je l'ai vue, Marc. Elle est ici…

— Quoi ? Mais qui ?

Élie me prend le téléphone des mains. Je suis bouleversée, les mots ne sortent plus.

— Marc, Aurore est ici. Nous n'avons pas encore vu Anna, nous vous attendions… Le commissaire est avec vous ?… O.K., on vous attend…

Éva, ma chérie, tiens le coup c'est la dernière ligne droite, Lebon et ses hommes sont à cinq minutes. Patience, ils arrivent, tout est bientôt terminé.

Au même moment, les portes de l'ascenseur s'ouvrent. Aurore a un bébé dans les bras et tire une valise. Je me lève d'un bond, elle me voit et se fige. Nos regards se croisent. Elle blêmit à vue d'œil. Je me précipite sur elle, mais je suis stoppée dans mon élan lorsqu'elle sort un pistolet. Je ne suis plus qu'à six mètres d'elle.

— Ne bouge pas, ou je te jure que tu ne récupéreras pas ta fille vivante.

Elle vient de me confirmer qu'elle a ma petite. Son ton est froid et détaché. Anna doit sentir son stress, car elle se met à pleurer. Ses gémissements me font me ressaisir. Je la fixe droit dans les yeux avec toute la force qu'il y a en moi.

— Tu ne peux t'enfuir nulle part, la police va arriver, tout est fini, Aurore. Rends-moi Anna avant de faire une bêtise.

J'entends les sirènes se rapprocher. Élie se tient derrière moi. L'homme derrière le comptoir ne bouge plus, il est pétrifié. Un couple qui était avec elle dans l'ascenseur n'a pas eu le temps de sortir de l'hôtel. Ils sont dans un coin, immobiles. Je la scrute tandis qu'elle cherche des yeux une sortie. Je suis prête à lui bondir dessus si elle bouge ne serait-ce qu'un sourcil.

— Tu te trompes, tout est fini pour toi, tu vas me laisser partir sans un geste, ou je la tue.

Son ton a changé. Arrogante, elle paraît si sûre d'elle. Je suis sur le point de craquer, n'ayant pas de solution, je m'apprête à céder à son chantage. Je suis surprise par l'arrivée du commissaire, suivi de Marc et de Franck. Lebon les arrête net de son énorme bras quand il voit l'arme qu'a Aurore, à la main. Mon regard croise celui de Marc. Je sens la fureur par laquelle il est envahi. Il se décale du bras qui le retient et s'adresse directement à elle.

— Aurore, arrête ! Tu m'entends ? Si tu touches un seul de ses cheveux, je te jure que je te tue de mes propres mains.

Elle le toise avant de se mettre à rire. Elle crache son amertume :

— Nous sommes au complet maintenant. Le spectacle peut commencer... Je serais curieuse de savoir ce que ton Dieu va faire pour te sauver de cette situation... c'est ce que tu m'as dit quand tu es parti : « Dieu peut t'aider, mais moi je ne suis pas la bonne personne pour toi »...

Je ne peux rester impuissante, j'essaie d'avancer. Elle s'en aperçoit et pointe son arme sur moi.

— Ne bouge pas, je t'ai dit. Tu as envie de retrouver ton Dieu plus tôt que prévu ?

Je m'arrête, ses menaces me glacent le sang. Prise d'un élan de compassion, je me ranime.

— Écoute-moi, je suis désolée de la peine que tu dois supporter ; des personnes peuvent t'aider... Je n'imagine pas la souffrance que tu as dû endurer, mais nous ne sommes pas responsables. Rends-moi mon bébé, je t'en supplie.

Elle s'énerve et secoue Anna qui se remet à pleurer.

— Tu crois que je suis folle, c'est ça ?! Tu m'as volé l'homme de ma vie, tu es venue tout gâcher. C'est moi qui aurais dû porter cet enfant. Je le comprends, moi ; je sais ce dont il a besoin. Hein, Marc ? Dis-lui !

Elle l'implore du regard, attendant son approbation. Mais les yeux de Marc la fusillent, tandis que le commissaire se penche à son oreille. Marc ne bouge pas, les poings serrés, il lui fait un oui de la tête. Je n'ai aucune idée de ce qui se trame. Mes yeux passent de son arme à ma fille. Elle essaie de rappeler l'ascenseur, mais il ne s'ouvre pas. Une forte voix retentit :

— Madame, je suis le commissaire Lebon, je vous demande de poser cette arme, et tout ira bien. Nous allons trouver un arrangement, vous serez prise en charge par les meilleurs médecins. Tout va bien aller.

Elle n'écoute rien et se met à secouer Anna, en lui ordonnant de se calmer. Je ne supporte plus ses pleurs. Je gémis par l'angoisse qui me dévore. Elle se tourne vers Marc pour s'adresser à lui d'une voix douce et mielleuse. J'en ai la nausée.

— Marc, mon chéri, tu sais qu'on est faits l'un pour l'autre. Dis-leur, toi, que c'est l'enfant que je portais, nous l'avions fait par amour. Rappelle-toi nos nuits torrides...

Elle déraille complètement. Il s'apprête à intervenir, mais il est arrêté par cet homme qui fait une tête de plus que lui. Marc obéit, lui commandant tout de même de se taire.

— Tu vas la fermer, maintenant Aurore. Je ne t'ai jamais aimée et tu sais que cet enfant tu l'as voulu toute seule.

Elle met sa main sur son oreille tout en secouant la tête comme pour ne pas entendre ses mots qui la transpercent.

Le commissaire prend le relais :

— Aurore, écoutez-moi. Il va falloir que vous posiez cette arme. Vous allez vous faire du mal, Aurore.

Elle se met à hurler :

— Laissez-moi tranquille, c'est mon bébé !

Elle retourne l'arme contre Anna, un bruit de détonation horrible résonne dans tout l'immeuble. Je hurle un cri étouffé. Tout s'est figé. Elle a les yeux grands ouverts.

47

Élie

Un coup de feu retentit dans l'hôtel. Je me fige. Dans un réflexe, mes mains viennent cacher ma vue, trop apeurée par ce que je vais découvrir. Des cris fusent, les gens sont sous le choc. Puis, le silence. Je me risque à vérifier.

Au bout de longues secondes, le corps d'Aurore se ramollit comme une feuille morte, elle tombe. J'entends Marc crier le nom d'Anna, mes yeux suivent le son, le commissaire a tiré, il tient encore la position. Marc se précipite sur la scène avant qu'Anna touche le sol. La voix d'Éva me sort de ma paralysie.

— Anna !

Elle se précipite sur Marc qui tient enfin leur fille dans ses bras. Il lui tend la petite qui a arrêté de pleurer. Elle la blottit contre elle en s'éloignant de la scène du crime. Sans se retourner, Marc les rejoint, ses bras les entourent toutes les deux.

Franck vient à son tour m'enlacer, je m'effondre contre lui, j'ai l'impression d'avoir été dans un autre monde. Nous pleurons, nous sommes heureux que nos amis aient pu retrouver leur bébé. Nous restons à l'écart pour les laisser ensemble. Des policiers se précipitent sur la scène pour évacuer le corps sans vie de cette femme qui a choisi de laisser son amertume et sa rancœur la ronger. Je suis attristée que cela se soit fini de cette manière.

— Madame, monsieur Aupert, ça va ?

Je sursaute à la voix du commissaire qui pourtant a repris son ton solennel, comme si rien ne s'était passé. Je suis incapable de parler, Franck le rassure :

— Oui, ça va, merci. Mais j'ai une question, si vous le permettez, bien sûr.

— Je vous en prie.

— Pourquoi avez-vous tiré ? Cela était-il nécessaire ?

Étonnée, je le dévisage. L'homme, serein, réplique sans détour :

— Car elle savait qu'elle n'avait plus vraiment le choix. Elle était au pied du mur. Son désir de vengeance se sentait dans chaque parole prononcée. Elle savait qu'elle avait tout perdu et que la seule issue était, soit la prison pour un longue durée, soit la mort. Elle allait tuer le bébé et sûrement retourner l'arme contre elle. Alors j'ai tiré le premier, il n'y avait que ça à faire.

Je suis abasourdie par cette analyse précise de la situation. Un frisson parcourt ma colonne vertébrale à l'idée de ce qui aurait pu se passer s'il n'avait pas agi avant elle.

— Il est temps pour moi de vous quitter. Au revoir madame et monsieur Aupert. Bonne continuation à vos familles.

Je balbutie :

— Au revoir... commissaire.

Il s'en va, sans se retourner. Dans le même angle de vision, je vois Éva donner Anna à Marc. Elle se précipite sur l'officier. À l'appel de son nom, il se retourne. Il est surpris quand Éva se jette dans ses bras, elle ne cesse de le remercier. Gêné, il reste droit comme un piquet. Pudique, il lui tapote le dos et s'en va avec dignité. Mon regard croise celui d'Éva qui me fait signe de les rejoindre. Anna a l'air en bonne santé. Je prends sa petite main, heureuse de la retrouver. Éva me prend par les épaules et nous nous éloignons de la scène du drame.

— Merci… merci pour qui tu es, merci pour ce que tu as fait, merci de me supporter et merci d'être là. Tu ne t'es jamais plainte de mon comportement injuste envers toi. Tu es une amie comme beaucoup aimeraient en avoir. Marc et moi vous devons tant. Nous vous aimons.

Je ne peux m'empêcher de rire à ce qu'elle vient de dire, je suis submergée par mes émotions, je sanglote sans pouvoir m'arrêter. Les seuls mots qui sortent de ma bouche sont tremblotants :

— Nous vous aimons aussi.

Les hommes nous rejoignent. Franck s'empresse de nous taquiner :

— Allez, les chialeuses, partons d'ici…

Sa remarque, qui d'habitude m'irrite, me fait aujourd'hui sourire. Je le prends par la taille et nous sortons de l'hôtel en laissant derrière nous tout le stress et l'angoisse qu'il peut représenter. Nous repartons avec notre voiture, Éva ne lâche plus sa fille des yeux, elle la tient contre elle et la berce avec tendresse. D'un sommeil paisible, Anna s'est endormie dans les bras de sa mère. Le silence qui règne dans la voiture est apaisant. Franck est concentré sur la route, tandis que j'envoie un texto à tout le monde pour annoncer la bonne nouvelle. Mon téléphone n'arrête pas de vibrer. Je reçois toutes sortes de messages, tous traduisent le soulagement et la joie. Alors que je me tourne pour partager tout ça avec Éva, je la vois endormie sur l'épaule de son mari. Il me fait signe avec son doigt sur la bouche de ne pas la réveiller. Je lui souris et retourne à ma tâche.

48

Éva

Nous attendons nos familles et amis les plus proches, nous avons organisé un repas pour le retour d'Anna. Pour l'occasion, nous avons fait appel à un traiteur, je voulais profiter de mes invités, et surtout, ne pas passer mon temps dans la cuisine. La soirée d'hier a été intense. Quand nous sommes rentrés avec Anna, j'ai cru que ma mère allait tomber dans les pommes. Nous n'avions pas pu les prévenir de ce qui se passait, alors la surprise a été plus qu'un choc pour eux. Milla était toute tremblante, tandis que Lily était secouée par des pleurs mélangés de rires. Elles ont voulu dormir avec elle ; elles ont pris leurs matelas et les ont installés dans la chambre de leur petite sœur. Nous n'avons pas essayé de les dissuader, trop heureux de les avoir toutes les trois réunies. Papa et maman nous ont quittés tard après que nous leur avons raconté tout ce qui s'était passé. Ils ont été bouleversés par la fin tragique, mais heureux de retrouver leur petite fille...

Je rejoins Marc à l'étage.

— Tu es prêt ?

— Oui, et toi ? Où sont les filles ?

— Anna est avec ses deux gardes du corps, elles regardent un film.

Il me regarde perplexe.

— Ses gardes du corps ?!

— Non laisse tomber...

Je glousse toute seule alors qu'il s'approche de moi, les bras grands ouverts pour m'enlacer.

— Je t'aime.

Je sens son regard s'intensifier.

— Je t'aime aussi, mais, maintenant, je dois me préparer.

— Tu pourrais attendre un petit instant avant de t'habiller ?

Il me dévore des yeux. Je m'oblige à ne pas craquer, nos invités ne vont pas tarder. J'essaie de le dissuader, sans vraiment y parvenir.

— Les filles sont en bas et nos convives vont arriver...

— Je croyais qu'elles regardaient la télé ?!

Il se rapproche à quelques centimètres de mon visage tandis que je me défends :

— Et si elles montaient...

Il recule, me laissant libre de mes mouvements, même si la déception se manifeste, la sagesse gagne. Il se dirige vers la porte alors que j'allais lui emboîter le pas, il la referme à clé, avant de revenir à son objectif.

— Problème réglé.

Je ne lui résiste plus et me laisse transporter par cette pause dans le temps.

— Tu es la femme de ma vie, malgré ces derniers jours horribles, je me sens encore plus proche de toi. Je prendrai soin de ton cœur jusqu'à la fin de ma vie, madame Morgan. Merci pour ton pardon, merci pour ton amour. Sache que si on avait perdu Anna, je serais...

D'un geste délicat, je pose mon doigt sur ses lèvres.

— Chut... Je t'aime aussi, plus que tu ne le penses. N'en doute plus jamais, même durant les saisons difficiles que nous traverserons. Anna est là maintenant, notre famille est réunie.

Il se laisse aller à ce moment de tendresse. Quand il me relâche, j'ai la tête qui tourne, je bascule sur le côté pour le libérer de mon étreinte. Je le regarde, encore avec délice, enfiler sa chemise.

— Tu ne devais pas t'habiller ?

— C'est qu'il est drôle...

Je me lève et file reprendre une douche. J'ai le cœur léger, ce sourire qui ne me quitte plus. Depuis ce matin, à mon réveil, il me donne bonne mine. J'enfile ma petite robe noire et descends. Marc est encore en bas des marches.

— Qu'est-ce que tu fais ?

— Je regarde nos merveilleuses filles réunies.

— Je ne te l'ai pas dit, mais sache que je suis désolée de cette fin tragique et...

— Et rien, elle a choisi. Tu es ma femme et je ferais n'importe quoi pour vous. Ça va, je te le promets. Tu es magnifique.

Nous sommes interrompus par la sonnette de la porte d'entrée. Je le laisse aller ouvrir tandis que je file à la cuisine vérifier que tout est prêt. Marc m'interpelle dans l'entrée :

— Ma puce ! Je crois que c'est pour toi...

Étonnée, je ne comprends pas où il veut en venir et le rejoins.

— Surpriseeee !!!

J'en ai le souffle coupé pendant deux minutes, mes yeux se remplissent de larmes. Ce sont Elsa, Laura et Aline qui sont devant moi avec un énorme bouquet de fleurs. J'ai du mal à aligner deux mots.

— Mais... Qu'est-ce que...

Elsa me prend dans ses bras.

— On n'a pas pu être là pour la terrible épreuve que vous avez traversée, mais on ne pouvait pas manquer le retour d'Anna parmi nous. Nous n'avons pas cessé de prier pour vous. Toute l'église était sur le front. Le bouquet de fleurs est de leur part, ils vous embrassent tous.

Je n'arrive plus à m'arrêter de pleurer. Je sais que nous n'étions pas seuls dans cette tempête, cependant, le fait de l'entendre me bouleverse. Je prononce le seul mot qui veuille bien sortir :

— Merci.

— J'espère que les filles vont être contentes, nous ne sommes pas venues seules, mais ne t'en fais pas, on a réservé un hôtel pas loin.

Ne comprenant pas au début ses propos, tout devient plus clair lorsqu'elle se décale pour laisser apparaître leur famille respective. Je n'en crois pas mes yeux.

— Non, mais vous voulez me tuer ou quoi ?

Je repars de plus belle, je les prends chacun dans mes bras, trop heureuse de les avoir près de moi. Marc prend le relais, vu mon état.

— Allez ! Rentrez, on ne va pas rester sur le perron.

Lily et Milla, qui a sa sœur dans les bras, nous rejoignent attirées par le bruit. Elles crient de joie lorsqu'elles voient leurs amies. Marc attrape Anna dans les bras de sa fille qui ne sait plus où donner de la tête. Il la taquine au passage.

— Passe-moi Anna, petite chialeuse...

Elles disparaissent la minute d'après. Anna se trouve déjà dans les bras de Laura qui est venue avec David. Elle agite ses doigts devant mon visage comme si elle faisait du piano. Un joli petit diamant orne son annulaire. Je la serre dans mes bras, ravie pour elle.

— Félicitations, ma belle. Je suis heureuse pour toi, pour vous !

— Il m'a fait sa demande, il y a une semaine. Je voulais t'appeler le lendemain...

Je lui fais un bisou sur la joue avant de m'adresser à son fiancé :

— Félicitations David, et enchantée de te connaître.

— On se tutoie, Éva. Je suis enchanté, Laura m'a beaucoup parlé de toi et de ta famille. Nous sommes heureux que tout soit rentré dans l'ordre.

Marc nous interrompt :

— Si nous ouvrions une bouteille de champagne, je pense que c'est approprié.

— Bonne idée, mon amour.

Nous savourons ces délicieux instants, rejoints par le reste de nos visiteurs. Anna passe de bras en bras, elle se cesse de gazouiller. On pourrait croire que nous sommes le jour de son anniversaire, elle croule sous les cadeaux. Le repas est délicieux, les enfants sont heureux, quelques-uns sont partis chez Franck et Élie pour profiter de la piscine. Puis nous avons la meilleure des surprises. Pierre fait sa demande à Elsa au milieu du jardin, dans les règles de l'art. Il met un genou par terre, lui, si timide, montre une assurance digne d'un gentleman, le romantisme dans toute sa splendeur. Elsa ne peut retenir ses larmes, c'est la première fois que je la vois aussi amoureuse. C'est une femme plutôt discrète. Laura et elle ne vont pas arrêter de se charrier sur la grosseur de leur caillou. Élie ne cesse de rire, elle a bu le verre de champagne de trop, j'aime la voir comme ça. Demain, elle pensera en avoir trop fait mais, moi, je l'aime comme ça. Je suis poussée à me rendre près d'elle, à m'assoir sur la chaise libre près de la sienne.

49

Élie

Eva vient vers moi, j'ai envie de la serrer dans mes bras mais je me retiens, je pense m'être déjà pas mal fait remarquer. Faut vraiment que je passe au Coca avant de dire une bêtise. Franck m'a déjà rappelé que j'en étais à mon quatrième verre, je pensais qu'il me sermonnait avant qu'il n'éclate de rire et trinque avec moi dans la foulée. Éva s'assoit sur la chaise près de moi.

— Coucou, toi ! Alors, on est toute gaie ?

Elle se marre et pousse ma tête avec son doigt sur mon front. Je ne m'y attends pas et manque de basculer.

— Ah, tu vois, tu tiens même plus assise.

Elle est hilare.

— N'importe quoi ! J'ai perdu l'équilibre parce que je ne m'y attendais pas. Je pourrais me tenir sur une jambe.

— Je sais, je te taquine. Tu as envie de faire une pause aux balancelles ? Profitons, il n'y a personne.

J'accepte sans hésiter.

— Oui, d'accord.

Je me lève avec précaution, ma tête tourne légèrement mais je gère. Heureusement, les talons que je portais ont valsé depuis un bon bout de temps. La sensation de la pelouse sous mes pieds me chatouille, je me tortille. Amusée, Éva m'attrape par le bras et m'entraîne jusqu'à la balançoire. Nous ne sommes pas loin des autres, pourtant j'ai l'impression que le bruit s'estompe, comme si une bulle se refermait sur nous.

— Tu sens cette atmosphère, Éva ?

Elle me sourit.

— J'allais te dire la même chose. Il faut que je t'annonce une nouvelle inattendue…

Nous nous asseyons, elle me prend la main.

— Depuis qu'on se connaît tu as toujours été là pour moi, et je voulais que tu sois la première à être au courant.

Je n'ai aucune idée de l'ampleur de sa nouvelle, pourtant mon cœur se met à s'emballer plus vite qu'il ne devrait.

— Marc et moi avons pas mal discuté. Ce qui me semblait être des tonnes de questions en suspens s'est débloqué suite aux derniers évènements… Nous avons pris une décision qui va sûrement chambouler nos vies, tu me diras : elles ont pas mal été bousculées ces temps-ci. Bref… Alors voilà, on a décidé de répondre à l'appel de Dieu. Nous voulons le servir de tout notre cœur, donner un sens à cette vie qui nous a été offerte. Et, si nous pouvons être une bénédiction pour d'autres, on dit oui.

Émue, par les paroles et la conviction d'Éva, je ne peux m'empêcher de verser une larme. Elle poursuit animer par le tempérament de feu que je lui connais :

— Là où le divorce est à son paroxysme, nous voulons prouver qu'avec Dieu tout est possible. Quand tout devient impossible pour nous, il est là et nous tend sa main qui délivre, sa main qui guérit, sa main qui sauve.

Je serre un peu plus fort sa main qui est restée accrochée à la mienne.

— Élie, ce qui s'est passé avec Aurore n'aurait jamais dû être. Son acte était horrible, et pourtant, je n'ai aucune haine contre elle. Au contraire, j'ai mal quand je pense à elle. Qu'est-ce qui l'a rendue comme ça ? Quel vide voulait-elle combler ? Qu'avait-elle vécu pour en arriver là ? Elle méritait de connaître l'amour, le vrai.

Elle s'assombrit soudain pour finir presque dans un murmure :

— Lui seul peut nous apporter cet amour inconditionnel. Il y a tant de personnes qui, au sein de leur couple, souffrent de solitude, de colère ou de blessures infligées par l'autre. Je ne peux plus rester là sans rien faire.

Je ne peux m'empêcher de pousser un cri et la serre dans mes bras. Je suis bouleversée par ses déclarations. Elle pouffe à ma réaction, disproportionnée à son goût.

— Chut ! J'ai pas fini.

— Pardon !... Je suis certaine que vous bousculerez les mentalités.

— Nous nous battrons, sois-en sûre. Nous ne laisserons pas ce fléau se répandre sans rien faire.

Elle se met à bercer la balancelle doucement avec ses pieds, les yeux fixés sur le sol, elle reste silencieuse.

— Éva !

Elle relève la tête sans aucune expression. Je ne sais pas si elle est bien ou mal. Avant que je ne lui demande si tout va bien, elle ouvre la bouche :

— Ce matin avant que tout le monde ne soit levé, je suis allée à la pharmacie parce que je me suis rendu compte, hier soir, que j'avais un retard et...

Je ne la laisse pas terminer, l'attrape par les épaules en lui criant le reste de sa phrase :

— Quoi ?! Tu es enceinte ?

Elle se raidit et vérifie que personne n'ait entendu ma réaction.

— Chut ! Mais tais-toi, espèce de folle ! Je ne l'ai pas encore dit à Marc, je voulais lui faire une surprise. Oui, j'ai fait un test de grossesse et il est positif.

Je suis surexcitée. Les deux mains sur la bouche, je m'empêche de pousser un nouveau cri. Je me mets à chuchoter :

— Mais c'est génial. Par contre, j'espère que ce sera un petit mec.

Elle se met à pouffer.

— J'espère aussi, Marc ferait une syncope sinon. Cinq filles à la maison… tu imagines, le pauvre !

Nous éclatons de rire à l'idée. Toute la pression accumulée ces derniers mois peut enfin retomber.

— Tu vas lui dire quand ?

— Ce soir. C'est le début. J'espère qu'il ne va pas mal le prendre. Ce n'était pas prévu aussi tôt, Anna est encore si petite… Mais faut avouer qu'on n'a pas fait attention.

— Arrête, il va être fou de joie.

Je pose ma tête sur son épaule, nous restons là, à regarder les gens danser et profiter du bonheur présent.

— Hey !

Je sursaute, surprise. Marc apparaît deux verres à la main.

— Je peux te voler ma femme.

— Bien sûr, je vais aller chauffer la piste avec mon homme.

Ils ne peuvent que glousser à ce que je dis, connaissant les talents de danseur de Franck. Je lui fais un clin d'œil et repars, le cœur léger.

Il rejoint Éva sur la balancelle, je les quitte et vais rejoindre mon homme qui se déhanche sur la piste de danse improvisée. La musique rythmée laisse place à des sons plus doux et langoureux. Franck me voit arriver et met un genou à terre. Je glousse telle une ado.

— Voulez-vous m'accorder cette danse, madame Aupert ?

— Avec plaisir, monsieur Aupert.

Il m'enlace, me faisant tourner sur le rythme du tempo. J'enfouis mon visage dans son cou, respirant son parfum enivrant. Je me hisse sur la pointe des pieds jusqu'à son oreille où je lui glisse mon secret :

— Ils rentrent dans le ministère.

Il recule d'un pas, se met à me jauger avant de demander une confirmation.

— C'est vrai ?!

Nous en avions parlé depuis des mois. Leur histoire demandait à être répandue, car là où la mort règne, il vient souffler la vie. Là où la dépression s'installe, il la balaye avec l'espérance. Ils sont un exemple pour beaucoup.

— De nouveaux ambassadeurs...

Sans plus un mot, nous continuons à nous laisser bercer par le tempo et profitons de l'instant présent.

50

Éva

Elie nous laisse, je la vois rejoindre son mari qui la courtise pour une danse.

— Ça va, ma puce ?

Il s'assoit près de moi, je mets mes jambes en travers sur lui et m'appuie sur un coussin de la balancelle.

— Oui, ça va. Je suis bien, et toi ?

Il rapproche son visage du mien pour y déposer un baiser aussi tendre qu'intense.

— Je suis heureux.

Nerveuse, je décide de lui annoncer la nouvelle avant de ne plus trouver le courage.

— J'ai une annonce importante, mais panique pas s'il te plaît.

En fait, je n'aurais pas dû utiliser le mot « panique », car je sens déjà la pression l'envahir. Je lui prends la main pour le détendre.

— Déstresse, c'est une bonne nouvelle… enfin pour moi.

Il expire lentement et m'interroge :

— Vas-y, je t'écoute…

Je plonge mes yeux dans les siens, glisse ses mains dans les miennes. Nos doigts s'entremêlent sans se détacher.

— J'ai parlé à Élie de notre décision, tu l'imagines ! Sauf, qu'on sera obligés de freiner le rythme dans quelques mois…

Il resserre l'étreinte de ses mains sur les miennes.

— Éva, parle, je suis en train de m'imaginer un million de scénarios.

Je ne peux m'empêcher de pouffer de rire, vu sa tension. Je continue sur le même rythme :

— Toutes les places de notre voiture vont être occupées dans... je pense, sept mois.

Il se fige, aucune réaction. Je commence à mon tour à angoisser... Il n'en veut pas... ? Pourquoi il fait cette tête ? Je commence à me liquéfier. Il a les yeux qui brillent comme s'il reprenait vie. Il bégaie :

— Tu... tu es... enceinte ?

— Tu es déçu ? Ça ne te fait pas plaisir ? Tu n'en voulais pas ? Je suis désolée, je n'ai pas fait attention et...

Je n'ai pas le temps de finir ma phrase, que je sens ses lèvres sur les miennes. Il m'embrasse dans un long baiser. Je le repousse, tout en gardant mes yeux dans les siens. J'attends juste qu'il dise un mot.

— Je t'aime...

Je ne sais pas comment l'interpréter. Je l'interroge du regard pour qu'il m'en dise plus.

— Le désir de mon cœur était d'avoir quatre enfants, mais je ne voulais surtout pas te l'imposer. On en avait parlé au tout début, cependant, je ne savais pas si c'était sage.

Je lui caresse la joue, tout en lui rappelant ces paroles fortes de sens :

— Fais de l'Éternel tes délices et il te donnera ce que ton cœur désire.

Il m'embrasse à nouveau. Je me sens plus que jamais connectée à lui. Il se détache de mes lèvres, poursuivant ses baisers sur mon visage et dans le cou. Je ris de plaisir, il continue tout en me parlant :

— Tu veux le dire ce soir ?

C'est encore tôt, cependant, je décide de ne pas le priver de ce bonheur.

— D'accord.

J'en suis à peine au début de ma phrase qu'il est déjà debout et me tend la main. Nous allons ensemble jusqu'à l'endroit où se trouve nos convives. Il est déjà dix-huit heures et pas mal de personnes vont commencer à partir. Il prend une coupe de champagne et fait tinter une petite cuillère. Après quelques secondes, tous les yeux sont tournés vers nous. Mon regard croise celui d'Élie, qui me fait un clin d'œil que je lui rends, puis celui d'Elsa qui se demande ce qui se passe. Marc se lance :

— À tous nos amis, à notre famille, si précieuse, merci d'être venus, d'avoir été là pour nous. Nous avons retrouvé notre petite Anna et nous sommes reconnaissants de cette grâce. Nous souhaitons partager aussi avec vous deux autres bonnes nouvelles. La première, c'est qu'après mûre réflexion et beaucoup de prière, Éva et moi avons décidé de répondre à l'appel que Dieu avait pour notre couple. La deuxième, c'est que nous sommes déjà une belle et grande famille, mais qu'elle va encore s'agrandir, car ma merveilleuse femme attend notre quatrième enfant.

Les derniers sons de voix qui chuchotaient encore, s'arrêtent net. Je ne sais pas s'ils sont choqués ou autre… J'avoue avoir peur de leur réaction, mais elle ne se fait pas attendre : des youyous fusent dans tous les sens. Tous nos invités viennent nous féliciter, nous serrer dans leurs bras. Des larmes de joie coulent, des rires et des félicitations fusent de tous les côtés. Nous sommes comblés.

Épilogue

Nous sommes stressés, c'est la première conférence que nous donnons sur notre histoire. Mon livre est sorti, il y a maintenant six mois. Les ventes ont atteint dix mille exemplaires et la première impression s'est vendue juste en une semaine. Je ne pensais pas qu'il susciterait une telle curiosité. Marc fait les cent pas dans le bureau mis à notre disposition, tandis que je suis affalée dans le fauteuil, essayant de trouver une position confortable. Je me répète que nous sommes au bon endroit, au bon moment et entourés des bonnes personnes. Celles qui comptent le plus pour nous sont là, nos familles et amis ont réservé les premiers rangs. Élie m'a dit qu'elle prendrait des photos, ses mots ont été : « Il faut mettre en images, la première des nombreuses autres qui vont suivre... » À force de me tortiller, Marc s'arrête en face de moi et s'accroupit à ma hauteur, il met ses mains sur mon ventre.

— Tu es prêt mon petit bonhomme ? Il va falloir que tu sois sage pour que maman puisse raconter ton histoire afin d'encourager beaucoup de personnes.

Quelle joie nous avons eue lorsque nous avons appris que nous attendions un petit gars. Incrédule, Marc avait demandé à ma gynécologue de refaire l'échographie pour être sûr. Nous avions éclaté de rire, mais elle avait accepté et pris une photo de son sexe, qui nous prouvait bien que c'était un petit mec. Elle lui avait donné le cliché, qu'il avait glissé dans son portefeuille, tout fier. À chaque fois qu'il le pouvait, il le sortait et le montrait à qui voulait bien le voir. Notre petit Paul avait sa première photo. Marc me sort de mes pensées :

— Ça va, ma puce ? Pas trop fatiguée ?

Je lui caresse la joue, touchée par ses attentions.

— Non ça va, j'espère que ça va bien se passer…

— J'en suis sûr.

La porte s'ouvre pour laisser apparaître notre hôte.

— C'est à vous dans cinq minutes.

Nous nous levons et le suivons. Je souffle un grand coup, j'ai les mains moites et le cœur qui bat à cent à l'heure. Marc me prend par la taille, nous sommes prêts à rejoindre la horde qui nous attend pour nous dévorer. Deux micros trônent sur la table où sont déjà assis notre attaché de presse à qui nous avons dû faire appel après le succès rencontré, ainsi que le responsable de la librairie à qui nous avons donné l'exclusivité pour cet évènement particulier. Bien que j'aie l'habitude de me soumettre à l'exercice, aujourd'hui, c'est différent. Je suis avec Marc et je m'apprête à livrer un petit peu plus de moi, de nous. Un dernier regard et il se lance.

— Bonjour, mesdames, messieurs, merci pour votre présence. Éva et moi sommes heureux de pouvoir vous rencontrer, même si pour elle, ce n'est pas la première fois.

Je lève les yeux vers ce public intimidant, je ne distingue aucun visage, mais souris, sentant une paix m'envahir. Il continue :

— Merci de nous accueillir aussi chaleureusement, c'est un honneur pour nous d'être parmi vous…

Je n'ai pas le temps de finir ma phrase, que la première question fuse :

— Madame Morgan, pourquoi avoir écrit ce livre ?

Je resserre mon étreinte sur la main de mon homme dont les yeux brillent de satisfaction et me lance, convaincue de notre combat…

Remerciements

Ce roman est né grâce à une amie qui m'a poussée à mettre par écrit mon imagination débordante. Alors que je me croyais incapable d'articuler deux scènes, je me suis vue écrire une trentaine de pages en une soirée. C'était parti, la machine était lancée le 15 mars 2016. Ne me croyant pas légitime, j'ai mis plusieurs mois — voire années, maintenant — à me décider pour sa publication. Puis j'ai lu cette phrase d'Albert Camus : « Un écrivain écrit en grande partie pour être lu », alors j'ai osé.

Merci à ma collègue qui a été ma soupape de décompression. Elle se demandait comment c'était possible de revêtir différentes casquettes, et où je trouvais le temps. J'ai pu lui prouver que la dépendance à Dieu faisait toute la différence. Lui faire confiance, c'était un jour pouvoir entrer dans le rêve qui battait sur mon cœur depuis toujours, sans aucune peur, mais avec une paix défiant toute intelligence.

Merci à vous, chers lecteurs, qui m'aurez fait confiance jusqu'au dernier mot lu. En espérant que ce roman vous aura fait passer un bon moment.